O SILÊNCIO DAQUELES QUE VENCEM AS GUERRAS

Marco Severo

O silêncio daqueles que vencem as guerras

© Moinhos, 2021.
© Marco Severo, 2021.

Edição: Camila Araujo & Nathan Matos
Assistente Editorial: Sérgio Ricardo
Revisão: Ana Kércia Falconeri
Diagramação e Projeto Gráfico: Nathan Matos
Ilustração da capa: "A apoteose da guerra", *de Vasily Vereshchagin*
Capa: Sérgio Ricardo

Nesta edição, respeitou-se o
Novo Acordo Ortográfico da Língua Portuguesa.

Dados Internacionais de Catalogação na Publicação (CIP) de acordo com ISBD

S498s
Severo, Marco
O silêncio daqueles que vencem as guerras / Marco Severo.
Belo Horizonte : Moinhos, 2021.
272 p. ; 14cm x 21m.
ISBN: 978-65-5681-089-8
1. Literatura brasileira. 2. Contos. I. Título.
2021-3801
CDD 869.8992301
CDU 821.134.3(81)-34

Elaborado por Vagner Rodolfo da Silva - CRB-8/9410

Índice para catálogo sistemático:
1. Literatura brasileira : Contos 869.8992301
2. Literatura brasileira : Contos 821.134.3(81)-34

Todos os direitos desta edição reservados à
Editora Moinhos
editoramoinhos.com.br
contato@editoramoinhos.com.br

Sumário

Arqueologia de um sonho (1819-)	11
O pesadelo diz adeus (1854-)	32
A insistência da rosa (1911-)	43
A chama que é farol e arde por dentro (1918-)	58
Depois da perda (1946-)	70
A dúvida essencial para a fé (1953-)	78
A máquina de fazer esperança(1962-)	103
A mulher feliz chora (1971)	118
Biografia do trovão (1980-)	127
A palavra muda (1982-)	142
Nada que falta é pouco (1997)	149
De ti só quero lembrar o que é melhor esquecer (2001-)	156
Os que vieram depois dos que se foram (-2002)	167
Despertar de sonos intranquilos (2012-)	179
Uma vida boa é uma vida breve (1951-2014)	208
A volúpia é uma flor que nasce onde a mão não alcança (2021-)	219
As soluções felizes (2027-)	229
Olha para frente mas não esquece da tua sombra (2088-1691-2088)	238
O desfazedor de amanhãs (-2120)	257

*Este livro é para duas pessoas que se foram cedo demais:
Ilma Rodrigues de Castro,
que me contou as primeiras histórias que ouvi e aprendi.
E para Marcos Dodt, professor inesquecível,
que um dia disse que eu contaria histórias e escreveria livros.*

*Uma vez sofrida, jamais se esquece a experiência do mal [...]
Não nos curaremos nunca desta guerra. É inútil. Jamais seremos gente
tranquila, gente que pensa e estuda e modela sua vida em paz.
Vejam o que aconteceu com nossas casas.
Vejam o que aconteceu com a gente.
Nunca vamos ser gente sossegada.*

– *As pequenas virtudes*, de Natalia Ginzburg

*Mas pensa, se você é o bicho medonho, você só tem que esperar
menininhos nas margens do teu rio e devorá-los, se você é o crisântemo
polpudo e amarelo, você só pode esperar ser colhido, se você é o
menininho, você tem que ir sempre à procura do crisântemo e correr o
risco. De ser devorado.*

– *Fluxo-floema*, de Hilda Hilst

Arqueologia de um sonho (1819-)

Antes de encontrar seu próprio chão e nele se assentar num lugar que ficaria conhecido como Henakandaya, Elias Carcará passou quase um ano e meio perambulando com sua mulher e seus filhos, seu cunhado, a mulher e os filhos deles, procurando o sonho.

Era o décimo nono ano do século XIX, e bem quando acabara de completar 27, Elias decidiu que não iria esperar o desastre acontecer: era hora de se mudar. Havia tido a revelação durante o sono, e na manhã seguinte, mal abriu os olhos já foi direto na intenção de dizer à mulher. Onde estava já não era mais lugar para nada, e ele sabia que para o nada retornaria se não fizesse alguma coisa, e o nada era o pó.

Para além de ser um homem destemido e valente, era também o senhor das decisões. Sabia agora que ter ouvido Irene e insistido em ficar ali não havia sido uma boa ideia, mas a mulher quase morrera depois de colocar no mundo o filho mais novo, que mal chegara a amamentar porque depois do parto ficou cada dia mais fraca, a ponto de não ter condição de criar sozinha nem o caçula nem os sete que tinha para trás. Então, Elias teve que esperar sua recuperação: sem a mulher não arredava daquele lugar. A sorte é que as pessoas do vilarejo se ajudavam e muitas mucamas se revezavam num serviço que, sem elas, seria impossível realizar.

Com a coragem de viver restabelecida, Irene disse para o marido, Decida para onde devemos caminhar que eu embrulho as trouxas, ajeito os meninos e nós vamos. Ele olhou para ela com a fé realinhada ao seu espírito, Preciso conversar com Herculano e Anunciata, que parecem também querer ir conosco. E como vamos procurar lugar com esse monte de menino, os nossos e os deles?, quis saber Irene. Uma solução haverá de aparecer, respondeu. A gente anda devagar. É aos poucos que a terra se abre e mostra os caminhos. Quando a gente chegar ao lugar, saberei. Soube dele nesse sonho, e consigo vê-lo com clareza na minha cabeça. Irene não podia dizer mais nada. Intuição era solo onde só o marido sabia pisar, embora ela não pudesse negar que quando dizia alguma coisa ele aprumava o ouvido para prestar atenção, e quando acertava, dava o mérito a Elias, que era o que tomava a decisão de desbravar em ação as suas palavras.

Já no dia seguinte Irene perguntou ao marido, Que decidiu meu irmão? Eles vão, disse Elias. Os meninos do Herculano já são maiores, podem se cuidar e ajudar. Nós é que precisaremos ter mais cuidado com os nossos, disse ele, ajuntando as palavras. E prosseguiu, Arrume os pertences, eu vou torrar a carne de porco e colocar na banha, fazer torresmo e farofa e distribuir nas latas. Também quero levar torradas as galinhas que a gente puder. As que não der tempo de matar e torrar a gente deixa com os vizinhos mais precisados. Vamos encher as moringas e colocar nos cavalos. É inevitável que a gente sinta muita sede e fome, racionalizou. E quando acabar, Elias? Com esse tanto de menino não é destino de nada durar. Elias foi assertivo, Quando acabar, a gente conta com a bondade dos outros. Eles vão aparecer e vão nos dar de comer. Irene admirava o marido por sua temperança. E também por sua fé, ainda que ele não fosse homem de abrir a boca pra falar de Deus.

E o Amoroso, que há de ser? Ao ouvir seu nome, o cachorro apareceu na soleira da porta, como se brotado do chão. Elias olhou para a mulher e disse apenas, O nosso destino.

Partiram na manhã seguinte. O céu estava limpo, sem nuvens, como se anunciasse clareiras. Só era preciso encontrá-las. Elias caminhava ao lado do cavalo Boyrá e da mulher, que carregava nos braços o filho mais novo. Os outros sete meninos andavam mais ou menos juntos, como se estarem perto uns dos outros de alguma forma os protegesse. Herculano e Anunciata levavam outro cavalo e seus três filhos. Amoroso ia atrás, sentindo dentro de sua natureza de inúmeros antepassados a responsabilidade de zelar por todos.

Achar lugar de ficar é uma peleja para quem pouco entende dos mistérios que tornam a paz uma possibilidade. Assim se passaram os primeiros quatro meses. Um mês antes, um dos filhos de Herculano havia morrido com uma disenteria que só findou quando ele finalmente não abriu mais os olhos. Fizeram o enterro em silêncio, num terreno à beira de uma estrada, e seguiram adiante. Não havia tempo para luto. Tristeza é arma de quem deseja perecer, disse Elias aos demais, enquanto continuava a caminhar para frente. Dos demais, o mesmo silêncio de horas atrás.

Quando a comida acabou e precisaram pedir, pagavam como podiam. Às vezes, realizando serviços em fazendas, que no entanto não tinham como abarcar tanta gente por muito tempo, de modo que pousavam no máximo uma semana e seguiam em busca da terra que buscavam.

Pouco antes de fazer um ano de andança, dois dos filhos de Elias adoeceram quase ao mesmo tempo. Irene desesperou-se, mas sua única reação foi levar para longe dos doentes os outros seis. Se todos adoecessem, a caminhada, que já demorava mais do que eles desejavam, ficaria estagnada por muito mais tempo até que todos conseguissem continuar. Dessa vez, entretanto, o destino agiu rápido: em dois dias, uma das crianças estava morta e a outra, recuperada. Irene chorou com vergonha, se lembrando das palavras do marido, mas não conseguia evitar. Amoroso ficou velando o menino morto antes que Elias trouxesse o saco e a enxada para o buraco no chão onde depositariam seu corpo, e quando Irene se aproximava, lambia-lhe os calcanhares: sabia do peso que ela carregava e das dores alentadas que sentia. Eram agora treze em busca da terra que Elias viu em seu sonho e que lhe fora ordenado procurar e dela se apossar.

Herculano e Anunciata abandonaram tudo não porque acreditassem tanto no sonho de Elias; o que determinara de verdade fora a carestia de tudo. As terras já não davam mais nada. A cada seis meses era preciso vender mais um pedaço da fazenda. Quando Irene pegou barriga mais uma vez, Elias apareceu ao lado da cerca que os tornava vizinhos e disse para Herculano, Vi no sonho essa noite que tudo o que habita esse lado daí é de ser para sempre estéril. O homem, que naquele momento preparava o terreno para ver se lhes nascia ao menos o de comer levantou a cabeça e disse para o cunhado, Que essas palavras não alcancem os ouvidos das minhas terras, e baixou o olhar novamente para o que fazia. Elias disse, De ouvidos abertos ou fechados, Herculano, o que está seco é o útero.

E ele estava certo. Dali em diante, nada mais prosperava nas terras de Herculano. Não demorou muito, e as suas também começaram a ser afetadas. Parece que o seu sonho informou só metade da verdade, não foi?, provocou o cunhado. Não. Eu que lhe disse apenas o que lhe interessava. Já é da minha sina andar para fora daqui. Assim que Irene estiver em condições juntarei os meus e partiremos. Se quiser vir, venha também. Não demora e esse lugar será um imenso deserto. Herculano ficou de pensar, até dizer que ia, na noite anterior à partida do cunhado e da irmã. Quando as mulheres entraram em casa, Herculano chamou Elias, e empunhando a lamparina diante do rosto do cunhado até que este pudesse sentir o breve calor da chama tremulante que lhe iluminava o rosto de amarelo, perguntou-lhe num tom de voz acima do cantar dos grilos, Tem mais alguma coisa que lhe foi dita em sonho que me interesse saber antes de partir? Tem. E o que é? Nem todos os que daqui vão partir vão no destino chegar.

As palavras de Elias, proferidas em meio à sua própria estupefação, estavam demonstrando que da quimera muitas vezes incorre-se no risco de nascer a verdade. E muito embora Herculano já tenha saído de suas terras avisado, não pensava em se tornar viúvo, mas foi o que aconteceu.

Haviam parado num vilarejo de agricultores em busca de água e de mantimentos. Arranjaram-lhes uma casa vazia que antes era usada para guardar feno para o gado, mas que com o fim dos pastos não tinha mais ocupação. Disseram-lhes que poderiam passar no máximo trinta dias corridos. Uns senhores de engenho que habitavam a algumas léguas dali se comprometeram a ajudar os moradores do lugarejo, mas precisariam derrubar a casa do feno para dar vazão aos propósitos que tinham para aquelas terras, o que fariam dali a pouco mais de trinta dias. Pressentiam exploração, mas não tinha outro jeito: ou era isso ou morrer de fome. E era do entendimento de muitos que não se nega favor a quem lhes dá o que comer, que era precisamente o que os tais homens vinham fazendo. Enfiavam-lhes pela goela a possível culpa de uma ingratidão.

Na metade do tempo proposto Anunciata começou a tossir muito e se queixar de dores pelo corpo, febre e náuseas. Herculano averiguou o lugar onde ficava deitada a mulher e constatou que estava infestado de piolhos. Foi até a casa grande. Chamem um médico, minha mulher precisa se tratar. O menino Soares, que era o moleque de recado do vilarejo, montou numa égua obediente e foi procurar por Otávio, o médico que cuidava dos moradores de pelo menos três regiões ao redor daquele lugar. Voltou com a notícia de que o homem havia saído para um atendimento, mas ficou acertado com a sua mulher que ele nem desmontaria do cavalo e iria ver o que estava acontecendo com Anunciata assim que chegasse, provavelmente naquela mesma noite.

Otávio chegou com o fim da manhã, examinou o corpo da mulher e sentenciou, É tifo. Ela precisa ser levada para um hospital, e todos os que conviveram com ela precisam ser isolados.

Herculano ficou um instante a sós com a mulher. Por favor, me deixe morrer aqui. Eu não quero ir. Prossigam sem mim, vocês precisam chegar logo ao grande destino. Herculano lembrou-se das palavras do cunhado e saiu de lá dizendo que a mulher se recusava a sair dali. Se ela não for ao hospital, morrerá, disse o médico. Essa não é uma preocupação que ela tenha, replicou o homem. Sendo assim, não há mais o que eu precise fazer aqui, disse Otávio, montando em seu cavalo e indo embora depois de receber seu pagamento.

Naquela mesma noite, Herculano partiu com Elias, Irene e seus filhos. Também naquela noite os moradores tocaram fogo na casa onde se encontrava o corpo sem vida de Anunciata, e viram a imensa fogueira em que ela se transformou iluminar o céu, como a prenunciar tempos de fartura e alegrias.

Já tinha dado tempo de todos se tornarem um ano mais velhos, e continuavam a caminhar. Elias de vez em quando fazia uso de um cajado, que ele mesmo fizera a partir de madeira que encontrou pelas estradas de terra. Todos se sentiam exaustos, muitas vezes dando mostras de que, se não tivessem levado tanto tempo andando e não estivessem tão longe, teriam desistido. Caminhar naquela aridez de clima e de possibilidades era uma violência contra si mesmos, uma forma de desumanização. Herculano dizia que se passasse mais um mês sem destino, iria bestializar-se. Ninguém entendeu aquilo ao certo, mas Irene rogou aos céus que ele não enlouquecesse. Passou a dormir perto do cajado do marido porque não sabia se precisaria defender os filhos. Amoroso compreendeu o que se passava, e ficava a noite toda de guarda, perto de Herculano, que agora vinha dando para fazer barulhos estranhos durante o sono.

Quando o dia clareou, o cavalo de Herculano havia desaparecido. Acharam-no alguns metros mato adentro, caído, o corpo endurecido. Era como se o bicho tivesse tentado escapar para não morrer onde todos os dias eram trincheiras abertas. Ao vê-lo, Herculano deitou-se sobre seu cadáver e chorou tudo o que represara quando da morte do filho e da esposa. Os demais não se aproximavam, com medo que junto à dor morasse a raiva. Reconheciam no gesto dele a capacidade advinda de um iminente colapso a que estavam todos sujeitos. Elias não disse palavra alguma por muito tempo. Até que resolveu pegar uma das moringas e derramar sobre a cabeça do cunhado. A atitude o revitalizou, era como se acabasse de sair das águas do Jordão: estava batizado. Todo o mal passara, era o que uma voz parecia lhe dizer, como se visão não fosse mais, unicamente, privilégio de Elias. Levantou e disse a todos, Vamos encontrar essa terra.

E encontraram.
A tarde já se fazia metade quando chegaram a um chão de proporções vastas para onde quer que se olhasse. Tão inabitado que alma nenhuma parecia jamais ter pisado ali. Elias se apoiava no cajado. Olhou lentamente para o rosto de todos os sobreviventes e disse, É aqui. Herculano quis duvidar, Como vamos viver nessa terra seca? Vamos plantar, respondeu Elias Carcará. Nesse barro onde nada tem condição de nascer? Olhe para os lados, Elias. A vegetação está morta, das árvores só restaram galhos finos como braços de crianças, nem cacto vinga nisso aqui, revidou. Essa terra seca e barrenta há de prosperar, reafirmou, batendo nela o cajado, com força. E é aqui que ficamos.

Irene começou a desdobrar a lona que utilizavam para montar uma barraca sempre que dormiam ao relento. Estava selado, assim, o fim de qualquer desavença. Os dois filhos de Herculano correram para ajudá-la. O sol já começava a sumir no horizonte e aquela não era hora para discussão. Que indagassem o que fazer no raiar do dia.

À noite choveu como se o céu estivesse disposto a matar a sede da terra, mas só quem percebeu foi Amoroso, que ficou estoicamente fazendo guarda do lado de fora. Só ele parecia entender que a porta do tempo está sempre aberta.

O chão tocado pela força do cajado de Elias despertara, e agora se anunciava das entranhas num imenso bocejar.

Durante o tempo em que a água desceu para banhar o que encontrava pela frente, a terra exalou um cheiro que nenhum deles pôde identificar, porque daquele mormaço que adentrava suas narinas vinha o sono que não os deixaria testemunhar o que acontecia do lado de fora. Era como se a terra quisesse surpreendê-los e por isso os fizesse dormir.

O capim seco horas atrás crescia com a beleza da grama, e transformava o vermelho da terra em verde de pasto. As árvores, antes esturricadas, resplandeciam, mostrando uma variedade e exuberância de frutos que eles nem imaginavam que poderia existir por aquelas bandas. O vento que soprou pela manhã derrubou as flores das árvores, que ficaram caídas em meio ao verde, perfumando o ar com cheiros de manga e caju.

Dormiram no deserto e acordaram num Éden sem Eva nem Adão. Estavam em casa – porém, incrédulos. O que quer que acontecera numa questão de minutos durante a noite traduzia o medo que algo de muita beleza pode causar. Ainda não entendiam que é preciso um tempo de assentamento até que a felicidade se transforme em desassombro. Por isso, apenas obedeceram ao instinto de plantar. Cultivaram a terra que, tinham certeza, de tudo daria.

Enquanto viam de dentro dela brotar o sustento, descobriam as redondezas. E era um lugar tão profícuo que conseguiam encher cestas, ajeitá-las no cavalo Boyrá e vendê-las ou trocá-las por porcos, carneiros e galinhas a algumas léguas dali.

Àquela altura já haviam começado a construir a casa de pedras que Elias tinha visto em seu sonho e que, não duvidava, precisava fazer parte do lugar. Ele sabia onde posicioná-la, as dimensões que teria; dentro dele estava tudo organizado em certezas. A casa foi nascendo com a ajuda do cunhado, dos sobrinhos e de homens que souberam da sua intenção de moradia. Durante a construção, surpresas. No que os homens cavoucavam a terra, descobriam partes de objetos, que depois entenderam ser pedaços de armas, utensílios e ferramentas, como se há muito tempo outras gentes houvessem feito daquela terra moradia. Pra onde escavassem, encontravam pedaços de qualquer coisa. Mas aquele lugar padecia de gente, estava claro. Vocês não veem que isso aqui reverbera solidão?, disse Elias, quando questionado sobre a possibilidade de alguém reclamar aquelas terras. Ele estava certo. Um olhar mais atento via que bicho vivente algum, com alma ou sem alma, pisara ali nos últimos cem anos.

Foi nessa época que ele começou a ser chamado de louco. Por que a casa tinha que ser feita de pedras, tão difíceis de levar até ali? Porque era o que o sonho ordenava, ele dizia, e como resposta ouvia risos ou via entreolhares jocosos.

Enquanto a casa crescia viam também o lugar se agigantar. Pessoas que vinham ajudar na construção, fugindo das vastidões de terras áridas, acabavam ficando para morar, trazendo os seus. Quando a casa de pedras foi concluída, três anos depois, as doze pessoas que lá chegaram viram mais de quatrocentas ocupando os espaços e construindo um vilarejo, que inicialmente chamaram de Olinópolis. Ninguém sabia a origem do nome, nem quem o havia dado. Provavelmente era a junção de partes de nomes: contido nele estava o mistério. O certo é que o lugar foi sendo povoado e o nome passando de um para o outro. Muitos anos depois o que naquele momento era Olinópolis seria apenas um pequeno distrito de uma cidade muito maior. Em poucos meses, havia uma vizinhança. Logo mais, os que chegavam se empenhavam em trazer mais e mais pessoas para construir residências. Utilizavam-se de madeira e tijolos; Elias não admitiria uma casa de pedras além da sua.

As pessoas iam criando suas moradias como se na terra fincassem raízes, posto que não havia em ninguém o desejo de partida. O sentimento neles enterrado era o de explorar o lugar, até o ponto em que já eram tantas as casas que um centro da cidade passou a existir, e dentro dele um comércio, com pequenas mercearias, secos e molhados, armazéns, bares e uma pousada, já que muitos iam primeiro olhar para depois ver como ficar. Em breve – pressentiam – o lugarejo precisaria ser chamado de cidade. Eram todos filhos de agruras em terras devastadas que ouviam a notícia de Olinópolis, um chão onde tudo o que nascia tinha desejos de vida eterna.

Elias e Herculano também viviam da terra e dos animais. Havia um tal sentimento de reverência em torno deles que os assustava. Não queriam ser tratados como autoridades, muito embora compreendessem o respeito extremo daqueles que viram o lugar crescer em torno dos dois homens.

Sete anos depois da chegada de Elias, Herculano e seus familiares, Olinópolis já era oficialmente uma cidade. Foi também aos sete anos que sua população de quase oito mil habitantes foi assolada por uma praga que aconteceria, de forma bem semelhante, dezenas de anos depois.

Quando o sol ia embora, as residências começavam a fechar suas janelas, Elias se recolhia com a mulher e os filhos e o comércio baixava suas portas. No dia do acontecimento, algumas pessoas haviam se queixado de um calor agressivo, porque vinha acompanhado de uma sensação úmida, abafada, como se houvesse vapor de água quente no ar, e um cheiro de lodo tomava conta dos narizes mais sensíveis. Atribuiu-se a sensação às inúmeras plantações nos arredores de toda a cidade, que continuava a crescer, atrelado ao sol, que nunca falhava.

No instante em que a última porta foi fechada, rãs começaram a invadir as ruas de Olinópolis como se fugissem de algum inimigo maior. Eram tantas e faziam tanto barulho que as pessoas começaram a sair para a calçada; queriam averiguar o que acontecia, e eram logo atacadas pelos pequenos animais de pele viscosa. Uma das primeiras pessoas a abrir a porta foi Irene, já com os filhos por perto. Benedita, uma das meninas, foi derrubada pela enormidade de rãs, que pulavam, coaxavam e esticavam suas pernas esquálidas como se procurassem alcançar um objetivo. Rãs menores entraram-lhe pela boca aberta em surpresa e estupefação, e ela morreu engasgada com os bichos atravessados em sua traqueia. Irene ainda tentou fazer algo pela filha, mas vendo o mar de batráquios subindo mais a cada segundo, deixou o corpo da filha ao pé da porta, que agora não conseguia fechar. Elias, acuda! O marido acorreu para ver o que acontecia, mas agiu com uma calma de quem compreendia que os mistérios da vida podem ser encarados com serenidade, como se aquilo fosse algum tipo de sabedoria. Amoroso havia saído de seus aposentos e estava ao pé de sua dona, latindo para bichos que ele nunca vira antes e que só veria aquela única vez, porque teria o mesmo fim que a recém-finada Benedita. Irene, sem conseguir enxergar completamente a quantidade delas por toda parte, uma vez que não havia iluminação nas ruas, compadecia de si mesma diante de sua impotência. Bateu com a porta no corpo da filha repetidas vezes, na tentativa desesperada de fechá-la a todo custo. O corpo de Benedita se sacolejava todo, com rãs que entravam sem conseguir sair, agitadas num corpo que se tornara involuntária tocaia. Por fim, Irene fechou e travou a porta e correu para a parte mais funda da casa, num cômodo sem janelas. Mas lá também já havia rãs, que continuavam a chegar como uma lama verde-cinzenta por sob a fresta da porta. Não houve alternativa: ou começava a esmagá-las, inicialmente com os pés, e poucos minutos depois, vendo que eram insuficientes, também com as mãos, ou teria um destino igual ao que antevia para tantos em Olinópolis naquele momento. Elias havia sumido. Não que àquela altura adiantasse gritar por ele, que também devia estar tentando salvar a si e ao restante dos filhos. Enquanto enxergava as rãs, porém, Irene debatia-se com força no esforço incontido de exterminá-las. Não queria para si o fim de Benedita e do cão Amoroso.

Os minutos foram se esvaindo em desespero, o que naquele caso significava dor e luta. Depois de um tempo, o silêncio.

Olinópolis amanheceu contando seus mortos. Se até ali havia certezas de bonança, muitos eram os moradores, especialmente os que não tinham tido vítimas fatais, que atrelavam trouxas em seus cavalos e fechavam casas rumo a algum outro lugar, pelo menos por uns tempos.

Das rãs, contudo, nenhum sinal. Se foram com a mesma impetuosidade que chegaram, o que acabou fazendo com que outro tanto de gente se decidisse, de última hora, por não mais partir.

Já no dia seguinte, ouvia-se em toda parte uma tosse seca, sem causa aparente. Enquanto se movimentavam pela cidade, os cidadãos de Olinópolis se cumprimentavam, muitas das vezes, levando a mão à boca, com vergonha de seus ruídos.

Irene não foi uma dessas, porque estava acamada desde o dia anterior, com uma crise de nervos. Seu corpo estava cheio de hematomas, causados pelas tantas vezes em que viu suas mãos, braços e pernas se comprimindo contra rãs nas paredes, no chão, no próprio corpo. Sequer foi ao enterro de Benedita, feito com o de todos os outros moradores locais no dia anterior. Quando a tosse a pegou, ela não ofereceu resistência. Morreu intrigada com o fato de que, tirando os lugares por onde passara, toda a sua casa parecia tão limpa como se bicho nenhum tivesse invadido todo aquele espaço. Sua última visão foi a do marido perto de si, colocando-lhe a mão sobre a testa. Achou estranho que, na situação em que estava, seu pensamento navegasse para a impressão de que Elias estava subitamente mais gordo. Sorriu para si, num último sentimento de alegria. Achou que era delírio de gente moribunda. Talvez fosse.

Depois do enterro de Irene, Elias pegou seu cavalo e saiu de Olinópolis. Os filhos, já grandes, transitavam entre casas de conhecidos, escola e atividades de ajuda nos currais e plantações. Durou pouco. Em não mais que cinco dias, a tosse se transformou em febre e em uma paralisia misteriosa, que não deixava os acometidos se locomoverem sequer minimamente, e fez os saudáveis fugirem para longe. A cidade da fartura virava, no esfarelar das horas, depósito de moradores morrendo de inanição.

Já era bem perto da metade do século quando Elias Carcará voltou para Olinópolis. Veio com a certeza de que sua casa, hoje afastada de todas as demais casas da cidade, ainda estava de pé. Entrou nela como se nunca tivesse saído. Elias não voltara por notícias de seus filhos ou de Herculano. Os que ainda estivessem vivos, sabia, não teriam os rostos de antes. Talvez no curto tempo da volta até tivesse se cruzado com um dos seus, que permaneceria para sempre ignorado. O retorno se devia ao chamado de estar no lugar para o qual fora designado ficar. No tempo que veio depois, ele cavalgou pela cidade e descobriu que ela estava ainda maior. A febre que paralisara tantas pessoas anos atrás e da qual ele apenas ouvira falar não chegou a dizimar a cidade que ajudara a fundar. Soube depois que algumas pessoas tinham resistência ao que quer que as estivesse atingindo, e essas cuidavam dos que agonizavam até o derradeiro gemido.

Quase não conhecia ninguém, e notou que os que o reconheciam o cumprimentavam à distância. Ele não era mais o dono do lugar aos olhos dos moradores. Voltou para a sua casa, de onde só saía para pegar sol ou suprir suas necessidades alimentares.

Não mais que três meses depois, o filho mais novo de Dionésio, o dono da única farmácia da cidade, entrou em casa chorando. Antes que pudessem perguntar, ele anunciou, Tem uma cobra gigante engolindo a casa de Elias Carcará. Dionésio chamou dois vizinhos e foram até a casa dele em seus cavalos. Quando se aproximaram, nada viram, mas ouviram um barulho de chocalho batendo no chão com pressa, como se o animal responsável pelo som não quisesse ser visto. Voltaram, incrédulos. Dionésio, não. Ainda tinha que perguntar ao filho o que diabos ele estava fazendo perto da casa de um homem por cujas cercanias

só quem andavam eram os bichos. Eu estava brincando com os filhos do Osvaldo. Pensamos que a casa estava fechada. O pai sabia que era mentira. A cidade inteira sabia do retorno de Elias Carcará; tinha inclusive falado com os filhos sobre isso e sobre manter a distância da casa de pedras. Mas tinha uma coisa que Dionésio sabia muito bem, e essa coisa era manter o controle sobre seus próprios impulsos. Estava ainda de pensamento turvo, e com medo do excesso achou melhor não bater no menino, acusando-o de mentir sobre a casa e mentir por inventar uma história para tirá-lo de seu repouso noturno.
Não tinha tanta certeza sobre a segunda mentira.

Durante várias semanas Olinópolis continuou a seguir seu percurso de pequena cidade habitada. Isso até dona Clementina começar a dar falta de suas galinhas. Sebastiana, conte aqui comigo, disse ela à criada. Contaram. Tem sete a menos do que semana passada. *Sete*. Era comum que de vez em quando alguma criança roubasse uma, ou que, vivendo soltas como viviam durante o dia para se recolherem somente à noite em seus poleiros, eventualmente fossem atropeladas por alguma carroça ou mortas por cavalos apressados ou cães perseguidores de seus próprios instintos. Mas daquela forma, naquela velocidade, era sinal de que havia algum outro elemento agindo para dar fim a suas galinhas. Meio que por acaso, Clementina mencionou o fato a Hermínio, um criador de vacas que deixava parte do seu rebanho solto por Olinópolis e de quem ela comprava leite todas as manhãs, e ouviu dele queixas semelhantes. *Três das minhas cabeças de gado sumiram nas últimas quatro noites. Mandei o capataz dar ordem aos peões para procurá-las, mas eles não encontraram nada.*

Todo dia aparecia alguém com relatos parecidos. Em certo momento, Clementina achou que tinha elementos para formar um grupo de criadores de ovinos, bovinos e galináceos disposto a descobrir o que vinha acontecendo. O plano era simples: durante dez dias, eles manteriam propositalmente seus animais em ambientes vulneráveis e montariam guarda durante a noite, para ver quem andava roubando seus bichos. Não foram precisos nem dois.

Jacó deixou a porta do curral aberta, acendeu a lamparina, colocou-a sobre a mesa ao lado de um bule de café e de uma espingarda, e ficou de tocaia à espera do ladrão. O combinado era que Clementina e Hermínio estivessem fazendo o mesmo. E estavam. Mesmo antes do daguerreótipo, que ainda demoraria alguns anos para nascer, eles capturavam dentro de si a imagem do que faziam, como se fossem bichos comunicantes. O tempo era de agir em detrimento do que precisava ser feito. Contra ameaças, luta-se, e era o que sabiam.

O estado em que ficou Jacó quando viu o que acontecia a suas cabras, carneiros e bodes, contudo, remeteu-o à paralisia que acometera a cidade nos anos 20. Da porta baixa de madeira de onde observava seu curral, viu um animal imenso, de consistência viscosa e com uma pele escamosa que brilhava à luz do luar, aproximar-se para onde estavam os bichos, que começaram a se levantar e berrar uns para os outros. Estático, Jacó viu o momento em que o gigantesco bicho rastejante afastou-se por não mais que dois segundos, o suficiente para medir o espaço que tinha ante o animal, e deu um bote, enlaçando-o e quebrando-lhe os ossos numa rapidez que dificilmente se poderia dizer que o caprino havia entendido seu próprio fim. Em seguida, o que ele agora podia ver ser uma cobra imensa, cuja outra metade do corpo nem entrara no curral, largou o carneiro morto para trás e atacou uma cabra, utilizando-se do mesmo ardil. O animal abocanhou os dois bichos num gesto breve. De onde estava Jacó não viu, pôde apenas deduzir que sua criação descia pelas entranhas do que parecia ser uma sucuri de proporções gigantescas. Os outros bichos gemiam e berravam longamente, em pedido de socorro. Como se antevisse alguma espécie de perigo, a sucuri retirou-se para dentro das densas matas e sumiu. O desfalecido Jacó só acordou com a luz do sol batendo em seu rosto.

Olinópolis era, naquela metade do século XIX, um microcosmo do resto do país, com sua comunicação precária feita através de cartas e meninos de recado. Mas a repercussão do que acontecera na noite anterior no curral de Jacó adquiriu proporções incendiárias. No íntimo de seus moradores fazia casa o medo. E embora fosse necessário seguir com a vida diária e seus afazeres, a tensão era uma constante que competia deslealmente com a sanidade. E era para lutar contra essa inescapável verdade que a ação se tornava porta-bandeira para a liberdade da condição em que estavam todos enfiados.

Por várias noites nenhum animal sumiu. Donos de cães e gatos, antes criados soltos pela rua da cidade e que dadas as circunstâncias haviam prendido seus bichos, voltaram a soltá-los. A cobra de Olinópolis já se transformava quase em uma lenda ou uma história que os pais usavam para assustar as crianças (Se você não se comportar, a cobra vem te pegar à noite!), o que as transformava quase que imediatamente – pelo menos enquanto elas se lembrassem da ameaça – em verdadeiros santos de altar, quando dona Clementina sumiu. Foi a criada quem encontrou um rastro de sangue saindo do meio do corredor da casa e seguindo até a porta. O mesmo material pegajoso encontrado no curral de Jacó sujava todo o corredor da casa de Clementina. O bicho claramente mandava um sinal.

Após o desaparecimento de Clementina, Dionésio juntou-se a Hermínio e Jacó para contar o que seu filho vira. Os três homens decidiram ir – no claro do dia, porque não eram loucos – confrontar Elias. No caminho, Jacó comentou uma frase que Clementina havia lhe dito a respeito de Elias, Hoje, ele é um homem de quase sessenta anos. Quem vive desse tanto? Um réptil. Os homens se entreolharam, mas não quiseram dizer o que passava por suas cabeças.

É uma imagem muito bonita, eu diria, mas um delírio, foi a resposta de Elias ao ser confrontado pelos três homens sobre ele ter algo a ver com o que estava acontecendo em Olinópolis. Hermínio tomou a palavra, Saiba, Elias, que estamos todos lhe observando de perto. Não é de hoje que essa terra se abre para os seus mistérios. Quem cá está sabe disso, e aprende a conviver com o inesperado, porque respeitamos a magia da vida com seus segredos e enigmas. Mas não quando ele nos ameaça. E desde que você voltou que tem sido assim. Você fundou esse lugar, Elias. Todo ele nasceu ao redor da sua casa de pedras. Mas o sentimento de um povo agora é o de que você deve ir. Era bem o que me faltava, eu ser expulso da cidade que fundei, disse um Elias exasperado. Não vamos expulsá-lo, continuou Hermínio. Mas toda a cidade está com os olhos voltados para você, e é bom que você saiba. Tem algo de estranho acontecendo aqui, e pelo sangue que corre dentro do meu juízo, eu sei que tem a ver com você. Elias soltou um ruído de escárnio. Seu chasco não nos intimida. Há todo um povo com os olhos voltados para você e para o bicho em que você se torna, Elias. Dê mais um passo em falso, e daremos cabo dos dois.

Nos dias que se seguiram, a cobra pareceu ter feito a escolha pela fome. Nunca mais um único bicho voltou a desaparecer das casas. Por tempos inconstantes, ainda houve relatos de que uma imensa sucuri se enrolava na casa de Elias Carcará à noite, como se estivesse a esfriar seu escamoso e espesso corpo sobre o frio das pedras. Mas os moradores de Olinópolis trataram o assunto como coisa menor, quase a lenda que com o passar dos anos de fato se tornaria.

Menos um pequeno grupo. Hermínio, Dionésio, Jacó e Helenita, filha mais velha de Clementina, juntaram-se para definir o plano da pólvora. Porque para haver paz não se pode haver dúvidas, ficou decidido que a casa de Elias Carcará seria mandada para os ares.

Já no dia seguinte, num estratagema que cabia apenas aos quatro, espalharam explosivos ao redor de toda a casa. Era um dia de sábado, a cidade inteira fazia a sesta depois do almoço. Não cogitaram, em momento algum, entrar na residência. Só queriam que ela deixasse de existir, junto com tudo o que simbolizava.

Quando o comércio voltou a abrir as portas depois do horário de almoço, em toda a cidade foi possível ouvir uma explosão que fez as pessoas se perguntarem qual seria o acontecimento agora a causar distúrbio por aquelas paragens. Mal sabiam que o barulho representava o fim deles, pelo menos por algum tempo.

De onde estavam, os quatro perpetradores viram quando pedaços diminutos de pedra foram ao ar, mas não só: viram partes de esqueletos de vacas, bezerros, cabras, bodes, carcaças de galinhas, e também pedaços inteiros de um animal que estava dentro da casa, porque o que caiu diante deles ainda tinha restos de vísceras e estava quente. Os quatro se levantaram e deram a missão por cumprida. Muito tempo se passaria até que alguém tivesse coragem de tocar naqueles restos da casa e do que mais parecia ter existido dentro dela. A vegetação cresceu em toda parte, árvores surgiram ao redor. Em alguns meses, o lugar ocupado pela tão sonhada casa de Elias Carcará se tornara uma mata fechada e abandonada.

O prefeito fez um discurso na praça da igreja matriz, e anunciou que para deixar definitivamente todo aquele período para trás, a partir dali a cidade teria um novo nome: Henakandaya. Grande tronco. Queriam transformar a abundância que dera fama ao lugar no símbolo próspero de grandes árvores crescendo até o infinito. Sejamos como essas mangueiras e cajueiros e tantas outras árvores frutíferas que tornam nossa terra um imenso campo de riqueza, discursou. E que, depois de cumprido com seu ciclo, podem tornar-se coisas outras. De um grande tronco tudo se aproveita.

O tempo mostraria que a escolha fora das mais acertadas. Um dia, alguém descobriria que Henakandaya era também o nome da sucuri que deu origem à mais famosa lenda da cidade. Foi então que descobriram que algumas pessoas vivem para sempre, e que certas histórias nunca morrem.

O pesadelo diz adeus
(1854-)

Os meninos até que tentaram correr quando Zé Lins se aproximou, mas a cerca era alta, era preciso também tomar cuidado para não se ferir com os espinhos e os carrapichos, sem contar as armadilhas que eles mesmos viviam colocando para pegar passarinhos e preás, então a alternativa que tiveram foi a de atacar sua presença, Sai daqui, ninguém chamou você pra brincar, disse o menor deles, João, que era pequeno só em tamanho, porque tinha uma língua enorme e uma perspicácia de fazer inveja a vendedor ambulante. É, vá embora, você não tem nada pra fazer aqui!, admoestou o companheiro de João.

Zé Lins parou em sua costumeira tranquilidade. Eu vim apenas para dizer que vocês estão brincando perto de um ninho de abelhas. E onde estão os filhos, possivelmente estão os pais também. Os meninos ficaram tão brancos que pareciam completamente ausentes de qualquer gota de sangue. Subitamente a cerca – objeto improvisado colocado ali sete anos antes, quando a casa de Elias Carcará fora implodida – não parecia mais um obstáculo. Os garotos saltaram por ela de qualquer jeito, aos trancos, deixando Zé Lins no meio do mato sozinho, como se ele já não estivesse entre restos de verde, capim e folhas secas ao seu próprio abandono.

Era um menino só, e tão capitaneado pelo seu instinto de solidão que aos olhos dos outros parecia exemplar último de uma espécie que, passado seu tempo sobre a terra, deixaria de existir por completo.

Olhou ao redor, para o imenso terreno onde um dia existiu uma casa de pedras, a primeira grande construção de Henakandaya. Caminhou em direção à cerca e por entre as frestas pôde ver num canto, quase encoberto pelo mato, o que tinha visto desenhado em sua mente. Sempre que a imagem aparecia, era preciso soltar o alerta, de modo a que soubessem o que era preciso saber.

Pelo menos foi isso que havia lhe dito Isolda, a cigana que veio com o circo.

Zé Lins era então uma criança de seis anos quando o circo chegou pela primeira vez em Henakandaya. Caminhava ao avesso pelo mundo, repleto das miudezas que formariam quem ele já era, mas desconhecia. Foi levado por sua avó, Conceição. Ela o levou pela mão porque tinha medo que ele se desgarrasse, tão rarefeita era a sua compleição diante dos balões, sons e músicas que tocavam ao seu redor. Na verdade, por trás dos olhos de Zé Lins só havia a ingenuidade do encantamento, como se mergulhasse até o fundo do oceano e pudesse admirá-lo através de um vidro.

Conceição foi comprar o ingresso e no instante em que anunciou isso ao neto, ele percebeu que diante da lona de pano, que um dia fora vermelha e agora era algo entre o laranja e o amarelo, bem na entrada, havia uma tenda de cada lado. Numa, um homem fazia truques de mágica, na outra, uma mulher colocava cartas para quem quisesse saber o futuro. A avó de Zé Lins viu a estupefação do neto e também se interessou pelo que havia nos diminutos espaços. Sempre foi uma mulher curiosa, e como nunca se recuperara dos episódios acontecidos há tão pouco tempo, achou prudente não perder a oportunidade. Abriu a mão e viu o quanto tinha em moedas, entregou uma a Zé

Lins dizendo, Vá ver o mágico, assim mesmo, como uma ordem seca, como um vá para lá que eu vou para cá, sem desobediência. E ele foi. Quando viu a avó entrar na tenda da cigana, Zé Lins saiu da fila e foi esperar por ela do lado de fora. De repente sentiu um medo grande de perdê-la e não ver o espetáculo, que prometia até um urso! De onde eles tinham tirado um urso, vovó?, perguntara numa estupefação que ficou sem resposta.

Conceição não demorou a sair da tenda. Vinha triste, com cara de quem perdeu tudo numa enchente. Assim que viu o neto, no entanto, deu um sorrisinho com aparência de alegria. Já terminou? E antes que ele se visse obrigado a mentir, ela emendou, A mulher quer te ver. Ele entrou, ela foi atrás. Dentro da tenda, uma lamparina iluminava de amarelo cartas antigas e gastas em cima de uma mesa com um pano grosso e desbotado. Ela colocou uma mão com muitos anéis para cima e apontou com um dos dedos para Zé Lins, A senhora fique lá fora que eu mandei chamar só o menino. Zé Lins ficou com medo e ameaçou chorar. Conceição segurou-lhe pelos ombros e fez um carinho que só ela, e ele entrou sem medo. Olha bem nos meus olhos e não solta o olhar, ela disse. Meu nome é Isolda, e o seu? José Lins, senhora. Certo. Escute o que eu vou lhe dizer, e escute com muita atenção porque você é uma criança e criança aprende rápido, mas esquece rápido também, e você não vai me ver duas vezes na vida. Zé Lins olhou para os lados, parcamente iluminados. Era mesmo de olhar para os olhos da cigana. Você já teve visão antes, mas daqui pra frente, quando você completar dez anos, o seu dom de ver tudo vai se ampliar tanto quanto a extensão do céu. Quando o destino aparecer, diga. Nunca guarde para si o mal que possa ser evitado, porque ele volta e volta para você, que hoje é pequeno mas foi parido para ser grande. E nessa cidade não vai haver quem lhe entenda. Quem não é como todo mundo corre o risco de ser menos do que os que são muitos, e eu quero lhe dizer que não seja. Nunca deixe caminhar para dentro de si o sentimento que desperta a palavra desespero. Agora vá.

Zé Lins saiu da tenda aturdido, com o olhar procurando as estrelas. Conceição não quis saber o que a cigana havia dito ao menino, e também não lhe disse o que ela lhe contara. Sobre tudo ela estava certa, menos que eles não iriam se reencontrar: Zé Lins nunca deixou de sonhar com a mulher que lhe fez entender seus rumos.

Foi para casa sabendo que lá não teria descanso. Era assim há quatro anos, desde que começara a ter a real dimensão do seu dom, como preconizara Isolda. Tinha as manhãs livres, mas à tarde, depois do almoço, uma fila se formava na porta da frente, onde Zé Lins recebia os interessados um por um. Num quartinho lateral, ele perguntava o nome da pessoa mesmo se já soubesse, colocava a mão na cabeça do anunciado e dizia o que via. Em troca, aqueles que podiam deixavam feijão, milho, galinhas, porcos e o que mais pudessem oferecer, além de algum dinheiro.

Era Elizeu, o pai de Zé Lins, quem organizava os horários de atendimento do menino. Figura admirada em Henakandaya por sua coragem, Elizeu largara a batina para se casar, mas fora um padre tão querido que nunca deixou de celebrar suas missas até que outro padre fosse enviado à cidade. Foi nesse tempo que ele decidiu trabalhar como pescador.

Quando a tarde já ia pelo meio, Elizeu chegava e encerrava os trabalhos, recolhia o que as pessoas deixavam para eles e mandava Zé Lins fazer coisas outras que não adivinhar destinos. Não queria o menino refém dos pedidos alheios, que a depender dos outros, ficaria ali num sem-fim de tempo.

Quando fez doze anos, todo o povo o tratava como se tivessem na cidade um santo em miniatura. Isso porque Zé Lins ficara pouquinho, não fora de crescer muito, mas tinha uma canelas espichadas e um corpo magro que seu hábito de vestir calças de pano compridas e camisas de botão folgadas davam a ele um ar de andar coberto por vestes sagradas, o que, aliado ao seu dom, o revestia de uma aura a ele imposta pelos locais. Frequentava a missa pelo menos três vezes por semana e começou a fazer atos de caridade nas casas das pessoas mais pobres de Henakandaya, estimulado pelo pai, que um dia lhe avisou que recebiam em troca da benevolência de seu dom muito mais do que precisavam. Assim, em dias em que não ia ajudar o padre Washington, montava no cavalo com os mantimentos e ia distribuí-los por toda parte. Até os 15 anos, Zé Lins não fez outra coisa da vida. Viu o pai parar de trabalhar, porque vivia para cuidar do seu adivinhador, como o chamavam aonde quer que ele fosse. Isaura, sua mãe, começou até a sonhar com uma casa maior. Então um dia Zé Lins olhou para dentro e disse chega. Quero ir embora de Henakandaya, meu pai, disse ele. E você vai tirar a esperança dessas pessoas todas que confiam suas vidas à força de suas palavras de aconselhamento? Vai fazer bem a elas poder caminhar sozinhas. Elas não precisam de mim, como ninguém precisava de mim antes d'eu nascer, replicou. Isso era no antes, meu filho. Hoje, todos precisamos de você, e isso não é de lhe causar nenhum estranhamento. Espero, pai, que o senhor tenha poupado o suficiente nesses anos todos. Se não tiver, tenho certeza de que saberá seu correto posicionamento como homem desta cidade. As pessoas lhe querem muito bem, vão lhe ajudar.

Elizeu insistiu em que o corte não deveria ser súbito. Mais uns quarenta dias, e ele tomaria outro destino. O menino concordou, ainda que carregasse em sua assertiva um desânimo que lhe doía ele não sabia onde. Não era de fazer prenúncios para si, mas havia uma espécie de intuição a lhe bater portas avisando que o desejo de outra vida, longe dali, era o sinal de que alguma coisa caminhava para frutificar-se em inomináveis dores de parto.

O pai informou que o filho iria embora, tocar a vida fora de Henakandaya. Era quase um homem, já; precisava consolidar seus próprios trilhos, disse.

Após o anúncio, nunca se viu tanta gente fazendo peregrinação para conhecer Zé Lins em seus últimos dias na cidade. No dia marcado para ser o derradeiro, Elizeu pediu ao filho uma premonição para a cidade, como forma de agradecer a ela pelo que havia recebido até ali. É melhor não, garantiu o menino. O pai quis saber o porquê. Em tom de confidência, Zé Lins disse que via uma grande confusão na cidade. Advertiu para o fato de que mulheres matariam crianças ainda pequenas, cidadãs sobre as quais jamais recairia qualquer suspeita.

A notícia ganhou corpo e forma, e rapidamente aprendeu a andar por si só. Da luz para as trevas, Zé Lins começou a ser visto com desconfiança. Como ele podia dizer tais coisas das pessoas de Henakandaya?, uns se perguntavam. Outros, mais afinados com o que ele enxergava adiante, passaram a olhar para as mulheres grávidas como potenciais assassinas. A tensão se instalou entre os moradores, e também o medo. Ao final da missa de domingo, o padre Washington, antes um dos muitos comovidos com a caridade de Zé Lins, sugeriu que adivinhação era coisa do diabo. Zé Lins passou a ser chamado de filho do demônio. Pessoas que frequentavam sua casa agora tinham medo até de cruzar olhares, como se ele fosse transformá-los em estátua de sal. De nada adiantou que Elizeu fosse para a frente da igreja defender seu filho: a bíblia traz inúmeros relatos de revelações que são anúncios de verdadeira alegria, sendo que a principal delas foi o aviso da vinda do próprio filho do Senhor para a terra através da boca de um anjo. Como podem os que se beneficiavam de suas premonições agora desejarem sua morte, apedrejando-o em toda parte?

A igreja resolveu agir. Padre Washington conseguiu verba para que um orfanato fosse construído onde antes ficava a casa de pedras de Elias Carcará, um terreno sem uso há muitos anos. Na semana seguinte começaram a limpeza do lugar, e as pessoas se reuniram em torno do projeto. Segundo o padre, a ideia era criar um espaço de acolhimento para as futuras crianças da cidade, e esse lugar de amparo seria justamente o Lar Católico de Henakandaya.

A demora para a criação do orfanato foi pequena. Antes mesmo da primeira mulher grávida desde a informação de Zé Lins trazer o menino para o mundo, pouco mais de cinco meses haviam se passado. Irmã Isadora e irmã Florbela foram designadas para cuidar do espaço, das mães e de seus filhos.

O orfanato, porém, teve um efeito que padre Washington não esperava: o número de mulheres grávidas em Henakandaya aumentou, assim como o de mulheres abandonadas por seus maridos. E, para a surpresa de alguns, mulheres engravidavam de homens de outras cidades, que vinham conhecer a cidade do adivinhador. A população de crianças órfãs de pai ou mãe aumentava. Padre Washington não via isso como reflexo de um espaço onde os bebês pudessem ser deixados, ao contrário, entendia-o como um lugar onde eles podiam ser abraçados pelo trabalho de mulheres que estavam lá para dar a todas aquelas crianças uma mínima dignidade possível.

Nesse tempo, também, Zé Lins adormeceu e não amanheceu mais na cidade. Quando os moradores souberam, foi como uma espécie de alívio. Sua presença pelas ruas parecia a todos uma constante ameaça. O receio de que a assassina de bebês surgisse estava contido em sua figura ambulante. Seu desaparecimento das vistas alheias parecia acabar com o mal. Despediam-se de um pesadelo.

Aos poucos, fenecia qualquer resquício de ameaça. Padre Washington comunicava em suas missas, todas as semanas, que as irmãs estavam dando às crianças a oportunidade de uma vida plena para pessoas que queriam adotá-las ali mesmo em Henakandaya e, quando não era este o caso, pessoas de bem de outras paragens. O importante era entregar os filhos de Deus a homens e mulheres que quisessem criá-los em seus lares.

A cidade estava, mais uma vez, inabalável, e assim chegaram ao século XX, quando então veio o recado de Zé Lins.

Preparem-se para a grande chuva, era o recado que Elizeu trazia de seu filho, agora um homem casado e com uma filha pequena na qual nasciam os primeiros dentes.

Os moradores de Henakandaya, porém, não queriam mais saber do que Zé Lins tinha a dizer. Já haviam se passado tantos anos, e sua maldição sobre a cidade jamais se cumprira.

Mas o aguaceiro veio. Por muitos dias choveu em Henakandaya. A lavoura se perdia, os bichos não tinham mais pasto. Na semana seguinte, a força da água se intensificou. Casas construídas em morros se desmontavam como se fossem de barro. Desolados, moradores pediam socorro ao padre Washington, uma vez que os governantes da cidade sozinhos não davam mais conta de tantas agruras. Em silêncio, as pessoas lembravam do recado de Zé Lins trazido por Elizeu, mas guardavam para si. A urgência exortava que seus pensamentos e ações fluíssem na direção de salvaguardar almas em vias de serem perdidas.

Padre Washington mandou que o chão que estivesse desocupado no orfanato deveria receber pessoas em busca de salvação. No dia seguinte à sua ordem, com pátios lotados e o nível da água na cidade subindo, ninguém notou quando os pesados portões do orfanato se trancaram como se uma mão invisível girasse a tranca: ninguém mais entraria ou sairia. Estava desenhado então o caminho do fim. A terra sobre a qual o lugar havia sido erigido começou a ceder. Rachaduras nas paredes ficavam mais e mais evidentes a cada minuto. O chão se dividia em pedaços, como se transformado em pequenas ilhas. As pessoas começavam a se inquietar e o medo tomava as rédeas. A água subia, os novos moradores do orfanato se encolhiam – previam, ainda que sem qualquer poder de clarividência, a iminente tragédia.

Quando o odor de putrefação começou a tomar conta de todo o lugar e podia ser sentido por todos, irmã Florbela e irmã Isadora receberam aquilo como um sinal. Diante de janelas batendo e uma chuva que abafava o som da voz de quem tentasse se comunicar, elas apenas se entreolharam e subiram para o quarto que ocupavam juntas. Lá, pegaram os lençóis de inverno e fizeram cada uma um laço num dos armadores de rede presos à parede.

A estrutura do orfanato começou a descer, engolida pelo terreno que se abria. Uma fenda que começava no teto e ia até os seus alicerces ameaçava dividi-lo em duas partes. Quando o solo encharcado e inundado finalmente cedeu, as duas partes caíram uma de encontro a outra, levando tudo para debaixo da água.

Durante muitos minutos, tudo era silêncio. Não havia cachorro que latisse, nem choro de criança, grito perdido pedindo socorro. Onde pouco tempo antes havia um prédio de dois pisos, só muita água, lama, e umas marolas ocasionadas pelo revolver dos escombros sendo devorados pelas águas.

Então, lentamente, a terra devolvia o que lhe fora entregue por mãos humanas. Primeiro um resto de corpo de criança apareceu, depois outro. Mais para trás, ossos muito pequenos. Como cogumelos, eles iam surgindo um a um, em pequenos estalos dentro da água, maneira encontrada pela natureza para dizer onde os pequenos cadáveres iam nascendo, em toda a dimensão de onde antes ficava o orfanato.

Padre Washington entrou num pequeno bote de madeira guiado por Elizeu, que tinha experiência em lidar com embarcações e muita água. Ouvira falar no desastre ocorrido com o orfanato, era preciso ir até lá, ver se era possível resgatar alguém com vida. Quando chegaram ao local, com água praticamente no teto das casas naquela região, os dois homens se viram num mar de corpos e esqueletos. No meio da imensidão de tanta água, um bote reduzido a quase nada, e ao seu redor, mais de duzentos corpos de bebês, boiando. Eram crianças que haviam sido supostamente adotadas por pais e mães de outras cidades. Como se quisesse lhe dizer algo, nenhum corpo de homem ou mulher adulto emergira. Elizeu lembrou-se então da visão do filho Zé Lins, que agora poderia ser vista como uma antiprofecia. Tentou ficar de pé no bote para ver até onde ia aquela visão do inferno, mas uma tontura o impediu de fazê-lo, era melhor não correr o risco de virar o bote. Estavam atordoados. Não viam como escapar de uma tortura eterna, mas esse era um sentimento que viria depois, quando a água baixasse e a terra secasse: quando não só os dois homens, mas toda Henakandaya pudesse se recolocar de pé.

Somente quando os corpos de irmã Isadora e de irmã Florbela foram encontrados, ainda com os lençóis em volta de seus pescoços, foi que se pôde finalmente compreender uma parte do mistério.

A insistência da rosa
(1911-)

No dia que Berê morreu não fez frio nem choveu, o que teria sido uma benção, porque Henakandaya vivia tempos de guerra pela sobrevivência; daquelas guerras que retiram dos homens a essência que os humaniza, transformando-os em bichos capazes de tudo para evitar a morte. Estavam quase sem água e sem dignidade.

A mãe acordou com o gemido do filho ainda antes do sol nascer, esticou a mão para pegar a lamparina acesa na cabeceira e disse para o marido, sem alarde, Acorda, José, que nosso filho está morrendo. José Dias olhou para a esposa, Eulália, e num gesto pequeno, fizeram um elo ao darem-se as mãos. Já haviam feito tudo o que podiam, o que restava era o nada-mais. Eles se olharam como quem sela um destino. Esperavam o filho parar de gemer, quando finalmente, cansado, se desligaria da diminuta chama da vida, que apesar de tão pequena, não cabia mais nele. Ele se apequenava mais e mais a cada tosse, a cada grunhido, até que tudo cessou de vez.

José Dias e Eulália se abraçaram num silêncio de florestas derrubadas. Nada disseram por muito tempo. Ficaram presos ao longo abraço na troca de calor que era a vida, bem ao lado do corpo do filho, que esfriava mais e mais com o caminhar dos ponteiros. O claro do dia foi surgindo pelas frestas das janelas: era hora.

Eulália abriu a porta da frente da casa e saiu pela vizinhança para avisar do acontecido. Olhou para a terra seca e rachada à sua frente como quem vê diante de si um labirinto. Caminhou perdida por ele, levantando poeira da terra, chinelinho de dedo fazendo barulho ao bater na sola do pé e no chão, sem firmeza. Havia ali, quando muito, uns resquícios de lama já quase seca onde um dia correra a água suja vinda do rio em que as mulheres lavavam roupa e onde agora os cães e os porcos bebiam; bebiam não, enfiavam a língua, que voltava para a boca cheia de terra pouco úmida, como um aviso que dali a poucos dias eles seriam apenas carcaças, portanto eles próprios terra também. Custava acreditar que menos de dez anos antes Henakandaya passara por uma inundação. Se contada pelos de agora, a história pareceria relato feito pelos mais antigos.

    Cambaleando, foi até a casa da vizinha em que mais confiava e por quem seu coração falava, alimentado pelo respeito dos afetos conquistados. Bateu na porta sem força, desvalida que estava. Explicou o que se passava, e pediu a ela que dissesse a todos da comunidade. Precisavam de ajuda, como todos, mas precisavam naquele momento mais do que todos. Ou pediam, ou não iam enterrar seu único filho, Berê.

    Dona Frutuosa, moradora da casa onde Eulália havia ido bater, tinha espalhado a notícia. Mesmo diante de toda a escassez, conseguiram comprar o caixão do menino, que veio de uma cidade vizinha e chegou quase de noite, junto com os pássaros se recolhendo nas árvores.

    Eulália abrigou o corpinho mirrado do filho no caixão. Parecia que estava como todas as noites, deitado lendo, não fosse pelos paninhos velhos que tinha usado para forrar o corpo e as flores de plástico ao redor da cabeça. Queria ele ao seu lado, lendo para ela tudo o que ela não podia ler. E olhe que ele havia aprendido um pouco tarde, aos oito anos. Mas também quando aprendeu, não se fez mais de rogado, lia até estrelas. Eulália olhou para o céu através da janela e viu seu filho. Voltou o olhar para dentro e o viu deitado, prestes ao definitivo não mais existir. Beijou seu rosto pálido, o marido a acompanhou no gesto. Disse para a mulher e para os poucos presentes que ele mesmo enterraria o filho no cemitério público de Henakandaya. Não porque queria; por ele, teria um padre pra rezar uma missa e um coveiro para entregar à terra o corpo do seu menino, para que então ele pudesse se despedir dele direito. Mas não havia outra opção. Já tinha sido custoso demais fazer as pessoas pagarem pelo caixão. E conquanto fosse homem de agradecer, lhe custava ter coragem quando precisava pedir.

Triste missão a cumprir, o dia de enterrar o menino Berê. A cidade se reuniu quase toda para o velório, que ocorria na quadra da escola onde ele estudava. Num lugar daquele tamanho, a morte, ainda mais a de uma criança, era um evento de grande magnitude para gente tão desprovida. Alguém havia corrido até o prefeito, explicaram a ele sobre o último desejo de um pai prestes a habitar uma casa sem criança onde uma deveria existir. O prefeito foi, e levou com ele o padre Raimundo – que estava na cidade há poucos meses como padre efetivo, depois de vários que vieram e se foram rapidamente por não suportarem os humores da cidade, tendo vindo de longe para substituir padre Washington, que saíra de Henakandaya depois de emudecer após o afundamento do orfanato que mandara construir e do surgimento de centenas de defuntos de crianças mortas junto com a imensidão das águas da chuva quando o tempo era de água –, num gesto de grandeza que seria muito lembrado por todos nas eleições seguintes. Mas era mesmo um homem de coração nobre.

Quando o padre e o prefeito anunciaram que o sepultamento ocorreria sem precisar do auxílio de José Dias, ele baixou a cabeça e deixou a sacola com a pá cair de encontro ao chão. Tinha compreendido que agora podia sofrer, e por isso mesmo, permitiu-se chorar. E o fez como quem inunda terra sedenta.

Eulália estava bem ao lado do caixão. Parecia que enquanto ficasse ali, seu filho não iria embora. Dentro de si sabia que não havia salvação para quem havia sido tocado pela ausência de ser. Mas olhar para o filho naqueles últimos momentos a confortava. Porque dali ela iria para o cemitério, e de lá, caminharia sozinha com o marido de volta para casa, sem saber de muita coisa para além da certeza de que um dia viria após o outro. Mas quem só enxerga a sequência das horas e dos dias se torna cego para a possibilidade da alegria. E era da tristeza que ela tinha medo. Sabia o que era tristeza antes de ter aquele filho, e agora voltaria para o mesmo lugar de quase nove anos atrás, e isso para ela era um retrocesso no tempo com o revés do envelhecimento e a angústia causada pela solidão.

O cortejo saiu pouco depois das exéquias em homenagem a Berê. As pessoas cantavam músicas que falavam em almas entregues aos céus e que estavam de volta à casa do Pai. Eulália e José Dias seguiam lá na frente, no mesmo veículo onde o corpo estava, na parte de trás. Iam devagar, porque era o único carro de toda a movimentação popular, composta também por diversas motos, bicicletas e cães acompanhando seus donos ou curiosos por verem tanta gente junta seguindo na mesma direção.

José Dias começou a não dizer mais coisa com coisa dois dias depois do enterro do filho. Levaram-no ao hospital da cidade, o único e pequeno hospital onde foi atendido por um médico que não sabia o que fazer, e por isso deu-lhe apenas um calmante e disse a Eulália que levasse o marido para casa, ele precisava descansar. Era preciso mesmo tempo para que a morte de um filho assentasse, ele disse. Tem areia que não acha chão nunca, doutor, respondeu Eulália. O que dizer a essa mulher que sofria a perda do filho e com um marido tão absorto nas águas que descobriam trajetos dentro de si? Ainda era cedo para que eles compreendessem a respeito da efemeridade de tudo. Em algum lugar dentro deles, sabiam do que era frágil como quem pinta paisagens em tela de vidro; mas quando se é feliz, apesar da inescapável realidade, a brevidade não é cavalo de montar. O médico não tinha como imaginar que em lugar tão árido houvesse gente que se ocupasse de dias felizes. Também não tinha como saber que até bem pouco tempo, aqueles dois diante dele eram. E onde a alegria faz morada culpa não cabe. Receitou um calmante e pediu que esperassem, mantendo sempre a calma. Eulália levantou-se do consultório com a certeza de que carregava pedras. O marido se apoiou em seu braço e foi com ela para o lado de fora, depois de fazer, como era do seu feitio, um gesto de agradecimento.

Henakandaya continuou a sofrer com a seca, pois que mudança não era coisa de se esperar. Os caminhões-pipa que lá chegavam já não davam conta de suprir as necessidades de um povo sedento de tanta coisa. Ninguém olhava mais para o céu, fosse para pedir água ou fazer prece. Padre Raimundo agora só celebrava uma missa a cada dois dias, porque não havia como limpar a igreja com a frequência necessária para a realização de três missas diárias, como era antes que a seca fosse piorando e levando tudo. Sorte de padre Washington, que não teve que viver no limiar do perecimento, pensou.

Dez meses após a morte de Berê, tinha gente que quando lembrava do menino achava que ele tinha sido um felizardo, porque havia ido antes de tanta tragédia começar a acontecer. A maior parte dos animais havia morrido. Cães, gatos, pássaros, ninguém fazia mais as contas de tantos cadáveres apodrecendo nas rabeiras de estradas, em valas abertas, na sarjeta, atropelados pela força de um sol que parecia se esforçar para exercer impiedade.

Tudo isso perdeu o foco quando, de uma madrugada de suor para um dia tão claro que ofuscava, algumas pessoas viram uma criança nua descendo a rua principal da cidade, caminhando com um leve mancar, mas com tanta mansidão que parecia pouco se importar com o sol acima dele e o calor, vindo de toda parte. A vontade que tinham era de gritar, apontar, ir até ele. Por acaso os pais dele não tinham visto o menino ganhar o mundo daquele jeito?

A criança pareceu perceber os olhares, e apressou o passo. Seu senso de direção era perfeito. Mas antes que ele pudesse dobrar uma esquina, dona Graça correu até ele com uma toalha grande nas mãos. Iria obrigá-lo a usá-la, daquela idade ele já precisava distinguir o que era certo do que era errado. Graça foi se aproximando com força nos pés, agora sob o olhar de portas e janelas que se abriam para ver a cena. A menos de dois metros diante da criança, Graça gritou, e ao levar as duas mãos à boca, deixou a toalha vermelha cair no chão.

No dia em que Berê nasceu, o caos começou a se instalar em Henakandaya. Não era todo dia que se via nascer alguém que até então estava morto.

As batidas na porta da casa de Eulália eram urgentes, mas desde muito tempo que seu *modus vivendi* era de uma lentidão sem pretensões de fazer concessões ao lusco-fusco das horas todas. A frase que ouviu em meio às pancadas na porta, porém, foi o que a fez levantar-se como se erguida por mãos de gigante. Acode, Eulália, que teu filho está vivo! Com a parcimônia de quem já não tem mais o que perder na vida, mas ainda assim sobressaltada, Eulália tocou José Dias, que já estava bem acordado na estreita cama que dividiam, sem também querer acreditar no que ouvia, numa lucidez almejada por qualquer loucura. Abre a porta, mulher!, gritavam. Antes que ela o fizesse, os moradores já estavam quase conseguindo, tanta era a força coletiva imposta à vulnerável porta feroz.

Ela foi até lá, com o marido logo atrás. Viu dezenas de pessoas na frente de sua pequena casa, entupindo as veias da rua, impedindo-a de respirar, como se estivessem reunidas ali a mando do rei. Antes que sua voz terminasse de modular a pergunta, várias mãos fizeram chegar até ela, aos empurrões, o menino nu, agora com um calção de segunda mão a cobrir-lhe. José Dias tomou a dianteira e, não se aguentando, ajoelhou-se diante da criança. Dois corpos mirrados se projetavam na direção um do outro. A pele suave do menino acobertada pelo toque do pai, calejado de tantas maneiras. José Dias só sabia repetir Meu filho, meu filho, e o menino parado, devolvendo o contato físico mais por continuidade do gesto do que por afeto. Sabia-se ponte, mas ainda não sabia onde iria dar.

Com um puxão pelo braço, Eulália trouxe José Dias para dentro de casa, sem a criança. José, não enlouqueça, esse menino não é nosso filho! É claro que é, Eulália, claro que é! Nosso filho morreu há quase um ano, José. Nós o enterramos, vimos o corpo dele descer para debaixo da terra. É impossível que essa criança seja nossa. Enquanto isso, a turba gritava. Peguem o menino, é o filho de vocês! Vão enjeitar essa criança, agora?, diziam, em berros cavernosos. Eulália abriu novamente a porta. Mãe, por que você não deixa eu entrar?, perguntou. A multidão se calou, esperando. Antes que tudo começasse mais uma vez, Eulália pegou o menino pela mão e colocou-o para dentro da casa, cortando a multidão do lado de lá com a destreza de quem é capaz de separar eflúvias realidades.

As coisas começaram a piorar quando padre Raimundo não foi recebido na casa de Eulália e José Dias. Como eles ainda não sabiam de que maneira reagir ao acontecido, iriam primeiro conversar com a criança, sem interferência de ninguém. Queriam entender o que estava se passando. Era preciso. Quando o menino respondeu a todas as perguntas sobre o seu passado, eles compreenderam que jamais entenderiam. E o que aconteceu depois do enterro?, questionou a mãe, que se entregava com afinco ao ato de fazer perguntas. Berê emudeceu, não sabia o que dizer, como se sua memória não chegasse até ali. José Dias ergueu uma mão aberta na frente de Eulália, fechou os olhos por alguns segundos e quando abriu novamente disse apenas, Pare, mulher. Nosso filho não está morto.

Não era o que padre Raimundo pensava. Logo no dia seguinte, mandou colocar na rádio da cidade vizinha, cuja transmissão chegava a Henakandaya, a informação de que haveria missa extra naquele dia, à noite. O aviso era quase uma convocação geral. A verdade é que a missa, se é que se poderia chamar assim, falou muito menos em Deus e muito mais no Diabo. Padre Raimundo explicou que o Mal caminhava travestido por aquelas terras. Se o combate ao Inimigo tinha que ser feito de forma diária, agora mesmo é que precisava ser resolvido de forma direta e exemplar; do contrário, toda Henakandaya continuaria com as porteiras abertas para que o demônio tripudiasse sobre suas vidas e suas moradas.

Nunca se vira padre Raimundo falar de maneira tão agressiva. Na certa, era um sentimento ocasionado pelo medo. Ele precisava, contudo, ser firme na palavra, para não dar margem ao enfraquecimento do seu discurso e muito menos de sua paróquia. Não poderia haver sossego. Era preciso levá-lo a sério.

A partir de hoje, todos os dias, eu disse *todos os dias*, irei estar aqui na igreja matriz em oração por essa alma que tenta nos aprisionar, anunciou padre Raimundo. O que o senhor quer dizer, padre? Então você não vê?, respondeu, de forma dura. E reiterou a necessidade de oração para que se libertassem do mal.

Na semana seguinte já não podiam mais sair às ruas. Quando o faziam, passavam por todo o tipo de hostilização, desde gente se benzendo quando os via até palavras fortes e indelicadezas para poucos ouvidos.

Era a ira de padre Raimundo abrindo seus caminhos. Uma semana depois que Berê ressurgiu, as coisas começaram a complicar. Quando Eulália ou José Dias iam às vendas do centro, os vendedores fechavam suas portas.

Quando conseguiam entrar, porque ocasionalmente eram mais rápidos que as mãos que cerravam fachadas, ninguém queria lhes vender nada, muito menos fiado, como vinham fazendo há tanto tempo. Diziam coisas como Os pais do menino-diabo não compram aqui. Outros, adeptos de algum lugar entre o escárnio, a chacota e a humilhação, diziam, Pagando à vista, quem sabe eu venda?, porque sabiam que nenhum dos dois tinha dinheiro. Tirar de onde? Se antes não passavam fome porque tinham vizinhos benevolentes, que transformavam restos em alimento compartilhado, e um ou outro trabalho que aparecia, agora ouvir o próprio corpo se contorcendo por dentro a implorar-lhes por algum tipo de comida parecia-lhes a única certeza dos dias que viriam.

Mas não com tanta pressa. José Dias ainda tinha uma pequena galinha, não mais que um franguinho, dentro de um chiqueiro. Era preciso agarrar-se a alguma coisa. A isso as pessoas davam o nome de fé.

Berê saiu de casa sozinho na manhã em que completou dez anos. Eulália e José Dias ainda dormiam. Abriu a porta da frente e escapuliu, como quem vai ao encontro de um destino. Havia ouvido uma conversa dos pais, relatando que tinha gente na cidade jurando-o de morte. Mas não temia. Não naquele dia. Sentia-se tão maior do que ele mesmo que não tinha medo do que quer que fosse.

Se havia alguém disposto a matá-lo, decidiram por não fazê-lo quando viram o menino sozinho, convocando-se para alvo, a caminhar solto pelas ruas, em pleno horário de comprar pão. Não ia só, porém. Logo atrás de si, mais de uma dúzia de borboletas amarelas o seguiam, como se na verdade o impulsionassem com o bater das asas. As pessoas foram falando umas para as outras, iam aparecendo nas calçadas, ou paravam no meio da rua quando viam a cena. Isso é de Deus ou do diabo?, se perguntavam alguns. Berê não se fazia essa pergunta porque caminhava solto em pleno amor descabido. Ia de uma leveza tão gentil que sorria como se fosse feliz. Todos os seus lugares sorriam, e as pessoas iam se contagiando, iam sorrindo, se iluminando por dentro. Logo, as dúvidas e o ódio foram ficando numa estrada que não pertencia a nenhuma das entradas de Henakandaya. Berê só andava, e andava, e sorria mostrando os dentes. As borboletas continuavam a segui-lo, bem atrás, transformando toda a aridez em beleza para ser vivida, em água de se banhar.

Levou-se sem saber até a igreja. Era lá que deveria parar, mas só soube disso quando chegou. Àquela altura, padre Raimundo já sabia o que estava acontecendo, e queria confirmar com os próprios olhos a sedução que o diabo era capaz de ensejar. Quando Berê parou diante do homem aparentemente muitas vezes maior do que ele, viu as borboletas voarem de onde estavam para a cabeça do padre, onde rodopiaram por alguns segundos até caírem bem diante dele. Horrorizado, viu o momento em que, de borboletas, elas se transformaram em lagartas, se contorcendo aos seus pés. Pensou em esmagá-las todas, faria isso em dois segundos, mas não queria sujar a sola do seu sapato. Quando voltou a olhar para frente, encarou um Berê agigantado, olhar firme nos seus olhos, É o senhor que me odeia? Não se pode dar amor ao Diabo, retrucou o padre. O que lhe dá tanta certeza de que o demônio sou eu? Acabei de ter prova suficiente, bem aqui, diante de mim. E se eu lhe disser que o que aconteceu aqui foi obra divina, o que o senhor diria? Prove, devolveu o padre. Eu ressuscitei do meio dos mortos, quer prova maior do que essa? O padre silenciou. Berê tinha lágrimas nos olhos. Lembrou-se de quando ia às missas com seus pais, ainda na primeira vida. Lembrou-se das palavras do padre, para as quais as pessoas respondiam, muitas das vezes, com um sonoro amém. E ele também repetia com os outros, sentindo o pulmão enobrecido por palavra tão bela. Porque ele entendia que dizer amém era uma forma mais forte de dizer: amem. Porque só se vai adiante com amor, e muito. Porque não existe fortaleza sem construção. Porque na vida é preciso ser sábio e forte; do contrário, não se viceja.

Isso é tudo, mocinho?, era a voz de padre Raimundo. Já é tempo de me limpar para a missa, disse, se despedindo. Padre Raimundo?, chamou Berê. Diga. É quase tempo de colher flores, anunciou o menino.

Nada parecia ser capaz de demover padre Raimundo. A sangria pela extinção do mal continuava, e o momento fugaz entre seus moradores voltara a ser tomado pelo desejo de uma vingança sem prumo.

Talvez seja hora da gente deixar essa cidade, disse José Dias para Eulália. E a gente vai pra onde, homem de Deus? E às custas de quem? A história da volta do Berê já se espalhou em pelo menos três povoados pra frente e pra trás, ainda que a gente chegasse a um, ia ser pra fazer o quê? Psssiu, fala baixo, senão o menino ouve. Olhe, eu não sei. Eu não sei, Eulália, mas pressinto que os dias estão chegando ao fim.

E estavam. Não se diziam mais muita coisa, compreendiam-se no silêncio, e o silêncio era uma maneira de tentar organizar o caos que os habitava, de extinguir o tornado, repousá-lo. Mas a impossibilidade de fazê-lo prenunciava a total ausência da vontade dos gestos. Não eram mais apenas os corpos que se tornavam esquálidos, era assim também a vontade. E eles sabiam que quando a vontade se torna exígua viver se torna um hábito triste.

Eulália olhava para o marido com cara de quem já está no limiar da força de uma luta contra uma doença eterna. E lutar contra o que é eterno significa viver sem um único dia de paz.

Por estarem tão cansados do pesado existir, tão cansados, não fizeram movimento algum quando, gritando palavras de ódio repetidas tantas e tantas vezes pelo padre Raimundo, um grupo de pessoas se juntou para colocar fogo na casa de Berê, Eulália e José Dias. Era chegada a hora, e a cumplicidade do olhar refletia a do desejo: era hora, sim. A fome cessara completamente. Das pequenas frestas nas janelas, eles viam a casa ser consumida pelas línguas de fogo a lamber-lhes as paredes frágeis, a estourar as telhas e derrubar sobre eles o lugar que até ali havia sido seu abrigo.

Tarefa cumprida, homens e mulheres se afastaram com seus fósforos e suas garrafas de querosene, e avistaram a um só tempo o céu se fechar em escuridão, anunciando chuva. Soltaram vivas, erguendo para o alto em oferenda as armas do seu crime. Deus estava vivo, e desabaria sobre eles a água tão ansiosamente esperada, aplacaria a sede de todos. Agora que o mal se contorcia e se desfazia, viriam os dias de bonança.

As nuvens grandiosas foram se fechando, se reduzindo, se amontoando. E quem olhasse para o céu viria que elas se juntavam como a formar uma única nuvem num único céu, que parecia viva e caminhava exatamente para onde eles estavam. Era o sinal da dádiva.

Antes que a comemoração se completasse, eles testemunharam o momento em que a nuvem, tão escura quanto antes mas agora pequena, jorrou toda a água sobre a casa de José Dias, e somente sobre ela. Encharcou o terreno, alagou o que sobrou das estruturas, e empapou o que sobrou dos corpos de Berê, Eulália e José Dias.

Por muitos e muitos dias, toda a cidade emudeceu.

Duas coisas se fazem necessárias para pedir perdão: coragem e humildade. Sem elas, não se chega à fé, e o caminho seguirá indo para longe de Deus. Eu não sei se sou um homem de muita fé. Mas sou um homem resiliente. E minha força agora, irmãos e irmãs de Henakandaya, será lutar pela reparação do verdadeiro mal: o desamor. Não amar é muito pior que odiar. É talvez a verdadeira face do diabo. Quem não é capaz de amar não se revela ao que de mais divino habita em cada um de nós: a possibilidade de mudar, de nos moldarmos como um oleiro é capaz de transformar barro em arte. E é por isso, irmãos e irmãs, que eu saio dessa paróquia de cabeça erguida, ciente de que tudo o que se passou aqui nas últimas semanas veio para nos dar uma mensagem segura: Eulália, José Dias, e o filho deles, que morreu pela segunda vez, são santos.

Toda a cidade ouvia as palavras de padre Raimundo. Não havia mais ódio no coração daqueles homens e mulheres. Embora algumas vozes clamassem por algum tipo de justiça, compreendiam que o padre – a quem não conseguiam culpar completamente pelo que ocorrera, por zelo ou ignorância – buscava se redimir. Foi um homem defendendo ideias erradas capaz de influenciar outros homens e mulheres, muitos do quais sequer acreditavam em Deus.

Defender a ideia de canonização foi a maneira que padre Raimundo encontrou para não ser linchado em frente à igreja, logo que as pessoas entenderam o recado que pensavam vir de algum deus. Conseguiu convencê-los. Agora, na missa dominical, dizia aquelas poucas palavras, que justificariam seu sumiço por uns tempos, ou em definitivo, ainda não havia recebido a decisão da Igreja. E nenhum cidadão de Henakandaya com um mínimo de fé tinha qualquer dúvida quanto à canonização de seus três filhos mortos.

No lugar onde fora a casa de Berê, agora havia uma capela que era tratada pelos habitantes como santuário. Ao redor dela, flores nasciam quase todos os dias, e durante quase duas décadas Henakandaya não soube mais o que era seca. Aquilo foi considerado um milagre.

A cidade passou a receber, ano após ano, cada vez mais visitantes vindos de todos os estados e até de outros países. O novo prefeito decidiu que os habitantes da região onde Berê morava deveriam ser realocados para outros lugares da cidade. Aquela periferia precisava ser revitalizada, já que se tornara um lugar de peregrinação, e aparência de miséria iria afugentar outros visitantes. E assim foi feito. O turismo religioso passou a ser uma das principais fontes de renda de Henakandaya, que cresceu e incorporou os povoados ao redor. Viviam tempos de bonança, e com eles, problemas inerentes a tudo que começa a abrir os olhos e a tatear o mundo.

A alegria e a desalegria nasciam e morriam em Henakandaya, como em qualquer outro lugar.

Mas era mesmo tempo de colher flores.

A chama que é farol e arde por dentro
(1918-)

Zé Lins voltou para Henakandaya com a voz de duas mulheres ressoando em sua memória, porta para o que vai no coração. Ainda era tão criança quando conheceu a cigana Isolda, o mundo era só aquilo ao seu redor, não imaginava que a partir do que ela dissera iria mudar a vida de tanta gente. Seu coração-memória também guardava em acolhimento a velha Conceição, que se foi pouco depois de entrar na tenda da mesma cigana. Ainda pequeno, gostava de imaginar que a avó tinha ido embora com o circo. Crescera dizendo isso a si mesmo, embora tivesse acompanhado todo o cortejo até o cemitério, algo que seus pais em nenhum momento cogitaram não permitir que o menino Zé Lins fizesse. Com o dom bafejado dentro de si, acharam por bem nunca lhe esconder nada. Se ele tem um olho dentro de si que não fecha, não somos nós que vamos acobertá-lo com um véu, dizia o pai.

Agora, de volta, já não tinha mais nem os que ficaram quando partiu, nem os que encontrou quando chegou para onde fora. A esposa porque decidiu se retirar do mundo quando a pequena Erêndira, que haviam colocado para pisar o chão das terras da vida, tinha menos de dez anos. Foi uma passagem pacífica, durante o sono. Havia descoberto meses antes um tumor na parte de trás da cabeça, e não havia o que pudesse fazer. Ainda que algum médico quisesse tentar algo, achava que morreria nas mãos de qualquer um, por melhor que fosse, e Zé Lins sabia que ela estava certa. Não quis, no entanto, ver quando seria a morte da mulher, e pediu aos deuses todos para que não o mostrasse em sonho. Quando ela começou a dormir demais, ele soube: não tarda. Preparou a filha, e quando finalmente aconteceu, não sentiram o peso do medo. A menina cresceu ao seu lado, mas não demorou a desejar andanças que logo se transformariam em voos. E ele deixou, porque não era de seu feitio colecionar gaiolas. Voltava porque compreendia que ainda tinha o que fazer. E também porque era aqui que queria seu corpo repousado, o que não haveria de demorar, e ele sabia não por premonição, mas porque não se enganava nunca a respeito de si mesmo. Em todos aqueles anos afastado só quisera mesmo ser ausência, mas sabia de uma data incerta que faria o chamamento, como se colado nele houvesse um ímã, quando então eximir-se seria impossível. Houve um choque inevitável. Dezoito anos adentro de um novo século parecia muito para quem havia nascido ainda na primeira metade do século anterior. Viu os grupos que vinham de inúmeros outros lugarejos em peregrinação pelo menino que consideravam um santo. Desde a morte de Berê e sua família, Henakandaya parecia ter sofrido um surto de santidade. Os moradores locais faziam imagens de barro e madeira, camisetas bordadas e outros apetrechos com o nome do menino morto, o que vinha aumentando a ideia que muitos tinham de comércio, fazendo o dinheiro circular, aumentando o número de missas e de mais dinheiro girando para o turismo baseado na religião e na devoção. Não era incomum ver pessoas chorando, emocionadas, diante do lugar onde ficava a casa de Berê, onde agora havia um jardim de rosas, fosse qual fosse a estação do ano – o que era considerado pelos locais um milagre perene. Regressar a Henakandaya era lidar com esses tempos de mudança, buscar compreendê-los e adaptar-se ao que viesse, por fim. Havia atendido a um chamado no que havia de mais profundo de si mesmo, e tinha idade suficiente para saber resignar-se diante da inefável passagem do tempo. Sabia também que voltar apenas depois de tanto tempo era a forma possível de aplacar o ódio que se instalara após a premonição que fizera a pedido do pai antes de sair da cidade. Os dedos que lhe acusavam estavam todos sob a terra, mas não ignorava que Henakandaya podia ser uma cidade de rancores sussurrados. No entanto estava ali para cumprir o livre-arbítrio de sua própria voz, já não havia motivos para temer a fúria de padre Washington, ou qualquer fúria.

O que não significa dizer que seria possível enfrentar o inesperado sem alguma espécie de alarme.

Foi do rio que cortava a cidade, que subira extraordinariamente e cumprira a premonição feita por Zé Lins tantos anos antes, e onde dali a mais algumas décadas uma cidadã de Henakandaya seria jogada para dentro com força por uma ventania inexplicável – o que causaria sua morte e intrigaria a todos – que começaram a surgir as primeiras tartarugas, emergindo silenciosas e subreptícias, detentoras de uma força que não tardaria a se mostrar.

O comércio em Henakandaya começava a erguer as portas. Junto com os trabalhadores que chegavam para abrir suas lojas ou ocupar seus cargos, um nevoeiro intenso começou a tomar conta da cidade, impedindo qualquer movimentação. Era impossível caminhar ou dirigir. Qualquer coisa que implicasse um deslocamento maior que três metros tornou-se irrealizável.

As brumas que cobriram a cidade, entretanto, não se demoraram mais que dez minutos. Tempo suficiente para que surgissem, como que trazidas pelo véu branco de minutos atrás, centenas de tartarugas espalhadas por todos os cantos. Caminhavam devagar, não havia pressa, mas passavam por cima de tudo, subiam calçadas, destruíam carruagens e charretes estacionadas nas laterais das ruas. Nenhuma barreira parecia ser suficiente para detê-las, e isso ficou claro quando um cachorro se aproximou, curioso, nariz esticado para cheirá-las em reconhecimento, e foi abocanhado sem hesitação, destroçado e engolido pelos quelônios de quase dois metros dispostos a continuar caminhando, como se estivessem em busca de algo.

E estavam.

Aluísio acordou com desejos de comer ovos mexidos. Espreguiçou-se e esticou o braço até o corpo da mulher, que deu um gemido e avisou que também estava acordada. Quer ovos com torresmo?, perguntou ele. Você sabe que não como essa mistura trágica, disse ela, sorrindo. Mas não me custa continuar a tentar, replicou ele, saindo da cama. Fez um gesto como se estivesse a pedir silêncio. Está ouvindo esse barulho?, perguntou, olhando para a mulher. Vem dormir, Aluísio, hoje é sábado. O que é mesmo que você está fazendo de pé tão cedo? Estou falando sério, disse, tentando chamar a atenção da esposa mais uma vez. Sem efeito, resolveu dirigir-se à cozinha e fazer os ovos mexidos que acordou desejando comer. Assim que abriu a geladeira, voltou a ouvir o barulho que o despertara. Dessa vez, acompanhado de um outro, como se estivessem forçando o portão gradeado que dava acesso ao quintal. Foi então que ele viu uma tartaruga de quase um metro e meio erguendo-se diante das grades que os separavam, a cabeça enfiada entre elas virando-se de lado, na tentativa de remover o que os separava, quase conseguindo. As pessoas corriam, pedindo ajuda, tentando gritar para os seus. Era preciso avisar sobre o que estava acontecendo. Alguém lembrou-se do ataque das rãs, quase um século atrás, agradecendo por, dessa vez, serem tartarugas – o que possivelmente daria tempo para que todos fugissem ou as matassem. Mas, se as rãs tinham a capacidade de forçar entrada nos corpos pelos orifícios possíveis, as tartarugas vinham cheias de agressividade e força, além de uma agilidade inesperada para quem imaginava serem elas bichos de extrema lentidão.

De dentro de suas casas, homens e mulheres observavam a enxurrada de quelônios descendo a avenida até onde antes ficava a casa de Berê e sua família, mortos pelos próprios moradores de Henakandaya num passado recente. Na correria, pareciam dirigir-se à capela onde antes havia sido a casa deles. As que vinham atrás amontoavam sobre as que chegavam, gerando uma força de propulsão que destruía as paredes do pequeno santuário que recebia tantos romeiros e peregrinos. Foi nesse momento que algumas pessoas resolveram usar paus, pedras, armas de fogo, para tentar conter os animais, que apenas se voltavam para trás e atacavam seus agressores, rasgando-lhes os corpos como se mastigassem fruta madura. Ouviam-se gritos, choro, lamentações. Esses bichos são contra Deus nosso Senhor!, uma mulher gritou, empunhando uma enorme acha retirada de dentro da sua cozinha, onde eram estocadas para serem utilizadas como lenha. Logo atrás dela veio outra mulher, segurando um terço e uma imagem de São Miguel Arcanjo. Enquanto as enormes tartarugas se empenhavam em destruir a capela, como se a mastigassem, fazendo barulhos medonhos, uma delas parou e caminhou em direção às mulheres. A que vinha à frente começou a atacá-la com o pedaço de madeira. No instante em que ia ser abocanhada, o quelônio viu a mulher atrás dela segurando o terço e a imagem do santo. Como se a mulher que a atacasse a pauladas não existisse mais, ela esticou o pescoço e abocanhou um braço da mulher, depois o outro, engolindo assim os dois objetos que ela carregava nas mãos. Sua agressora, tendo finalmente compreendido que estava diante de uma sentença de morte, largou a madeira no chão e esperou ser levada para uma vida no campo espiritual, longe daquele inferno.

A primeira coisa que Zulmira ouviu foi um grito chamando pelo seu nome. Levantou-se da cama sobressaltada. Nunca tinha ouvido aquele nível de urgência na voz do marido. Foi então que ela viu, como se saído de algum mundo paralelo, o animal de proporções gigantescas e aparência pré-histórica a tentar invadir sua casa. Vamos arrastar os móveis para a frente do portão. Precisamos retardar a entrada desse bicho aqui enquanto conseguimos ajuda. Zulmira correu para arrastar, junto com o marido, tudo o que pudesse para que se protegessem. Enquanto corriam, o bicho parou de se mexer, como se estivesse tentando entender os passos seguintes do casal. Então, Aluísio e Zulmira ouviram um gemido alto e curto. Compreenderam que Pepe estava morto. Não olhe na direção do bicho, pediu o marido, que viu a tartaruga mastigando o que havia sido o cachorro de estimação do casal, que nunca conseguira ter filhos. Havia esperança de que depois de tudo aquilo existisse tempo para chorar a morte de Pepe, mas agora não. Ali, naquele instante diáfano, era preciso que se salvassem. Como se despertos para a realidade trazida pela necessidade de sobrevivência, pegaram uma cômoda pesada, onde guardavam pratos, panelas e utensílios de porcelana que ganharam de casamento e raramente utilizavam e a colocaram o mais rente possível da porta gradeada, o que tapava a visão daquele bicho monumental. Terminada a empreitada, deitaram no chão e se abraçaram, a tensão perpassando os corpos, numa corrente elétrica sentida em ondas. Quando fecharam os olhos para respirar fundo, ouviram o urro do bicho sobre eles, de corpo erguido pelas duas patas traseiras, agora tentando retirar as barras de cima do portão para destruí-lo. Aluísio e Zulmira jamais saberiam da atitude um do outro, mas começaram, naquele momento, a rezar em silêncio. E rezaram como se suas vidas dependessem disso.

Zé Lins recebeu a notícia de que Henakandaya estava sendo invadida por enormes quelônios sem surpresa, não porque já soubesse, mas porque esperava algo na mesma magnitude da época em que previra a tragédia que se sucederia com o orfanato criado pelo padre Washington. Os acontecimentos que se desnovelavam na cidade naquele momento, no entanto, não vinham na proporção do talvez, percepção sentida pela cidade naquela metade do século XIX. Agora não eram outra coisa senão um fato, e foi no dar-se conta que ele compreendeu que havia sido por aquele momento que retornara. Foi até a baia onde mantinha o cavalo adquirido assim que chegou à cidade e, depois de selado, pôs o bicho a trotar. Foram até o alto de um morro onde Zé Lins podia observar parte do que acontecia numa cidade que quase não reconhecia mais.

Viu o que os animais procuravam, entendeu o que eles queriam, e resolveu descer o morro para ser a voz que explicaria a todos o que estava acontecendo.

Com receio de não encontrar mais seu cavalo quando voltasse dos terrenos baixos, onde ficavam a maior parte das residências, o comércio e toda a região criada em homenagem a Berê, foi sozinho, com cautela, imbuído de sua certeza. Foi por essa razão que gritou com a força que podia, Eu sei o que esses bichos querem, e é preciso que nós entreguemos, do contrário, esse tormento não vai acabar! Por um instante, só o crepitar do fogo consumindo a capela e algumas casas pôde ser ouvido. Eles vieram para destruir tudo que se refere ao comércio religioso, continuou Zé Lins. Acreditem em mim, finalizou, sem dizer por que deveriam depositar confiança em suas palavras. Ninguém se mexeu, era como se as pessoas estivessem paralisadas de horror e medo. Se não podiam lutar contra aqueles animais com armas, deveriam abandonar até Nosso Senhor?

Como não se decidiam, os bichos voltaram à ação, mastigando o que viam pela frente.

Era só uma questão de tempo até a grandiosidade da imensa tartaruga destruir o portão e adentrar a casa. Nada seria capaz de prolongar aquela luta por muito mais. Quando Aluísio abriu os olhos depois da oração, viu pela porta entreaberta o crucifixo pendurado na parede da sala. Achou que havia tido uma revelação. Soltando a mão de Zulmira, disse, Aguenta aí. Correu até a parede e retirou o artefato do prego que o sustentava, trazendo-o de volta à cozinha. Numa tentativa extremada, com os sentidos correndo em desatino, Aluísio ergueu o crucifixo e tocou a cabeça do animal, que soltou um urro e movimentou-se numa tal rapidez que retirou da mão dele o objeto, que abocanhou e fez sumir em uma única mordida Quando esperava um novo e violento ataque, veio a surpresa. A tartaruga começou a diminuir de tamanho até se transformar num animal quase tão pequeno quanto seus parentes recém-nascidos. Num gesto último, entrou para dentro de seu casco, inofensiva. Estavam salvos.

A madrugada corria em direção ao clarear do dia, e não havia cidadão em Henakandaya que tivesse conseguido dormir. Embora nesse momento as tartarugas aparentassem estar em repouso, ninguém ousava mexer com elas e correr o risco de acabar sendo estraçalhado. Diante disso, Zé Lins achou que era o momento certo para conversar com os moradores. Tentava fazê-los entender o que compreendia por dentro. Nunca errara, não ia ser agora. Dentro de si, só uma certeza: ou seguiam esse caminho ou os moradores de Henakandaya seriam dizimados. Foi o que disse a todos. Contou quem era. Vivi tanto porque eu ainda precisava fazer isso pela cidade que me viu nascer. Disso eu não sabia, mas hoje sei. Ainda assim, os henakandayenses não estavam convictos. Eram de um tal fanatismo religioso que permaneciam cegos.

Foram dois os eventos que fizeram a população mudar de ideia. O primeiro foi o horror do dia que se seguiu.

Chegava pela entrada principal da cidade um grupo de romeiros. Vinham dentro de um caminhão pau-de-arara, segurando-se como podiam, depois de meses economizando para ter direito àquele cantinho estreito e duro. A recompensa – era o pensamento geral – se daria quando chegassem ao chão do que fora a última moradia do menino Berê, como vinham fazendo nos últimos anos. Sabiam que era ali a capela dos milagres, como tudo no seu entorno. E este ano vinham com um desejo: queriam conversar com o prefeito para construírem, no alto do morro, uma estátua de muitos metros em homenagem ao pequeno milagreiro. Já na última curva que fizeram antes de entrar na cidade encontraram uma tartaruga com o casco virado para o chão, urrando em desespero sem conseguir se virar. Para fazer um bicho daquele ficar em uma posição que não lhes era natural, o que teriam jogado contra ele, uma carroça? E de onde viria um animal tão imenso? Quando os pescoços ainda estavam virados em direção à surpresa, o grito vindo da boleia fez com que todas as vinte e duas pessoas se voltassem para a frente: como soldados à espera, dezenas de tartarugas de mais de dois metros bloqueavam a passagem. O caminhão, que freou bem diante do grupo de quelônios, começou a ser atacado assim que parou. Os pneus foram esvaziados a mordidas, os pedaços de madeira onde os romeiros estavam iam sendo consumidos a dentadas violentas. O primeiro que tentou pular para o chão foi abocanhado por uma das tartarugas, sem a menor chance de fuga – diante dos olhos dos outros, viram o seu corpo ser rasgado em pedaços, que foram largados de qualquer jeito misturados a calcário e terra. Pouco a pouco o caminhão era destruído e as bocas dos bichos ficavam mais próximas daqueles que tentavam, em vão, escapar de um ataque tão bem concentrado pelo poder de algo para que pareciam ter sido treinados há tempos. Não parecia ódio, no entanto. Era um trabalho meticuloso de desmembramento de tudo, em gestos ancestrais que aqueles animais nunca mudariam.

Os gritos dos outros romeiros acabaram atraindo a atenção de pessoas que estavam por perto. Aos poucos, mais e mais gente parecia brotar de todos os espaços, mas incapazes de revidar, de tentar ajudar, atônitas. De onde vinham sabiam que quem tentava qualquer coisa com aqueles bichos imensos não havia obtido sucesso. Assim, ficavam parados, estáticos, que é a forma que o medo tem para mostrar a capacidade do seu domínio. De onde estavam, como estavam, observaram os romeiros deixando de existir, um a um.

Já passava do meio-dia e muitos moradores ainda não queriam abdicar de seus objetos religiosos. De tudo o que fora feito depois da morte de Berê já não sobrava mais quase nada, e elas continuavam em busca, perscrutando o que podiam, insaciáveis. Então, Zé Lins viu vindo no meio da poeira um casal correndo juntos, de mãos dadas. Vinham sujos, esbaforidos, o coração sem caber direito no peito, mas vinham. Contaram sua história, falaram da tartaruga e de como a encontraram. Com lágrimas nos olhos, porque reviver era ser novamente partícipe daquele turbilhão, disseram o que ela fora capaz de fazer. E como vocês escaparam?, perguntou Zé Lins. Então Zulmira, ainda incrédula, contou. Os outros não repararam quando Zé Lins fechou os olhos e seus lábios se movimentaram no rosto num quase sorriso. Ele estava certo, e agora tinham o testemunho de sobreviventes. Não era possível, meu Deus, não era possível que aquela gente ainda fosse ser capaz de escolher a morte.

Os pernilongos anunciavam mais uma noite a chegar, fazendo ciranda sobre as cabeças dos moradores de Henakandaya, ou cantando ao pé do ouvido. Àquela altura, todos sabiam do que havia acontecido aos romeiros, mortos em tocaia pelos bichos, que pareciam ter sabido de sua chegada.

Outra vez, os quelônios pareciam dormir, num repouso que na verdade se transformava em violenta reação, se atiçados. Depois do relato de Aluísio e Zulmira e de verem a situação dos corpos dos romeiros, Zé Lins conseguiu mobilizar todos os moradores. Tudo o que um dia haviam comprado no comércio religioso da cidade, tudo o que tinham dentro de casa para qualquer tipo de prece e adoração, foi colocado numa enorme pilha ao pé de uma planície perto dali. A cidade passou a madrugada retirando de suas casas e do comércio o que nem lembravam mais que tinham. Quando amanheceu, as tartarugas se encaminharam para a montanha de objetos, certas de seu destino. Em poucos minutos, tudo havia sido devorado ou inteiramente destruído.

Diante de olhares perplexos, as tartarugas foram encolhendo, como se fossem voltar ao ovo. Algumas pessoas desmaiaram, outras correram para dentro de suas casas, mas as que ficaram viram o desfecho daqueles dias e noites que nunca mais se repetiriam, porque Henakandaya perdera, naquele instante, sua vocação para o turismo religioso e para o fanatismo.

Não maiores que um cágado, os quelônios que antes mediam até mais de dois metros se enfileiraram, e foram, um atrás do outro, para o rio de onde tinham vindo. Como eram muitos e o processo repetitivo, quase ninguém viu quando Zé Lins, o último da fila, também entrou no rio e, assim como os pequenos animais de casco, desapareceu para nunca mais ser visto.

Depois da perda
(1946-)

Morrer de uma morte banal sempre fora o desejo de Joaquim Loyola. Mas não tão jovem, com uma filha pequena dormindo no quarto ao lado e todo um percurso de infinitos caminhos pelos quais ajudá-la a crescer, e uma esposa que se tornara ainda mais amorosa desde que o vira voltar da guerra.

No entanto a vida se constrói através de banalidades. O fato grandioso, aquele que nos desterra, não é senão um instante inequívoco que nos chama para a enormidade de nossas existências, impossíveis de serem equiparadas a todo o resto. Por isso mesmo Joaquim viu seu desejo ser transformado em tristeza subitamente, quando acordou de madrugada com uma vontade intensa de urinar, percebeu que os penicos haviam ficado nos pregos que utilizavam como penduradores, na parede do quintal, e saiu de madrugada para apanhá-los: ainda não eram duas da manhã e dormiria pelo menos até às sete, o dia seguinte era domingo e não havia razão para levantar cedo demais. No momento mesmo em que descia os três degraus que eram o desnível de sua casa para o chão do terreiro, Joaquim escorregou. Na tentativa de se estabilizar, tentou de tudo para não ir ao chão, mas quem o visse apenas acharia que ele estaria bailando uma dança esquisita, que na verdade só fez com que aumentasse seu impulso até chocar-se com a parede, sem conseguir recuperar o equilíbrio e batendo a cabeça com força na ponta de um prego grosso que estava enfiado nessa mesma parede, e que entrou no seu crânio logo acima do olho esquerdo. Com o impacto, dois dos penicos caíram e Estrelado, que dormia no tapete da cozinha, latiu.

A pancada forte por si só já havia sido o suficiente para que ele perdesse os sentidos, mas unido ao traumatismo craniano e à perda de massa encefálica, Joaquim foi perdendo os sinais vitais até o raiar do dia. Enquanto agonizava, num delírio envolto em brumas, pensou na filha Mariana, que dali para diante cresceria sem pai, e na esposa. Encontrariam caminhos, ele sempre soubera. Mas lhe doía ainda mais saber que um evento tão insignificante, como um escorregão, transformaria tanto a vida daquelas duas pessoas. E havia também o cão Estrelado. Tentou abrir os olhos para ver o céu e não conseguiu, mas a imagem do cão ficou guardada dentro dele até o fim. Ao amanhecer a mulher, Joselita, o encontrou morto perto dos penicos no quintal, fluidos do cérebro e urina misturados.

No momento em que o viu, Joselita segurou um grito, transformando sua cara em espanto, que é o grito voltado para dentro. Ouviu os passos de Mariana e correu para que ela não visse o pai daquela maneira, mas já era tarde. A menina se aproximou da mãe e perguntou, Por que o papai veio dormir aqui fora? A mãe a abraçou chorando. Por enquanto, a ingenuidade da filha ia lhe salvando.

Nas horas seguintes, com o entra-e-sai necessário para a remoção do corpo e com a chegada de familiares e vizinhos, a porta ficou aberta e Estrelado fugiu. Havia acompanhado todo o movimento e, atento, parecia compreender melhor do que todos o que estava se desmontando ao seu redor. E por isso resolveu-se a ir. Fora em Joaquim o começo de tudo, desde o momento em que fora retirado de um lugar onde passava tantas necessidades. Sem ele, tinha medo que a realidade de antes voltasse, por isso se confiava mais em partir.

Mariana, que no futuro seria carpideira por contingência e que iria ser acometida por um estranho banho de lágrimas, encontrou, ainda tão pequena, outra razão para chorar além do desenlace do pai com este mundo. Eram muitas perdas próximas, não seria de se admirar que um dia fosse desempenhar tão bem a profissão que nunca sequer passara pela sua cabeça abraçar.

Estrelado viu o céu amanhecer nublado, em aparente sinal de chuva. Molhou-se quando ela veio e abriu a boca para recebê-la dentro de si. Então os espirros, o medo que teve quando sentiu o mormaço, aquele calor surgindo do chão para atingir o seu corpo por baixo. Teria sido mesmo uma boa ideia? De todo modo não queria voltar, nem sabia. Só sabia ser excesso, vibração espontânea, e por isso ia para onde seus instintos mandavam.

E foi nesse sentido de ida solitária que encontrou uma praça, tantas árvores, tantas árvores tão bem cuidadas, sombra, não havia aquele calor que o segurava por baixo, aquele vento quente que entrava pelo seu nariz e fazia tudo coçar. De longe sentiu o cheiro. Viu umas mulheres vendendo comida em barraquinhas onde alguns clientes se assomavam. Então, deu-se conta de que estava com fome. Quando aproximou-se do local, viu que já não era o primeiro: outros cães famélicos estavam por ali, à espera de um ato de camaradagem de alguém. Latiu para os outros dois cães que viu, Deram alguma coisa a vocês? Só chutes, um deles respondeu. Então por que você continua aqui?, perguntou Estrelado. Porque a dor da fome é maior, respondeu o outro vira-lata, e Estrelado calou-se. Nesse momento uma criança se aproximou com um pedaço de carne na mão. Os outros dois cães latiram praticamente a mesma coisa, Sai daqui, nós chegamos primeiro! A criança se amedrontou e soltou a carne, que Estrelado abocanhou e saiu correndo e pensando, Chegaram primeiro, mas é preciso ser o mais esperto para enfrentar a desgraça. Chegou ao outro lado da praça sem ser importunado. Pôde então mastigar e engolir o que havia conquistado. Quando terminou, aproximou-se de umas crianças que brincavam. Olha, papai, como esse cachorro é bonitinho! Vamos ficar com ele? Tire as mãos desse bicho imundo, Elizete! Depois você pega alguma doença desse vira-lata e vai passar dias e dias faltando ao colégio. Nem pensar. Estrelado viu a menina Elizete sair de perto dele, choramingando. Ele preferiu sair dali antes que o homem viesse chutá-lo. Conhecera bem essa realidade antes de ser adotado por Joaquim, não queria voltar a ela.

Caminhou por dias vivendo da bondade alheia. Cansado, resolveu fazer residência perto de um lugar onde mais homens que mulheres entravam. Com o passar dos dias, percebeu que as pessoas mais bebiam que comiam, e quando tentaram dar a ele um pouco do que bebiam, o cheiro forte o fez sair correndo dali. Emagreceu, e por não ter mais forças para perambular como fizera desde que saíra de casa, foi ficando por ali. Finalmente uma mulher que estava sempre naquele lugar passou a lhe dar, todas as noites, uma mistura que o fez ganhar peso de novo. Estrelado decidiu que precisava caminhar novamente.

Sua sorte começou a mudar quando Henakandaya recebeu seu primeiro açougue. Era um lugar tão grande e sempre tão cheio de gente que não tinha como ele não ganhar pedaços de carne, peixe ou frango todos os dias. Engordou, melhorou o pelo, e sorria através do olhar um sorriso sedutor. Mais parece gente, diziam, quando na verdade se parecesse mesmo gente não teria aquele magnetismo no olhar. Faltava dona Marilac conhecê-lo, e ambos tiveram a sorte de se encontrar no dia que Aldenora não pôde ir e ela mesma teve que pegar uma sacola, sua bengalinha de apoio e caminhar até o açougue se quisesse comer carne no almoço, e ela queria. Assim que a viu, Estrelado soltou um gemido e inclinou a cabeça para o lado: Marilac, que nunca havia tido um só bicho de estimação a vida inteira primeiro porque seus pais não queriam, e mais adiante porque sua filha era alérgica e, com a saída de casa da filha quem resolvera enfurnar-se em sua própria residência havia sido ela mesma, esquecendo completamente da possibilidade de um outro tipo de convivência, pareceu ter finalmente encontrado o companheiro que desejava ter. Enquanto pagava o homem que ficava no caixa, perguntou, Aquele cachorro tem dono? Tem não senhora. Passa o dia deitado na porta, comendo carne crua quando lhe dão. Depois se recolhe debaixo da marquise e fica aqui até o dia seguinte. Pois agora ele tem, ela disse, enquanto recebia o troco.

    Sua casa ficava a poucos metros dali, Estrelado seguiu-a sem muita dificuldade. Dona Marilac fechou a porta e foi cortar uns pedaços de carne para o animal. Antes, temperou-a um pouco e passou na frigideira, achando que talvez o animal fosse achar melhor. Como sua fome não era de dias, mas de meses e anos, tudo o que vinha lhe apetecia. E depois aquele mesmo olhar sorridente.

    Foi sua própria nova dona quem deu banho nele, sentada num banco no banheiro, com o chuveiro ligado e um sabão azul na mão. Fizeram a farra. Não se admirou quando o médico disse que ela podia suspender um dos remédios que tomava: o amor, se recíproco, é o sinônimo de juventude. Ambos viviam felizes dentro de casa e Estrelado, que agora passara a ser chamado de Niltinho, era todo sim para dona Marilac.

Mas a passagem dos anos.

Niltinho ainda cheio de vitalidade, dona Marilac, que já era uma senhora viúva e de cabelos brancos, ia perdendo a sua a cada novo mês. Determinada a continuar resiliente até o fim, lia para ele deitada numa rede, que parecia ouvir atentamente a voz de sua dona do tapete ao lado, canção para seus ouvidos. Era ela começar a ler e ele ouvir música, feliz.

Chegou o dia em que dona Marilac se perdeu no meio de uma frase. Deixou o livro cair no colo e nunca mais terminou a música. Niltinho começou a chorar, Aldenora veio da cozinha, e no minuto seguinte ele viu lágrimas escorrendo pelos seus olhos. Lembrou-se imediatamente de Mariana e Joselita, que tiveram a mesma reação quando Joaquim desapareceu para ele. Lembrou-se também do que decidira fazer.

Foi quando Aldenora abriu a porta para pedir ajuda que Niltinho escapou. Passou por entre inúmeras pernas, calçamento, meios-fios, poças d'água, correndo, correndo, tentando escapar da perda e do medo. No instante que parou para tomar fôlego, olhou para cima e viu o castelo. Era tão grande e bonito, com um objeto dourado suspenso lá no alto, quase no topo, que fazia um barulho que ele entendeu como sendo um chamado. Sim, era para lá que deveria ir. Lançou-se na direção do badalo, que doía em seus ouvidos quanto mais próximo ele chegava. Não importava, devia ser a forma de fazê-lo saber que estava no caminho certo. Ia finalmente morar numa casa grande, cheia de gente, onde não teria mais que fugir a cada vez que fios de água aparecessem no rosto das pessoas, porque seria tão acobertado pelo amor que não importa quantos senhores tivesse, seriam sempre mais do que ele poderia contar, havia chegado ao Grande Lar com que sonhara todos aqueles muitos anos de vida, era isso! Mal podia esperar para ser abraçado e Opa, mocinho, para onde você vai?, perguntou uma voz áspera. O que era aquilo? O homem o segurava pela pele do pescoço, mantendo-o suspenso perto do seu rosto. Poderia ser o que nunca fora, e avançar no rosto dele, mas o que isso o tornaria? Que futuro poderia lhe garantir? Melhor não. Preferiu gemer, reclamando. Ora ora ora, então você quer entrar na minha missa, é isso mesmo? Não pode, pequenino, não pode. A voz do homem começou a se revelar mais afetuosa. Seria ele, então? Niltinho olhou ao redor: aparentemente estava no lugar certo. E aquele homem de roupa longa e chapéu na cabeça, com um enorme cordão com cruz ao redor do pescoço, parecia lhe querer bem, afinal. Levou-o consigo até o banheiro da sacristia, dizendo, Você vai ficar aí até o final da missa, tudo bem? Assim que Niltinho foi colocado no chão, começou a caminhar ao encontro da porta, que foi fechada antes que ele pudesse passar.

 Quando a missa terminou, o homem suspirou longamente e abriu a porta do banheiro. Já era final de tarde, mas antes de subir para os seus aposentos, era preciso tomar uma providência. Coloque esse cachorrinho numa caixa, por favor, Betina. Pois não, padre. Ao entrar no carro, a caixa já estava sobre o banco do passageiro.

De longe, o padre avistou o caminhão, que estava parado quase em frente ao açougue, onde, adotado por dona Marilac, Estrelado ganhou um segundo nome e vivera, como Niltinho, seus dias mais felizes. Quando a caixa foi aberta, Niltinho estava deitado, encolhido, com as patas dianteiras sobre os olhos. Tremia de medo, mas o homem que se aproximou pensou que fosse frio. Obrigado por mais este, padre Cazzavel. O padre sorriu, retirando da mão do homem as moedas e as cédulas, É sempre bom poder ajudar e receber ajuda para a paróquia. É uma obra divina, essa fábrica ter finalmente chegado a Henakandaya, disse o pároco. Nossa ideia é poder atender a uma população crescente e também todas as cidades que se espalham pela região, levando o melhor sabão possível para as nossas clientes. O padre balançou a cabeça. E esse é gordinho, certamente era bem tratado, vai ter bastante gordura para o sabão de vocês.

O homem agradeceu mais uma vez, apertou a mão do padre e fechou a porta lateral da fábrica atrás de si.

Niltinho jamais receberia um terceiro nome.

A dúvida essencial para a fé
(1953-)

A celebração da missa estava prestes a começar, a igreja apinhada de fiéis. Antes da entrada do padre, Lourenço – o carteiro da cidade e um dos homens de Henakandaya que mais participavam das atividades paroquiais – posicionou-se à frente de um microfone à esquerda do altar e, como sempre fazia, tocou-o duas vezes para testar o som. Pigarreou para verificar o tom de sua voz e, em seguida, pediu a atenção de todos para ler as intenções da missa daquele dia.

As pessoas iam se ajeitando como dava nos bancos de madeira pouco confortáveis, mas com cuidado para não amarrotarem suas camisas ou vestidos, porque depois da missa sempre havia um programa qualquer de final de domingo – um sanduíche na praça da igreja, ou uma visita a um parente. Os fiéis também tomavam cuidado para não amassar o missal; este, um pedido pessoal do padre Cazzavel, que sempre deixava claro que aquele jornalzinho custava caro e seria reutilizado por várias missas. Aliás, por favor, não o levem para casa, dizia ele de maneira afável, mas sem mostrar qualquer constrangimento.

Lourenço ia dizendo ao microfone os nomes dos mortos mais recentes da cidade, ou daqueles pelos quais pedia-se oração em nome do restabelecimento de alguma doença, ou ainda agradecimentos por terem se recuperado de algo. Aquela era, também, uma forma que os moradores tinham de saber o que se passava na vida cotidiana de Henakandaya, e não seria uma calúnia dizer que muitos iam à missa dominical por essa razão. Não por maldade, claro. Naquele tempo as pessoas dependiam de uma estação de rádio bastante rudimentar, onde pagavam como podiam para anunciar que haviam lhes roubado suas galinhas, e que tivessem cuidado ao pisar na rua e trancassem bem suas portas. Havia também as declarações de amor anônimas, e pedidos de casamento escancarados. Às quartas, perto das sete da noite, havia a tradução de uma música em inglês, que tocava ao fundo enquanto o locutor dizia de forma emocionada as palavras que chegavam até os ouvintes.

Mas só ali, na igreja, é que a comunidade ficava sabendo quem andava precisando do auxílio de Deus nas mais diversas circunstâncias, muitas das quais confiadas apenas ao púlpito e ao altar, não ao José Marcílio, que organizava a rádio local.

Quando a maioria das pessoas já estava bem aboletada, ouviram Lourenço anunciar a última intenção da missa, E por fim, o senhor Tenório, da região dos Nauzares, nos pede para orarmos na noite de hoje em agradecimento pela chegada de importante material, tão ansiosamente aguardado.

Os olhares começaram a se cruzar dentro da igreja. Seu Tenório havia se candidatado a prefeito, mas nunca se elegera. Mas pela tentativa de adentrar na vida política, tornou-se figura conhecida e hoje cuidava com zelo do primeiro mercantil da cidade, que ia se expandindo com força e ajudando na economia local. Algumas pessoas se lembraram de um caminhão enorme, todo fechado, que havia passado na direção do almoxarifado da empresa apenas dois dias antes. Nunca um caminhão daquele tamanho havia aparecido por ali. O mistério aumentou quando souberam que ele só foi descarregado de madrugada. As poucas testemunhas do ocorrido disseram que o que quer que estivesse no caminhão, havia saído dele dentro de grandes caixas. As palavras de Lourenço fizeram com que parte dos fiéis ligasse os pontos. Que carregava o misterioso veículo?

    A segunda amanheceu diferente na casa de Margarida Traz-os-ventos. Ela sempre acordava cedo todos os dias, mas naquele dia em especial, era preciso ser rápida. Tinha que encomendar um pedido ao seu filho, que trabalhava de ajudante justamente dentro do mercantil do seu Tenório; e para isso, não podia deixar o rapaz sair antes de falar com ele. Pegou o menino ainda retirando o pijama. Escuta, meu filho: está todo mundo querendo saber o que ia dentro do caminhão que chegou pro seu Tenório, depois do que foi dito ontem na missa. *Caso* você saiba de algo, *me diga*. E pra que a senhora quer saber?, perguntou ele, no meio de um bocejo. Ora, porque as pessoas estão dizendo coisas. É importante saber o que tem de verdade no que dizem. Se a senhora acha que eu vou fazer fuxico sobre os negócios do meu patrão... Que história é essa, Josué?! Você largue a mão de dizer besteira! E se for algo perigoso? Você sabe que ele já foi ligado com política, e não dá pra confiar de todo nessa gente. Josué ia argumentar que o patrão não queria mais nada com política, que as pessoas deviam era cuidar de suas próprias vidas, mas que sabia ele? Cuidou em tomar um café e ir trabalhar.

    Mais tarde, Margarida Traz-os-ventos foi até o mercantil. A desculpa que deu a si mesma era que queria ver se tinha umas frutas perto de amadurecer, tinha a intenção de fazer uma salada mais para o final da semana. Mas era dizendo isso a si mesma e perscrutando com o olhar tudo o que havia ao redor do lugar, num desejo de ter olhos de raio-x. Viu que o caminhão estava lá. Concluiu que ainda havia o que ser retirado dele. Compras feitas, encontrou-se com Iolanda Polenar no caminho de casa. E esse tal material do seu Tenório?, perguntou a mulher, que também queria saber. Meu filho trabalha aí, Iolanda, pedi pra ele se informar. Quando a noite chegou, a notícia, Não sei de nada, mãe. Não sabe ou não quer contar? Aliás, você chegou mais de uma hora depois do seu horário de costume. Estava ajudando a terminar de descarregar o caminhão? Qual o segredo que você está me escondendo? Não tem segredo nenhum. Eu não sei o que você tanto quer saber. Se você não quer me contar, descubro eu, disse, fechando a porta do quarto.

Na casa de Iolanda, na hora do jantar, o assunto era o mesmo que tomava conta das salas de jantar e de estar de toda a cidade. Saber, saber mesmo, eu ainda não sei. Mas o filho da Margarida trabalha bem dentro do mercantil, parece até que é assistente pessoal do seu Tenório, e disse que ia se informar, disse ela ao marido. Quem disse, a Margarida ou o filho dela? Não sei, Bosco. O que importa é que tragam a informação, ou não? Claro que é. Mas se ela deixou nas mãos daquele menino, esqueça, ele é de pouca conversa, disse à esposa, enquanto fumava um charuto após a refeição.

No cartório do qual Bosco era dono e onde dava expediente todos os dias, no horário do almoço os funcionários já estavam comentando que graças ao filho de Margarida Traz-os-ventos, em breve todos saberiam qual era a novidade que seu Tenório estava preparando para a cidade, não sem um pouco de apreensão e medo.

Todos os moradores com mais de vinte anos ainda se lembravam do último comerciante que quisera fazer uma surpresa para Henakandaya e resolvera trazer um circo e dar entradas de graça para aqueles que fizessem uma compra de qualquer valor no armarinho que colocara há menos de um mês para a esposa. Seu Laurentino era um homem apaixonado e com muito dinheiro. Essa combinação, nas mãos de gente sem muito prumo, poderia seguramente dar em tragédia. E deu.

Na segunda noite de espetáculo, uma chuva sem fim fez com que a última apresentação fosse cancelada. O problema é que havia gente que tinha vindo de todos os lugares. No afã de angariar votos para as eleições que se avizinhavam, muitos vereadores compraram qualquer bobagem no armarinho de dona Eufrásia, apenas para conseguir ingressos para dar aos seus eleitores. E o próprio Laurentino distribuiu alguns entre os candidatos dos quais mais se afeiçoava. Em uma noite, Henakandaya via gente de quase dez lugarejos vizinhos, quase todos pequenos distritos e povoados circunscritos a ela. O cancelamento gerou protestos, que em pouco tempo se transformaram em confusão e descontrole. As pessoas se juntaram para derrubar a lona do circo, e o fizeram. Enquanto a lona começava a cair, a jaula do elefante foi aberta, assim como a dos leões. A correria foi geral. O resultado é que mais de trinta pessoas morreram pisoteadas, e por vários dias ninguém saiu de casa com medo dos leões, que foram abatidos pelos bombeiros, vindos de uma cidade a mais de duzentos quilômetros dali, numa época em que esse trajeto, feito numa estrada de cascalho, podia levar até três dias.

Com as chuvas, levou cinco, e mais um dia inteiro para que encontrassem os bichos, já que os moradores, presos dentro de suas casas, não davam notícia do seu parecer. Com os animais abatidos, um grupo de revoltosos se juntou novamente, e colocaram fogo na lona do circo e na casa de seu Laurentino, que saiu às pressas com a esposa dentro de um carro para um destino até hoje ignorado. O que sobrou da casa onde moravam permanece lá, como testemunha ocular de uma tragédia. E ninguém que Laurentino apoiava conseguiu se eleger nas eleições daquele ano.

Porém, para um lugar tão sem atrativos e que vinha crescendo tão pouco nos últimos anos, novidades eram sempre bem-vindas. Alguns torciam para que dentro das grandes caixas houvesse televisores. Haviam recebido a notícia desse aparelho revolucionário e recém-chegado ao Brasil, e todos ansiavam por ele.

A notícia de que seu Tenório ia começar a distribuir televisores para a população pegou a todos de surpresa. Dizia-se que você podia se ver dentro dela, e tinha gente que atribuía esse tipo de novidade ao demônio. Não teve jeito, seu Tenório precisou ir pessoalmente à rádio de José Marcílio para desmistificar o assunto. Durante três dias ele pegou o microfone para dizer que não tinha intenção alguma de distribuir televisores entre os seus clientes. Como ele ia dar aos outros um negócio que nem ele mesmo tinha?, dizia aos ouvintes. Além do mais, acho que isso nem pega aqui em Henakandaya ainda. Isso é moda e passa rápido. Logo mais ninguém sequer ouvirá mais coisa alguma dessas caixas com imagens e que custam muito dinheiro. Como podem ver, o melhor meio para se comunicar com as pessoas e se entreter é o rádio, e continuará sendo por muitas décadas.

Mas foi a frase enigmática, dita já do lado de fora da rádio, que entornou a vida de seu Tenório. Ao ser perguntando sobre o que então havia no caminhão, respondeu sem paciência, Uma casa. Dali de dentro vai sair uma casa. Foi o suficiente para as pessoas dizerem que seu Tenório ia construir uma "casa de Deus". Mas se a cidade já tinha uma igreja e um padre, que atendiam a todas as demandas, o que aquilo poderia significar? Que seu Tenório ia construir, então, uma igreja de evangélicos. Parece que estava virando moda nas cidades grandes. Eles seguem uma bíblia diferente, lá não tem missa, tem culto, e o padre não é abençoado pelo papa, disse o padre Cazzavel durante o almoço na casa de Helena Poquevai. E se o papa não abençoa, vale, senhor padre? Perante a igreja católica, não.

 Naquele tempo, padre Cazzavel engordou bastante. Passou a almoçar duas, havia dias em que até três vezes, na casa do seu rebanho, para proferir o mesmo discurso.

 Enquanto as conversas corriam de boca em boca, uma Kombi carregada de homens chegou à cidade e foi direto para um enorme terreno que pertencia a seu Tenório. O carro, que também era por si só uma novidade trazida de fora do país, capturou os olhares curiosos das pessoas nas casas e nos comércios, que abriam e fechavam portas para irem espiar o veículo que carregava tanta gente. O que ia ser construído dentro do terreno em si, entretanto, ficou a cargo da imaginação fantasiosa de cada um. Na mesma manhã que chegaram, os homens trabalharam ininterruptamente para circundá-lo por tapumes, deixando apenas o espaço necessário para que passassem por ali homens e material, através de uma porta feita das mesmas ripas de madeira. Seu Tenório, que agora tinha tempo sobrando porque os moradores de Henakandaya estavam fazendo um boicote silencioso ao seu mercantil, fiscalizava pessoalmente o andamento das obras. Com o passar dos dias e o ânimo inabalável do homem, os henakandayenses começaram a se dar conta de que para saber algo sobre o empreendimento que crescia por trás daqueles tapumes, era preciso voltar a tê-lo como amigo e ganhar sua confiança, o que não parecia ser tarefa fácil, uma vez que o padre Cazzavel havia montado um exército de fiéis contra a sua empreitada, ainda que eles mesmos não soubessem do que se tratava.

Helena Poquevai, que sempre estivera curiosa com essa história do seu Tenório montar uma igreja e virar pastor, saiu de casa determinada a entender o que se passava. Chamou Golberi, um menino de dezessete anos que a ajudava em pequenos afazeres domésticos, mandou que ele pegasse um cavalete e fosse com ela até o terreno dos tapumes. No meio da caminhada até lá, um vento forte levou seu chapéu para longe. Ela não se importou e o menino não foi atrás do artefato, que logo sumiu. Em questão de minutos, o vento se tornou tão vigoroso que caminhar se transformou num desafio. As carnes de seu corpo tremiam, e Helena teve que trincar os dentes para impedir que eles batessem. Não conseguia levantar a cabeça, mas ouvia, em toda parte ao seu redor, o vento destelhar casas, derrubar postes, muros, quebrar vidros. No instante em que pensou que a ventania diminuíra, Helena Poquevai levantou a cabeça e viu, para seu mais profundo espanto, que ao contrário do que imaginara segundos antes, os tapumes do terreno de seu Tenório permaneciam todos de pé. A ventania parecia estar em todo lugar, menos lá, como se sua propriedade fosse algum terreno sagrado. Enquanto se prendia a essas reflexões, olhou para trás e viu que não havia mais menino, nem cavalete. A força do vento os levara para algum lugar tão escondido que era impossível vê-los. Trêmula e muito nervosa, Helena tentou correr. Foi então que o ventou enfiou seu braço pesado por baixo do vestido que ela usava e a varreu para longe. Helena, que nunca sonhara, em qualquer dia de sua vida, que poderia voar, viu-se no ar incontrolavelmente, até cair como um saco carregado de chumbo dentro de um riacho pedregulhoso e raso. Neste momento, o vento parou, e o corpo de Helena Poquevai foi arrastado pelas águas, que começaram a se movimentar com força, como se expulsassem dali algo que não pertencia a elas. Ao longe, homens trabalhavam alheios ao vento que passava arruinando tudo.

O funeral de Helena teve de acontecer em caixão fechado.

Vamos chamar os homens do seu Tenório para ajudar a reconstruir os telhados e as janelas das casas, disse Margarida Traz-os-ventos para seu filho Josué. Isso não vai dar certo. Estão dizendo que seu Tenório tem ligação com o demônio porque seu terreno foi a única coisa na cidade que não foi atingida, respondeu ele. Depende. Se ele estiver mesmo construindo uma igreja, pode ser sinal de que lá é terreno abençoado, ora essa. E a igreja que a senhora frequenta é o quê, a igreja do diabo? Passei lá em frente hoje e vi que o telhado se foi por inteiro. Não, Josué. É sinal de que Deus coloca desafios em nossas vidas, provações, nada de mais.

Nas ruas, nas calçadas, onde houvesse três ou mais pessoas reunidas, a conversa se dividia entre os que acusavam seu Tenório de pacto com o Tinhoso e aqueles que o defendiam. Se nem uma ventania foi capaz de derrubar sua construção, diziam, este homem só pode ser possuidor de muita fé. Ou de um contrato de longa duração com Satanás, replicavam outros.

Não demorou e o próprio padre Cazzavel procurou seu Tenório para que pudessem se reunir e buscar uma maneira de acalmar os ânimos da população. O encontro foi na sacristia, a portas fechadas. E eu sei, padre? Não faço a menor ideia. E o que estão dizendo de você pela cidade, não conta? Seu Tenório fixou o olhar no de padre Cazzavel, E o que é que andam dizendo? Muitas coisas. É uma cidade pequena, mas repleta de bocas. E quem tem boca fala o que bem entender. As conversas são muitas. Então o senhor quer saber se eu dou importância ao que dizem ou àquilo que o senhor quer que eu acredite? Neste caso, de que lado o senhor está? Isso aqui não é uma guerra, seu Tenório. O meu lado é o lado do Senhor. Eu estou onde Ele está, e espero que o senhor também. Eu não sou homem de tomar partido, senhor padre. Eu sou homem de fazer o que precisa ser feito. E neste caso, o que é?, inquiriu o sacerdote. Eu preciso terminar de construir a casa que estou construindo. E quero sua bênção.

Na mesma noite, padre Cazzavel anunciou, ele próprio, o nome de seu Tenório no microfone durante a missa, e rogou palavras de amor e boa vontade para o que ele estava construindo, dizendo-se certo, embora sem mencionar o estranho acontecimento que deixara sua construção e seus tapumes de pé e ceifara a vida de Helena Poquevai, que a força divina estava operando. Era o que os cidadãos de Henakandaya precisavam ouvir para voltar às boas com seu Tenório e o seu mercantil.

Dois dias depois, padre Cazzavel conseguiu concluir a reforma no teto da igreja.

Na semana seguinte, a rádio de José Marcílio anunciava que os homens de porte físico forte que quisessem trabalhar em construção se apresentassem ali mesmo, na rádio, para uma seleção. Vários homens se prontificaram ao chamado, e só quando chegaram lá se depararam com seu Tenório ao lado do radialista. Muito sério e sisudo, seu Tenório não dava uma palavra, apenas observava o ajuntado de homens aumentando a cada minuto. Nas horas seguintes, a notícia correu a cidade, e outros homens que não tinham ouvido o chamado também compareceram. Quando o amontoado já era tão grande que seu Tenório mal podia ver as cabeças mais na parte de trás das fileiras e lhe informaram que havia gente até de cidades vizinhas, limpou a garganta e fez que ia falar. Antes de começar, um dos homens disse, É hoje que a gente vai saber o que tem de tão misterioso dentro da caixa do seu Tenório. A "caixa" é como o cercado de tapumes passou a ficar conhecido em Henakandaya. O senhor que disse isso, venha cá. Silêncio. O dono da fala demorou a se identificar. Seu Tenório pediu mais uma vez, e acrescentou um *por favor* ao final da frase. Bom, pedindo assim, não podia ser coisa ruim, então.

Estão vendo esse senhor aqui?, disse seu Tenório, sem antes perguntar a ele nem seu nome nem de onde vinha. Mais silêncio. Ele, então, continuou, Todos os que pensarem igual a este homem aqui ao meu lado, por favor, vão agora mesmo para casa. Ninguém se moveu. Seu Tenório olhou para o homem e disse, Por enquanto, vai apenas você mesmo. Pode ir. E o homem saiu resmungando algo para as suas entranhas. Aos demais, seu Tenório pediu que preenchessem seus dados pessoais em fichas que estavam com José Marcílio. Os convocados receberiam o aviso pelos correios, por carta.

Mas alguém foi mais rápido. Já no dia seguinte seu Lourenço, determinado, colocou um enorme saco na garupa de sua bicicleta e saiu distribuindo para várias casas uma correspondência padronizada e com o mesmo recado: o senhor Tenório Valente, ex-candidato a prefeito da cidade, estava montando um exército para exterminar curiosos que tentassem invadir a sua "caixa", e que a população precisava se unir para tomar providências. Os relatos davam conta de que três meninos haviam apanhado como cães raivosos porque tentaram subir nos tapumes. Foi então que seu Tenório Valente decidira agir a este respeito, contratando gente para vigiar a construção.

As cartas foram sendo abertas ao longo do dia, e logo uns corriam às casas dos outros com o papel nas mãos, tentando entender o que estava acontecendo, assim como tentavam decidir se atendiam ou não ao chamado no final da carta: ir para a praça da igreja, às 7 horas da noite, naquele mesmo dia. Quando o horário chegou, mais de quarenta pessoas já estavam lá, agoniadas para saber se o remetente das missivas iria se pronunciar. Ao invés disso, a confusão só fazia aumentar, porque ninguém se declarava como organizador daquela reunião. Quando estavam quase se decidindo a irem para a casa de Lourenço, eis que ele também aparece, com a sua própria carta na mão. Margarida Traz-os-ventos se colocou na frente de todos e perguntou, Diga, senhor Lourenço, quem é o responsável por estas cartas? Eu não faço ideia, Dona Margarida. Cheguei seis horas à agência, como faço todos os dias, e havia um saco repleto das cartas, com um bilhete datilografado pedindo para que elas fossem entregues hoje, e um envelope com dinheiro para pagar os selos. Uma era endereçada a mim, por isso estou aqui também. Sendo assim, tomou novamente a palavra Margarida Traz-os-ventos, Já que estamos aqui, é bom mesmo que a gente faça o que pedia a carta e tome uma atitude a respeito do que vem ocorrendo em Henakandaya. Depois que seu Tenório começou essa construção, a cidade está ficando sem rumo. Uma voz de homem inverveio do meio do amontoado de gente, Mas o padre abençoou a obra, dona Margarida! Vou dizer uma coisa com toda a sinceridade, retomou a mulher, Pra mim, quem dá aval a uma monstruosidade como a que seu Tenório está dando forma em nossa cidade deve estar metido junto em tramoia. Ouviram-se rumores indistintos no meio da multidão. Uma outra pessoa resolveu indagar, E como a senhora sabe que o que vai dentro dos tapumes é uma monstruosidade? Por acaso a senhora está sabendo de algo que está sendo escondido de nós? Ela não titubeou, Padre Cazzavel e o seu Tenório andaram se encontrando. A cidade foi assolada por um vento que destruiu casas e comércios, matou Helena e a única coisa que não foi atingida foi a caixa do seu Tenório. Depois disso o padre e este homem voltaram a se encontrar, a igreja é rapidamente reformada. Meu senhor, faça os cálculos. Nova comoção generalizada na praça. Não demorou muito mais e uma decisão foi, enfim, tomada.

    Nem bem o dia amanheceu, um grupo de sete homens destruiu a entrada do mercantil de seu Tenório e, usando barras de ferros e o que mais encontravam à disposição, destruíram todo o estabelecimento. No meio da barafunda, pessoas entravam e levavam para casa o que podiam. Quando os funcionários começaram a chegar, encontraram uma loja completamente depenada, que parecia ter visto uma tormenta.

Josué voltou do meio do caminho. Fora avisado por alguém que o mercantil do seu Tenório havia sido saqueado e destruído. Com medo de que o patrão achasse que ele estava envolvido em algo se o visse por lá, voltou para casa. Comentou com a mãe o que ouvira, e ela disse apenas, Acho pouco. Quero ver de onde ele vai tirar dinheiro agora para terminar o que pretende fazer na cidade.

Dinheiro, ele tinha. As obras continuavam em ritmo acelerado, e nem mesmo o acontecido pareceu ter tido qualquer impacto sobre o que se andava fazendo por trás daqueles tapumes. Nem sobre seu Tenório, que à tarde mesmo fez uma breve reunião e demitiu todos os funcionários que sabia que andavam falando dele pela cidade. Para Josué, em especial, disse apenas, Eu não sei se você levou daqui alguma coisa para a sua mãe, filho. Mas sei que ela vem se insurgindo contra mim e achincalhando o meu nome. Minha mulher foi resolver umas pendências no cartório e soube por lá que "o filho da Margarida que trabalha no mercantil" estava prestes a contar "o que via de estranho" no estabelecimento. Se daqui saía alguma coisa, você não saberá mais nada do que se passa nos meus negócios. Não deu chance para que o rapaz falasse. Entregou a ele o que achava que lhe devia e abriu a porta para que se retirasse.

Josué foi para casa possesso. Temia que isso acabasse acontecendo, justamente porque via a mãe querer tomar as rédeas de um movimento contra seu Tenório. Tinha a impressão de que ela almejava algum tipo de liderança que ele ainda não conseguia vislumbrar.

Na câmara dos vereadores, os parlamentares se uniam para tentar ver o que poderiam fazer pela cidade em termos políticos. Era nítido que seu Tenório estava causando tumulto, e aquele rebuliço poderia custar mais vidas. Helena Poquevai já fora uma, seu ajudante também quase tinha tido o mesmo fim. A cidade se agitava e se inflamava. Aonde aquilo ia dar? Era preciso agir.

Com o passar dos dias, padre Cazzavel viu o número de fiéis por missa minguar. A contribuição era cada vez menor. Era como se as pessoas estivessem fazendo, de caso pensado, algum tipo de tortura. Todo dia um pouco menos. A intenção era deixá-lo à míngua?

Margarida Traz-os-ventos tinha a explicação, É o preço que se paga quando se apoia uma insanidade como a do Tenório, dizia para quem pedisse sua opinião e também para quem não.

Foi nessa época que uma nova leva de cartas foi enviada. Dessa vez, porém, com remetente: seu Tenório entrava em contato com vinte e cinco homens que haviam se candidatado a uma vaga de trabalho. O endereço, no entanto, não era a caixa de tapumes, mas um terreno vazio na entrada da cidade. Quando os homens chegaram lá, seu Tenório Valente já os aguardava junto com três outros homens, todos de fora da cidade, usando gravatas e sapatos lustrosos, que explicaram aos homens qual era o plano.

Dessa vez, porém, não havia tapumes cercando a obra. Nem poderia. Construir um posto de gasolina requeria espaço para muita gente circular, além do transporte de materiais grandes e pesados. E como seu Tenório era um homem que via adiante, queria ir além: ao redor do posto, também seriam construídos dois andares de quartos simples, para hospedagem. Já naquela semana, também, o governo federal começara a construir, ao lado do futuro posto de gasolina, uma estrada de asfalto que ligava duas partes do país. Seu Tenório vislumbrou que inúmeros caminhoneiros pousariam ali para passar algumas horas. Se tivessem não apenas um lugar para reabastecer, mas também onde deixar seus caminhões, comer e passar a noite, aquele lugar seria uma referência. E era exatamente nisso que ele iria transformar aquele imenso lugar. Era bom estar fora da política, mas nunca fora do jogo político, e isso ele sabia bem. Uma raposa, ainda que velha, nunca deve se afastar demais do galinheiro.

A polícia apareceu na casa de Margarida Traz-os-ventos perguntando pelo vagabundo. Deve estar na casa de algum de vocês, disse sem pestanejar, olhando para os três. Viemos buscar seu filho, disse um deles, e adentraram na casa sem mostrar papel de ordem alguma – que tinham – e sem dizer mais palavra. Encontraram-no ainda dormindo, ergueram-no pelo braço e nesse instante Margarida começou a gritar que iam matar seu filho. Barulhos de copos de alumínio caindo e portas sendo batidas em casas vizinhas podiam ser ouvidos, mas ninguém se manifestou. Josué acordou atordoado, e só entendeu que estava diante de três policiais por conta do uniforme que usavam. Pra gente, se não trabalha, é vagabundo, disseram para dona Margarida ouvir. A mulher continuou a gritar, e um dos homens fechou o punho e ergueu o braço em sua direção. Ela encolheu-se com uma cara digna de cachorro ameaçado diante da possibilidade de ser esmurrada e, certamente, ser calada de vez. Josué foi jogado dentro de um carro sem insígnia de polícia para um lugar ignorado.

Perto dali, foi o próprio Bosco que abriu a porta. Entra no carro, disse o homem, com uma arma apontada para ele. Quem é, amor?, perguntou Iolanda Polenar, indo em direção à porta só para ver uma arma apontada para o marido e voltar, sem dar as costas, na direção de onde tinha vindo, com uma expressão de horror estampada no rosto. Se gritar, ele já era. Bosco entrou no carro, estacionado bem diante da casa dele, e antes de ser atingido com a coronha da arma que o homem portava e apagar por longas horas, ainda o ouviu dizer, Quero ver quem vai continuar espalhando mentiras sobre a vida alheia.

Poucas horas depois, o assunto já corria toda Henakandaya. O que mais assustava as pessoas era o fato de que as ações pareciam ter sido coordenadas e perpetradas por pessoas que não tinham intenção de agir de acordo com a lei. Uns diziam se tratar de gente ligada a seu Tenório, outros, que tanto Josué quanto Bosco estavam envolvidos com dívidas, e havia ainda quem denunciasse algo relacionado ao padre Cazzavel. Com tanta especulação, a única certeza era a de que o destino dos homens era incerto.

Como na época em que os leões e o elefante escaparam do circo, as pessoas voltaram a ficar trancadas em suas casas, com medo dos justiceiros, como os captores começaram a ser chamados. Reforçavam as portas da frente com grades e cadeados. Casas passaram a ser muradas, e onde antes se chamavam as pessoas apenas dizendo seus nomes à porta, campainhas começaram a ser instaladas.

Em tudo havia receio e medo, menos onde trabalhavam os homens nas diversas construções de seu Tenório pela cidade. A estrada que o governo construía também já andava bem adiantada, e a previsão é de que em pouco mais de um ano o fluxo de veículos, e principalmente, de caminhões repletos de cargas, começasse a correr por aquelas bandas. O posto de gasolina envolto pelos quartos e o restaurante ficariam prontos em mais alguns meses, quando finalmente a cidade poderia começar a desnovelar os muitos mitos que vinha criando nos últimos tempos.

Foi essa sensação de sitiamento que fez os moradores de Henakandaya gradualmente voltarem para as missas de padre Cazzavel. Sentiam que era nesse deslocamento de casa para a igreja que ainda tinham alguma liberdade. E era mesmo preciso pedir a Deus que não abandonasse a cidade. A fé parecia ir retornando aos moradores, e durante a homilia o padre passou a pregar sobre o resgate da crença e a força que isso traz para quem se deixa empoderar pelo amor divino. O dinheiro começou a voltar para a igreja, e padre Cazzavel começou a almoçar e jantar como antes dos tempos compulsoriamente frugais pelos quais vinha passando.

Foi numa segunda-feira que a cidade viu entrar um personagem raro com um elemento extra inédito por aquelas paragens: um carro com uma enorme caixa de som em cima. Dentro dele, com os vidros fechados, um homem gritava a um microfone, com uma empolgação que chamava a atenção de todos: Atenção, atenção! Nesta sexta-feira, depois de meses de espera e apesar dos que torciam contra, será inaugurada a Casa Vermelho Ver-te, organizada pelo senhor Tenório Valente!

Menos de duas semanas antes, em plena luz do dia, as pessoas puderam ver as enormes caixas que haviam sido retiradas do caminhão há tanto tempo sendo, enfim, abertas. Os moradores de Henakandaya não reconheceram o que para eles pareceram ser enormes pias ou tanques, e numa delas, diferente de todas as outras, uma caixa de ferro gigantesca. Eram outros tempos, porém, e depois de tantas conversas atravessadas, informações que nunca se confirmaram e intrigas que resultaram em morte, desaparecimentos e desavenças, as pessoas já não pareciam dar tanta importância a acontecimentos como aqueles. Era, talvez, um medo atávico de que qualquer comentário fizesse eclodir tudo novamente, e os cidadãos de Henakandaya pareciam agora querer viver momentos de paz.

Mas a cidade pulsava. E enquanto um corpo é organismo vivo e cheio de sangue, a ordem natural das coisas é o seu acontecimento.

Já na terça, duas novas Kombis chegaram enquanto a cidade dormia. Eram homens e mulheres de outros lugares, que não foram até ali para conhecer o município.

E enquanto o carro de som passava, as pessoas curiavam.

Na quarta, os tapumes foram finalmente retirados para que os últimos reparos fossem feitos. Seu Tenório não havia mentido, o que estava ali, diante de todos, era uma casa. Um lugar gigantesco até para padrões de cidades grandes, algo que se assemelhava a um palácio. Era uma construção imensa de três andares, de uma arquitetura ousada. Tudo naquele lugar lembrava o que Henakandaya não era: uma elegância altiva, imponente.

Quando sexta-feira chegou, descobriu-se que, naquele dia, a entrada não era permitida a ninguém da cidade. Somente convidados selecionados, vindos de outras cidades, poderiam saber que tipo de comércio se fazia ali. Foi a primeira vez que Henakandaya ouviu falar em um negócio chamado "lista de espera". Coloquem seus nomes, dizia a recepcionista, e aguardem serem chamados.

O entra-e-sai, nos primeiros meses, era intenso.

Quase seis meses depois da inauguração, os henakandayenses que haviam colocado seus nomes na lista foram chamados. Foi exatamente quando isso aconteceu que cidadãos frequentadores da igreja começaram a dar todo tipo de desculpas para passar a noite fora de casa. Brigas e desavenças começaram a surgir aqui e ali nas casas onde as mulheres eram mais desprendidas de recato. As mais parcimoniosas teriam seus momentos de rebelião, mas isso ainda demoraria um pouco a vir.

Mais alguns meses se passaram, e moradores da cidade foram novamente impedidos de entrar na Casa Vermelho Ver-te, onde se dizia que por preços pouco módicos o cliente teria todo tipo de serviço para seu relaxamento, incluindo massagens em jacuzzis repletas de produtos dos quais ninguém por ali jamais ouvira falar. Eram tão preparados que, se por acaso faltasse energia, a "enorme caixa de ferro" poderia fornecer eletricidade para todos os andares por mais de seis horas, dizia-se. Padre Cazzavel foi chamado à ação. Mas veja só, padre, a Casa foi até abençoada pelo senhor durante uma missa…, começou seu Tenório. Sim, mas eu não sabia do que se tratava. Agora que sei que é um antro para pecadores… Pecadores, seu padre? Não digo porque não posso, mas o que tem de alma impura indo na minha casa e na sua… Além do mais, senhor padre, o dinheiro que entra na minha conta bancária é compartilhado com a sua, o senhor sabe disso, inclusive para cooperar com as viagens que o senhor faz todos os meses para ver suas amigas no norte do país. Ou o senhor pensa que eu não sei? Tenho muitos olhos por esta cidade, meu caríssimo sacerdote, e outros mais fora dela, disse seu Tenório, com um sorriso camarada. Padre Cazzavel soltou um botão da batina perto do pescoço. Bom, meu amigo Tenório, disse ele, se levantando. Não vamos fazer esses olhos todos enxergarem demais, está bem? Agradeço por ter me recebido nesta hora tão inconveniente. Sua presença jamais seria inoportuna, irmão. Estamos conversados, então, disse o padre, se despedindo.

A modernidade parecia estar chegando a Henakandaya. Saíam as Margaridas, Helenas e Iolandas, chegavam as Lizandras, Vanessas e Soraias junto com seus cremes e perfumes. Paixões aconteciam em alcovas sorrateiras, e novas configurações de relacionamentos aconteciam, pelo menos sobre as camas, que até aquele ano, naquela cidade, ainda não sabiam o que eram três ou quatro dentro do mesmo leito, se refestelando em posições e descobertas.

Os políticos de Henakandaya e seus demais cidadãos parecem ter se dado conta disso logo nos primeiros dois meses em que a estrada que passava ao largo da cidade ficou pronta, juntamente com o posto de gasolina e a hospedaria de seu Tenório que ficava à margem, na entrada do município. Nunca o comércio foi tão sacudido como depois desse acontecimento, e de demônio seu Tenório passou novamente a santo. Cabeleireiros, bares, armarinhos, açougues, vendedores de frutas e verduras, todos puderam crescer nessa época. A terra onde ficava a nascente da fonte de leite e mel se chamava Henakandaya. Tanto era assim que ninguém se importava mais com a quantidade de caminhoneiros que entravam e saíam da Casa Vermelho Ver-te.

Quando ninguém esperava por mais surpresas, Josué e Bosco passaram a circular pela cidade. A essa altura, Margarida Traz-os-ventos estava cega, e não podia ver a barba que o filho cultivara, e Iolanda Polenar tinha se mudado para uma cidade vizinha, onde fora morar com um homem que tinha ficado viúvo, distante de todos porque sabia que iria ficar falada. Ela jamais saberia, mas não ficou. Não que Henakandaya houvesse deixado seus hábitos provincianos para trás, como logo mais se perceberia, mas pelo velho e constante medo, que agora parecia caminhar junto com os pensamentos de cada cidadão, de que aquele tempo de confusão pudesse voltar ao menor sinal de transgressão. Por esse mesmo motivo, embora as pessoas comentassem entre si, ninguém estava disposto a fazer nenhum tipo de pergunta, e o mistério ficou no lugar do eterno.

Nem Josué nem Bosco se importavam com o destino dos seus. Estavam muito bem estabelecidos nas dependências subterrâneas onde moravam os funcionários da Casa Vermelho Ver-te. Depois que voltaram do período que hoje chamavam de "exílio", eram felizes fazendo o que estavam lá para fazer.

Acontece que todo sentimento é cíclico, e nenhum deles se encontra numa categoria mais elevada que outros o suficiente para que nunca volte a ocorrer.

Apesar de todo o crescimento, Henakandaya permanecia sendo uma cidade essencialmente pequena. Lojas cresciam e pessoas consumiam mais, outras vinham de fora para se instalar na cidade e ganhar dinheiro, mas coisas que começavam a se difundir pelo país ainda demoravam para chegar até lá. Foi por isso que Josué e Bosco não tiveram dificuldades em distribuir, em dois dias, em praticamente todas as casas da cidade, o fac-símile de um caderno onde era possível ver, no cabeçalho, em letras garrafais, as palavras: CONTRIBUIÇÃO PARA A CASA DE MENINAS. Logo mais, abaixo, o nome dos contribuintes, a data da contribuição e a assinatura. Eram vereadores, funcionários do cartório, assistentes paroquiais, comerciantes importantes. Estava todos lá. Junto do fac-símile, uma foto de cada um desses cidadãos entrando ou saindo da Casa Vermelho Ver-te nos tempos em que os moradores da cidade ainda não podiam frequentá-la. De acordo com a carta que acompanhava o material, a contribuição era feita todas as vezes que algum daqueles nobres homens fazia compras no mercantil de seu Tenório, que enquanto existiu fora para todos uma referência.

Seu Tenório, estrategicamente, sumiu da cidade. Sabia que o material era bombástico e preferia apenas tomar conhecimento de sua repercussão, e não ser vítima dele. Precavido, deixara homens de prontidão para o caso da população se convulsionar para destruir seus estabelecimentos.

Contudo, ninguém sequer lembrou deles. A força do que as pessoas tinham em mãos era grande e pessoal demais para que fossem se amotinar contra seu Tenório. Ele estava, afinal de contas, humilhando a todos da cidade, e particularmente aos acusados.

Ninguém jamais saberia, mas o documento onde as pessoas mencionadas contribuíam com a construção da Casa era falso. Ele havia conseguido as assinaturas de maneira escusa, no cartório da cidade, com Bosco, muito tempo atrás. O convite para que os donos das assinaturas visitassem o estabelecimento, contudo, era verdadeiro, assim como também foi real o fato de que eles o haviam aceitado. Nem todos, porém, usufruíram do que a Casa tinha a oferecer. Mas as fotos, feitas clandestinamente, eram a prova cabal da qual ele precisava para acabar com as reputações ilibadas daquele antro de calhordas que por tanto tempo, hipocritamente, envenenaram sua vida com o objetivo claro de exterminá-lo.

Os dias seguintes viram uma enorme movimentação de homens e mulheres deixando suas casas, muitas das vezes também largando os filhos para trás. Os caminhoneiros do posto de seu Tenório nunca deram tantas caronas e nunca tiveram tantas noites acompanhados. Acusações e histórias começavam a surgir, tentativas de aumentá-las de um lado, de diminuí-las ao ponto da irrelevância do outro, mas ninguém mais conseguia dormir um sono de paz.

Quando o ódio resolveu tomar novamente de conta de Henakandaya, porém, a terra tremeu. O terremoto atingiu um único lugar, mas foi como se ferisse a cidade inteira: em pouco mais de um minuto, toda a igreja estava no chão, em milhões de pedaços e cacos, irreconhecível. Homens e mulheres de todas as idades se mobilizaram no intuito de encontrar padre Cazzavel debaixo de tantos escombros. Conseguiram. Ele foi levado para um hospital numa cidade vizinha. Meses depois, ainda de muletas, o padre anunciou que renunciaria ao seu rebanho em Henakandaya. Pra mim, chega, dizia na carta em que pedia afastamento. Chegava ali o final da caminhada sacerdotal para o homem que há mais de vinte anos saíra da Itália para aqueles confins brasileiros.

Os fiéis talvez se surpreendessem se soubessem que Cazzavel não fora para a Itália sozinho. Fazendo o caminho de volta, dessa vez ele *levou* uma brasileira consigo, com quem foi dividir uma vida pacata, sem tantos sobressaltos. Mas disso os henakandayenses nunca ficaram sabendo.

Quando a calmaria dos dias voltou, surgiu com ela um cão de pelo laranja, grande e corpulento, que ninguém sabia de onde viera. Não tinha dono, não aceitava ter dono. Como uma aparição benfazeja, sempre que possibilidades de grandes desavenças aconteciam em festas, bares, clubes ou terrenos abertos, ele aparecia e latia. As pessoas, porém, não o ouviam latir. Ouviam música. Para cada uma delas, um tipo de música que lhes tocava onde a compreensão humana jamais chegaria. Era uma força de tal grandeza que os desafetos se transformavam em emoção; assim, as pessoas que estavam prestes a se engalfinhar se abraçavam, choravam juntas, riam ensandecidamente, transavam no meio da rua, sentindo uma vontade imensa de absorver dentro delas aquilo que o latido do cão as fazia ouvir e que era delas, somente de cada uma delas, tão únicas e incognoscíveis que na verdade eram elas próprias, transformadas em vontade, sentimento e dança.

Os caminhões continuaram encontrando guarida no posto de seu Tenório e nos quartos onde também encontravam abrigo. À noite, a movimentação de homens na Casa não cessava, porque desejo é ponte sem lado de lá. Henakandaya nunca havia visto tanta gente movimentando suas ruas, tantas mulheres bem-vestidas, caminhando irreconhecíveis. Era um tempo de muita pompa e rara sinceridade.

Quanto ao cão das canções, claro que sofria atentados vez ou outra. Mas ele não se abalava e seguia o seu destino. Enquanto viveu, todas as tardes ia até o riacho onde um dia o vento despencou o corpo de Helena Poquevai, mas que agora apenas corria, límpido. Deitava-se bem à margem das águas, colocava a cabeça sobre as patas e ficava olhando a correnteza passar, ouvindo dentro de si a música que ela cantava e que só ele entendia.

A máquina de fazer esperança
(1962-)

A primeira cédula apareceu porque não era seu destino nascer Veio ao mundo por um conjuramento de aleatoriedades, como os que tornam a vida possível, e o que chega ao mundo pela fina força do querer, se impõe. E foi também pelo acaso que chegou às mãos de Luara, que a retirou do galho de uma plantinha rasteira e anunciou para a mãe com um sorriso de quem recebe o presente de natal em março, Olha o que eu encontrei aqui!

Era o final da tarde, nesses horários que já quase lembram a escuridão por vir. Lizandra varria o quintal acumulado de folhas. Olhou para a filha como quem procura dentro do quarto um bicho, O que é? É dinheiro, mãe, respondeu a menina, entregando o seu presente de natal porque já sabia que ia ficar sem ele mesmo. Nem adiantava dizer nada, Dinheiro é coisa de adultos, a mãe sempre dizia. Deve ter vindo voando com o vento, que traz toda essa sujeira mas traz também coisas boas, pelo que se vê. Luara não achava que tivesse vindo pelo ar. No seu entendimento, a cédula tinha brotado do chão, mas não disse nada porque a mãe estava impaciente demais àquele dia e tinha uma vassoura na mão. Melhor não.

Mas a surra foi só adiada. No dia seguinte, a menina levou para dentro de casa outra cédula, do mesmo valor. A mãe olhou para ela como quem se depara com um monstro. Vá pegar a minha chinela que você vai apanhar!, anunciou com os olhos tão cheios de ódio que o vermelho encharcava tudo. A menina foi para o quarto da mãe em busca da chinela chorando. Sabia por experiência que se não fosse seria pior. O que foi que eu fiz?, se perguntou entre lágrimas e lamúrias. Vou te ensinar a não tirar dos outros e vir pra casa inventando histórias! De onde vem esse dinheiro, Luara, é de algum professor? Ela só chorava porque não adiantava a verdade. A verdade era o obstáculo.

Quase todas as tardes, depois de chegar da escola e almoçar, ela fazia as tarefas e, um pouco antes de anoitecer, ficava com a mãe enquanto ela varria o quintal. Por isso Lizandra fizera o cálculo errado da origem do dinheiro. E a origem do dinheiro era o medo.

Lizandra começou a perceber que as pessoas andavam muito felizes pelas ruas de Henakandaya. Mas eram de uma felicidade esquisita, que vinha de mãos dadas com a desconfiança. Talvez essas duas juntas merecessem outro nome, mas ela não tinha palavra para aquilo. De repente haviam passado a conversar através de evasivas, como se quisessem escapulir dos diálogos, com medo de que acabassem dizendo coisas demais. Ainda estava vívido na memória dos henakandayenses o que havia acontecido a Helena Poquevai e ao Padre Cazzavel há apenas alguns anos, e o rebuliço que tomou conta da cidade por conta de fofocas e frases ditas em má hora. Por conta desse sentimento, mantinham a língua mais tempo guardada dentro da boca.

Não demorou muito, porém, e alguns produtos começaram a faltar nas lojas de Henakandaya. Não frutas e legumes, que a cidade continuava a produzir com fartura, mas as lojas de móveis, roupas, artigos de decoração, chegaram ao ponto de não ter mais o que vender. E em pouco tempo o número de carros pelas ruas havia aumentado substancialmente. O único posto da cidade, de propriedade de seu

Tenório Valente, homem que havia causado uma grande comoção entre os locais há poucos anos, chegou a ficar sem combustível. Quando Lizandra chegou em casa da escola onde era auxiliar de serviços gerais, resolveu chamar a filha para uma conversa. A menina contou à mãe exatamente a mesma coisa que havia dito antes. E dessa vez a reação de Lizandra foi diferente. Eu quero ver essa planta, afirmou. A filha a levou até o quintal. É esse punhadinho de galhos finos e rasteiros aqui? Pra mim o nome disso é mato. Sem dizer uma só palavra, Luara levou a mãe para dentro de casa, abriu uma das portas do guarda-roupa e puxou uma gaveta. Todos os dias eu vejo se há dinheiro no chão antes de você varrer o quintal. É aqui que estou juntando tudo o que encontro. Como você não havia acreditado em mim, estava guardando para fazer uma surpresa. Eu também não sei o que está acontecendo, mãe; eu só sei que num dia não tem, no outro ou no outro, aparece um dinheiro do nada. Eu retiro do galhinho e guardo aqui. Lizandra não acreditava, como se não tivesse olhos de ver. A gaveta estava cheia, quase transbordando, com cédulas que mudariam sua vida para sempre.

A mulher desceu do ônibus como se reconhecesse o lugar. Trazia consigo três ou quatro malas que um garoto a ajudou a transportar da rodoviária até a pousada onde deveria ficar pelos próximos dias. Pelo vestido que usava e o olhar altivo, sabia-se logo que ela não era dali. Talvez fosse uma das muitas pessoas que iam e vinham de Henakandaya nos últimos anos em busca de possibilidades de negócios. A cidade crescia com uma ordenação que ainda não se sabia que rumo iria tomar.

À noite, saiu do hotel segurando uma maletinha na mão. Pegou um ônibus até o endereço que tinha anotado na agenda que trazia consigo e foi para o começo da rua. Ali, bateria à porta de oito pessoas. Era o suficiente antes que ficasse muito tarde para incomodar o povo de uma cidade que ainda mantinha o hábito de se recolher relativamente cedo. Trago novidades, disse assim que um homem abriu a porta. Antes que ele abrisse a boca para dizer que não iria comprar nada, ela afirmou, Não estou vendendo nada. O que eu trago se chama oportunidade. E ela vem em que embalagem?, perguntou a irônica curiosidade no homem. Se aproxime e veja por si mesmo, ela disse, abrindo a mala diante dele e retirando um pequeno saco com um líquido verde de dentro. Eu vou lhe explicar como acontece, e ao final o senhor me diz se aceita, sem fazer perguntas. No homem, um olhar intrigado. Ela prosseguiu, Essa plantinha que o senhor descobriu em casa e que vem lhe fazendo muito feliz pode render ainda mais. Basta despejar o conteúdo dessa embalagem na areia que a aduba. O que ela lhe dá hoje será multiplicado por dois, possivelmente três. Para que isso aconteça, há uma condição: se um vizinho que não tiver a planta lhe pedir uma muda, o senhor a dará. Se não o fizer, a planta que tem em casa murchará. O homem riu. E isso acontece como? Eu disse sem perguntas. É uma questão de dizer sim, agir e esperar. O resto se fará. A mão estendida como uma criança de rua a um passante. Em miséria, se equivaliam. A mulher entregou a embalagem para o homem, que entrou em casa e disse, Era alguém querendo meu nome para um abaixo-assinado. Mandei pastar.

Na manhã seguinte, o ar de Henakandaya parecia ainda mais leve e as pessoas mais sorridentes. Plantas prosperavam em vasos e quintais, e a vida parecia não oferecer riscos. O dinheiro enchia os bolsos, carteiras, gavetas, vãos debaixo ou dentro de colchões.

Já na semana seguinte algumas lojas não abriram. Dessa vez, por falta de vendedores para atender os clientes. A população queria consumir. Com dinheiro no bolso, ninguém precisava mais cumprir horários para ganhar um salário insignificante. Mas entre os moradores as verdadeiras razões daquela mudança geral de comportamento pareciam ser mantidas em segredo. Era como se testemunhassem um crime que não queriam relatar à polícia porque o criminoso era o principal membro da família.

Ao final da semana, moradores começaram a receber bilhetes anônimos, dizendo o endereço para onde deveriam ir em busca do lugar onde a felicidade se reproduzia. Muitas vezes, o lugar mencionado ficava depois da parede ao lado. Ainda no bilhete, uma frase: Ao ser recebido no lugar, peça pela sua muda da planta, é ela que vai mudar a sua vida, e ninguém nega ao outro a possibilidade de ter um casulo, sem o qual a metamorfose não acontece.

Mas negaram, muitas e muitas vezes, porque se há palavra dita pelo homem com gosto é não. Impossível que a ameaça da mulher se cumprisse, ela não tinha como saber – era o pensamento geral dos que negaram. Estes tiveram naquela a última semana para usufruir do que a planta podia lhes dar. Quando o calendário virou de uma semana para a seguinte, o que antes era fonte inesgotável se transformara em terra ressecada. Alguns poucos que lembraram de guardar algo ainda correram para suas gavetas e travesseiros. Tudo era agora palha seca.

Os problemas começaram a se somar em Henakandaya. Com o colapso do comércio, a produção agrícola também adentrou seus estertores, porque todos tinham sua fonte de renda particular em casa. Ninguém tinha mais qualquer intenção de comercializar ou produzir. A cidade teve de começar a encontrar no meio dos seus aqueles dispostos a plantar e colher para não ficar sem ter o que comer. E com o súbito aumento dos miseráveis, casas eram abandonadas porque as pessoas, sem emprego e sem a planta que lhes servia de fonte de renda, não tinham como pagar prestações. Quando não abandonavam, eram desapropriadas. Os parentes não os queriam, porque tinham medo de ser roubados. Em pouco mais de um mês, os moradores tinham tomado a decisão de não apoiar aqueles que haviam negado uma muda da planta aos demais. Se todos sabiam o que a negativa significava, sabiam que não eram pessoas nas quais se poderia confiar.

Com essa tomada de decisão, essa população em estado de penúria começou a se juntar, a caminhar junta, levando consigo seus poucos pertences. Haviam se organizado para que não se sentissem abandonados, sabiam; mas para que pudessem agir de forma orquestrada. Era a luta pela sobrevivência.

Os saques começaram no dia seguinte. Lojas fechadas foram arrombadas durante a noite, em pouco tempo, também durante a luz do dia. Henakandaya não tinha mais uma força policial – tinha homens armados. Quando o barulho de um estabelecimento era ouvido a perfurar a noite, tiros vinham logo em seguida, e gritos, gente correndo. Mas não matavam ninguém. Todos sabiam que os crimes eram cometidos pelos abandonados, agora também famélicos, e todos também sabiam quem eles eram. Há poucos dias, eram um deles, eram vizinhos, amigos, colegas de trabalho. Havia uma espécie de recusa em matar aqueles que eram agora o que eles poderiam ser amanhã. Nenhum deles ignorava que a cidade não escolhia destinos.

Em seu gabinete, o prefeito se desesperava. Havia afastado qualquer veículo de imprensa do que parecia ser mais um caso inexplicável na história da cidade, e até que ele se resolvesse, não queria publicidade negativa para a cidade onde nascera e que agora administrava. Como faria isso, e por quanto tempo, eram o grande desafio e o mistério, porque seus secretários, seu motorista, a mulher que servia o cafezinho – não havia quem quisesse continuar a trabalhar. Os salários, que já não eram dos melhores, tinham a concorrência do que era aparentemente imarcescível. Convocou suas lideranças e seus principais vereadores. Como não tinha mais com quem compartilhar pensamentos, pensou sozinho, no seu quarto, e depois decidiu chamar todos os que quisessem vir. O único caminho possível era o que unia todas as pontas.

Da ideia nasce o fato, e foi assim que o que era medo de encarar um possível futuro transformou-se em medo diante da ameaça ao presente. Lizandra estava, com a filha, junto aos abandonados. Luara gemia de fome durante o sono. Enquanto os quase setenta membros do grupo dormiam em galpões agora sem uso, ela resolveu sair em busca de comida. Foi quando ouviu ao longe uma festa acontecendo numa casa em uma rua afastada. Crianças riam, adultos conversavam em sons indistintos, mas foi o tilintar de talheres que a fez querer se aproximar e pedir um pouco de comida. Passou as mãos pelo vestido puído, numa tentativa vã de desamarrotá-lo, ajeitou o peso invisível sobre os ombros e passou do lado de cá para o lado de lá. Foram três ou quatro tiros, ninguém saberia dizer ao certo. O certo é que eles se dividiram entre o peito e a cabeça. Não é possível deixar que esses miseráveis tomem conta da cidade, disse o homem ainda com a arma na mão, enquanto as mulheres afastavam as crianças. Meu comércio foi roubado, agora há pouco falávamos que essa situação estava ficando insustentável. Menos um desse grupo de larápios. Sigam com a festa, da minha sujeira cuido eu.

O corpo de Lizandra apareceu debaixo de um cobertor cinza, perto da região onde os abandonados circulavam. O homem que o deixou na calçada baixou o vidro do carro e soltou um grito, que ecoou entre os imóveis da rua. O barulho fez com que os abandonados abrissem os olhos, atentos em sonos felinos. Um burburinho se fez entre eles, até que começaram a se movimentar. Alguém descobriu o corpo e disse sem ênfase, É Lizandra. Não deixem a filha dela vir até aqui.

A violência que tanto temiam os atingira e aquele era um caminho onde não havia fronteiras. Entenderam que a saída estava em outro lugar. E por ele foram.

O grupo dos abandonados decidiu-se pela organização efetiva. Ocuparam um terreno onde no final do século XIX haviam construído um orfanato que, depois descobriram, vinha sendo utilizado como um cemitério clandestino de bebês. Henakandaya parecia ter a característica de abandonar seus lugares precitos. Repovoá-los, dar-lhes um outro significado, era também fazer o mesmo consigo próprios, reinventar cada um daqueles indivíduos. A ideia passava por criar uma sociedade paralela àquela que tinha dinheiro. Começaram por erguer moradias, casas pequenas nas quais pudessem construir pequenos espaços de abrigo, lugares simples. Era preciso também arar e cuidar da terra, prepará-la para esse novo momento. A atitude isolacionista teve um saldo positivo: os cidadãos endinheirados de Henakandaya não os incomodaram mais. O momento era outro, e eles sabiam.

Os dias se sucediam mergulhados em silêncio. Já passava das dez e toda a cidade se movimentava a passos lentos. Não se trabalhava mais em Henakandaya. O desejo único era o de gastar. Para isso, as pessoas passaram a ter que se locomover muito, já que a cidade começava a ser atravessada por um processo de deterioração que em não muito tempo mais a transformaria numa cidade-fantasma.

E foi por ter observado isso que Claudio Gonçalves fez valer os votos que o elegeram prefeito e saiu de casa de bermudas e chinelos, rumo à praça central. Já eram outros tempos, a cidade crescia e sua população inteira não caberia mais ali. Mas ele estava determinado a ganhar no gogó os que fossem passando. Cheguem, conversem, vamos buscar uma solução para isso, reparem no que nossa cidade está se tornando. Os ouvidos eram poucos, a esperança, pequena. Mas foi assim que ele conseguiu ir juntando as pessoas. Em algumas horas, havia cadeiras espalhadas e pessoas formando uma pequena congregação. Outras cadeiras foram aparecendo ao longo das horas e quando a noite caiu, com a luz dos postes iluminando os presentes, já não se podia ver onde a multidão de pessoas e cadeiras começava. O prefeito olhou para toda aquela gente e, na sua imensa solidão, emocionou-se. Reconhecia em si a esperança, equilibrista, como sempre.

A pergunta crucial neste momento é: o que estamos nos tornando a partir do que estamos fazendo à nossa cidade?, começou o prefeito. Observem o que tem acontecido a Henakandaya nos últimos meses. Estamos às vésperas de ficarmos diante das mesmas ruínas em que estão a primeira construção dessa cidade, a casa de Elias Carcará. O que costumava habitar lá? O mato, animais que rastejam, peçonhentos. Agora reparem no entorno de vocês, nas casas vizinhas às de vocês. Ninguém trabalha mais na cidade, mas quase todo mundo tem dinheiro. Do que adianta o papel, sem ter como gastá-lo? Do que adianta gastá-lo em outro lugar, se não podem usufruir do que adquirem na cidade onde têm residência? E o que dizer dos tantos marginalizados, pessoas que frequentavam os mesmos lugares? Questionem-se, henakandayenses, vocês não podem se deixar cegar pelo poder deste papel, que logo mais, quando se acabar, vai deixar um rastro de indagações.

Por trás de Claudio Gonçalves, uma senhora vinha se aproximando devagar. Caminhava sem pressa. Pela forma como olhava a todos, entretanto, não se via sombra de fragilidade; ao contrário, a intensidade no olhar denotava uma personalidade insigne. Ela se aproximou do prefeito e estendeu a mão num gesto pedindo o microfone que ele segurava. Obedecendo a uma regra educacional que vinha muito antes dele, passou o microfone para a mão da senhora, que disse, Recebi essa noite uma carta que me dizia sobre esta quantidade de gente na praça. Ela fechou os olhos por alguns segundos e, quando tornou a abri-los, encarava toda a gente de frente, fulminados, E a carta pedia para que eu viesse até aqui avisar que quem tiver dinheiro nos bolsos, nas bolsas, ou onde quer que seja, junto ao corpo, que se desfaça dele, sem esperar.

Claudio Gonçalves teria pedido ajuda de auxiliares para retirar a senhora dali, caso ainda os tivesse. O jeito foi apelar para o bom senso, Obrigado pelo recado, mas o que temos a tratar aqui é muito sério, ao que a anciã respondeu, parcialmente captado pelo microfone, E você pensa que sou louca? Eu penso que sua fala está fora de lugar, disse o prefeito. A mulher deu de ombros. Enquanto descia os degraus do coreto rumo à sarjeta, onde pegaria um carro de praça, ouviu os primeiros gemidos. Não se virou para ver o que era, porque sabia. O homem dentro do carro lia um jornal, alheio ao que se passava na praça. Com um gesto de mão, recusou ajuda para entrar no veículo. Quando se instalou, disse o nome do hotel onde estava hospedada, e para lá se encaminharam.

Por conta de sua proporção, havia sempre muito o que fazer no terreno que os abandonados decidiram ocupar, e como o peso da realidade parece ser maior que a vida, era preciso desocupar o lugar do sono para abrir espaço ao futuro que desassossegava os dias.

As dezenas de homens e mulheres organizavam o que haviam acabado de coletar, retiravam água do poço, cozinhavam para otimizar os processos do dia seguinte, num ritmo de atividade orquestrado pelo desejo de renascimento, quando ouviram de longe os primeiros gritos. Todos pararam, como se desligados por um botão. Até bem pouco tempo estavam acostumados a dormir na rua, em grandes grupos, ou em galpões e outros espaços desocupados. Desenvolveram coletivamente o senso de perigo, a preocupação com a possibilidade de ameaça. Por isso apuravam os sentidos como um bicho. E ouviam. E se atentavam. Um dos homens olhou para o céu e disse, É entre eles, gente. Estão apenas cumprindo o destino que escolheram para si. Uma mulher disse a ele, E que seria nosso também, se não tivesse nos acontecido o que aconteceu. É verdade, ele disse em voz baixa, e depois o silêncio. Um deles desestruturou o engessado das palavras, todas as entradas da cerca estão fechadas? Estão, respondeu uma voz de mulher.

Em meio aos gritos vindos de longe, voltaram às atividades.

A senhora já estava no hotel quando, da janela do seu quarto pôde ver as chamas tomando de conta da praça. Com estupefação e desespero, as pessoas viam suas vestes em chamas, seus corpos torrando ao contato com as cédulas que carregavam, agora transformadas em brasas. Enquanto uns tentavam tirar a roupa que usavam, outros simplesmente observavam o corpo arder, sem reação, e ainda outros corriam em busca de algum tipo de ajuda. Ainda não sabiam, mas toda a população de Henakandaya estava em chamas. Lojas, casas, flats, onde quer que o que era cédula agora tocasse, imediatamente se via convertido em fogo.

O pequeno corpo de bombeiros foi chamado para ajudar, mas a equipe estava socorrendo a si mesma. A saída era buscar água, rolar no chão, descobrir formas de salvarem-se sozinhos. Os gritos coletivos retratavam o quadro de desespero individual. Grande parte deles se reuniria novamente na mesma agonia.

Quem tinha carro e estava a salvo conseguiu levar os seus enfermos para cidades vizinhas, onde havia hospitais com estrutura para atender àquele tipo de sofrimento. Dezenas de pessoas pereceram no caminho. Outras tantas, em macas e quartos frios e salobros. A maioria, sem conseguir socorro, pereceu na praça ou nas calçadas de ruas vizinhas, dentro de suas próprias casas, numa noite que nunca mais seria esquecida em qualquer época da história de Henakandaya.

O dia seguinte não amanheceu. Os relógios saíram de cinco para as seis e em seguida para as sete e oito, mas ainda era noite. A natureza guiava os sobreviventes para apagar seus pontos de chamas, plenamente visíveis no escuro. Àquela altura os bombeiros já podiam agir, enquanto esperavam ajuda de cidades vizinhas. Claudio Gonçalves, no que talvez tenha sido um delírio de grandeza, talvez um amor exacerbado demonstrado, disse aos prantos, para ninguém, Roma, Londres... e agora Henakandaya. Minha cidade vai se acabar em chamas!

Mas não se acabou. O fogo foi debelado ao longo de quase uma semana, deixando no rastro de sua extinção centenas de mortos, dezenas de imóveis destruídos. Era preciso, contudo, dar início ao processo de reconstrução.

A primeira medida de Claudio Gonçalves foi se aproximar da pequena comunidade criada pelos abandonados, e pedir para que eles se reintegrassem à população sem medo. Seria a partir dos esforços do que eles vinham fazendo no trabalho com a terra que teriam como alimentar os moradores da cidade.

A segunda medida, tomada de imediato, foi comprar um incinerador e instalá-lo em frente à prefeitura. Isso foi no ano seguinte, quando as pessoas já haviam tomado o rumo dos seus passos. Não se ouvia mais falar na planta de dinheiro, mas sabia-se que restos secos dela existiam em toda parte. Através do rádio, o prefeito convocou toda a cidade para unir forças e levarem para o local todo e qualquer resto da planta que ainda tivessem consigo. Ele sabia que o gesto era simbólico: não havia como garantir que tudo seria destruído – embora aparentemente não houvesse mais nenhuma muda viva –, mas ver cada mulher e cada homem daquela cidade ir até a máquina e jogar lá dentro os restos do que causara tamanha agonia era como tratar uma doença diretamente durante seu paroxismo, e aumentar a autoestima da população henakandayense era de suma importância naquele momento. O montante de galhos secos e raízes endurecidas encheu o incinerador, que foi acionado por um anônimo, funcionário da prefeitura. A fumaça que emanou do equipamento se dissipou com pressa. O que tinha como destino ir não tinha anseio de ficar.

    Um ano antes da nova década, a terceira medida do prefeito entrou em vigor. Não era possível que uma cidade que contava já seus quase dez mil habitantes não tivesse um hospital de porte, capaz de socorrer sua própria população, ainda mais sabendo-se como Henakandaya costumava se comportar de tempos em tempos.

    Um contemplar sem fim. Em qualquer hora e em quase qualquer percurso, homens, mulheres e crianças paravam para admirar o prédio de cinco andares sendo erguido que, segundo o prefeito, seria "o maior hospital em muitas centenas de léguas". Havia dito que nunca mais a cidade perderia seus habitantes por impossibilidade de socorro. Um animal que veio ao mundo com desejo intrínseco de maternidade não pode falhar aos seus filhos, pensava.

    Pelo visto vai ser mesmo uma beleza isso aqui, disse um homem chamado Renato, enquanto parava um instantinho no caminho de sua loja. Estou prestes a me casar, e já falei para Vládia, minha futura esposa: quando nosso filho nascer, quero que ele nasça exatamente nesse hospital. O homem parado ao lado dele falou, Depois que o prefeito trouxe a máquina pra queimar aquela maldita planta, finalmente nosso povo pôde voltar a ter esperança. Cremamos tudo para que pudéssemos voltar a acreditar. Renato levantou o braço e, apontando para os homens pendurados em andaimes muitos metros acima deles, carregando material a ir e vir, disse, Olha o que o homem está construindo ali. Repara no que só o homem é capaz de fazer pelo próprio homem. A esperança não se transforma em fumaça. Repara com atenção e percebe: que ela vem do alto e é já que chega!

A mulher feliz chora
(1971)

O dia nasceu para Mariana como se anunciasse coisas belas. Ela acordara sorrindo. Talvez tivesse dormido bem, um pensamento quieto lhe disse, ou agora, possivelmente, ela dera para pressentir os dias essencialmente bons que teria a seu dispor.

Pegou o ônibus da empresa no horário de sempre e se alegrou ainda mais quando se deu conta de uma coisa rara naquele horário: havia onde sentar. Suspirou de leve para absorver na pele as pequenas delicadezas. Quando o sorriso não lhe desenhava o rosto, se abria dentro de si, o que era quase a mesma coisa para quem a via do lado de fora. Transbordava. Bordava nos tecidos de terrenos alheios o contentamento, e porque acordara para enxergar o mundo de forma mais bonita, ousou acreditar-se feliz.

Perguntaram a ela no escritório, Que passarinho você viu pelo caminho?, mas ela não disse nada porque existem alegrias assim, que nos são dadas como uma oferenda e se tornam incompreensíveis, uma alegria caótica, que a gente apenas aceita, sem questionamentos.

Quando a hora do almoço chegou ela foi para o refeitório com os mesmos colegas de sempre, que olhavam para ela como se quisessem dela retirar algum segredo. Eles queriam mesmo era entranhar-se nas sensações de Mariana. Mas ela não tinha o que dizer. Falou do fim de semana, de um filme muito sensível que assistira sozinha, do livro que terminara de ler. Antes que concluísse o que vinha dizendo, Antonio, que trabalhava no andar de baixo, aproximou-se da mesa deles e perguntou se poderia sentar lá também. É claro, Mariana disse junto com Claudio, e Antonio agradeceu sorrindo e perguntando se alguém queria um pouco da carne que segurava espetada na ponta do garfo. Um absurdo de quente, essa comida, disse ele, a ponto de fazer meus olhos marejarem. Quando todos terminaram ainda lhes sobrava tempo antes de precisar voltar para suas devidas salas. Claudio e o outro colega com quem também compartilhavam a mesa pediram licença e foram embora. Queriam se reclinar sobre os minutos que tinham para fechar os olhos e sentirem-se noutro lugar antes de recomeçar, porque quando o tempo dá de sobrar o certo parece ser descansar a mente um instante, com a certeza de que algum milagre acontece no mundo sem ninguém saber. Antonio olhou para o relógio e disse meio para si mesmo, Dá tempo, e olhou para Mariana, que ficou porque não queria interromper a história que o colega parecia disposto a contar. E também porque seus olhos pareciam tão emocionados com o que ele tinha para dizer que a curiosidade lhe assolou como a um gato.

 Ouviu uma história tão bonita que no instante em que Claudio colocou o ponto final em sua narrativa, Mariana se viu derrubando lágrimas. Sentiu que elas iam desenhando caminhos semirretos pelo seu rosto, como se construíssem vazantes. Ela colocou a mão sobre a boca, a voz embargada e disse, Desculpe, não consigo evitar, ao que ele respondeu, Eu também chorei, não choro mais, disse, tocando-lhe as mãos, em seguida se levantando para sair, avisando que voltaria para a sala que ocupava sem mais ninguém, deixando-a sozinha para que ela inquirisse de si, enquanto ele se perguntava se ela teria percebido que seus olhos, que chegaram úmidos à mesa, agora estavam secos. Ela compreendeu que não estava chorosa porque estivesse fortemente emocionada, mas antes porque era uma história que lhe tocava em algum lugar indefinido. Mariana rarefez o semblante e encaminhou-se para sua sala de trabalho. Sentia-se novamente bem. Mas notou que não se passavam cinco minutos sem que novas lágrimas caíssem do seu rosto ao gesto de piscar. Não havia mais vontade de chorar, a história era mesmo dolorida, mas passou, ficara ali. Pensou na estranheza daquilo tudo, e antes de subir para a sua sala, foi ao banheiro pegar mais papel. Era tudo muito perto porque o prédio, de dois andares, era bem pequeno. Havia sido construído num terreno que fizera parte da massa falida de uma empresa que fechou suas portas depois de um grande incêndio na cidade, anos atrás. Os sócios da fábrica o compraram e construíram esse prédio para concentrar toda a parte burocrática da empresa. Grande era a fábrica de eletrodomésticos, onde eram feitas batedeiras, ferros elétricos, ventiladores e a última moda em Henakandaya, os ventiladores de teto.

    Os degraus que levavam até o segundo andar se multiplicavam sob a sola de sua sandália de trança. Mariana ergueu um pouco o vestido. O medo de uma queda a levou ao gesto. Seus pensamentos eram agora terras inundadas. O que faria de tais lágrimas não choradas? Para onde iria com elas? O que diriam os seus?

    Os amigos do trabalho ficaram apreensivos, mas foi a mãe que disse, Vá ao médico. O impacto do imperativo reverberou forte dentro dela. Não foi. A vontade não era de contrariar a mãe; antes, era o receio de contestar os seus instintos, navegando para longe do que quer que seu corpo estivesse tentando lhe comunicar.

Arranjou para si uma mesa mais perto de um canto de parede, não queria que os colegas de trabalho fizessem dela um animal em exposição. No começo, apareciam a todo instante para ver seu rosto úmido contido no semblante de uma mulher apenas atarefada. Com o passar dos dias, deixou de ser atração para ser incômodo. Os chefes diziam que seu choro ininterrupto distraía os colegas; os colegas diziam que vê-la toda hora a contê-lo os entristecia um pouco todos os dias. Mariana lhes explicava que não era choro. Eram as lágrimas do seu mistério, que uma hora haveriam de se findar. Mas como que para contradizê-la, continuavam a cair ali mesmo, diante dos que lhe pagavam o seu salário, porque esse parecia ser seu único destino possível.

Na semana seguinte, Mariana foi chamada à mesa de Glauco, que disse sem maiores rodeios, Chega de melancolia nessa repartição, Mariana. Você receberá os seus direitos e não contaremos mais com seus préstimos. Você tem deprimido os demais colegas e a situação está gerando um desconforto sobre o qual não podemos mais sentar. É preciso que você se cuide. Eu, aqui de minha posição, estou cuidando da gente e da produtividade dos funcionários.

Quando chorou, enquanto recolhia seus poucos pertences de cima da mesa, o fluxo de lágrimas não aumentou, mas ela nem percebeu. Fez o caminho de casa a pé, embora tivessem lhe oferecido uma carona. Andou por muitos quilômetros na tentativa de esvaziar-se, mas tudo o que conseguiu foi acumular bolhas nos pés e a certeza de uma alma calejada. Doía-se.

Contou para a mãe o que acontecera em poucas palavras. Tristeza não carece de vocabulário extenso, mas tem um poder tentacular. Numa questão de horas toda a vizinhança sabia que Mariana estava sem emprego porque não conseguia conter um choro sem razão. As especulações, antes mantidas a um mínimo, se agigantaram. Era um amor perdido, diziam. Parece que estava arrependida de ter feito um aborto clandestino. E de quem era o filho? Vários nomes foram mencionados, e o matraqueado tornou-se uma Babel. Joselita preocupou-se com o que andavam dizendo de sua filha. O temor tinha um nome: casamento. Sua menina já estava chegando a uma idade em que era importante arrumar um bom moço para casar, dar continuidade à família. O que iria acontecer se ela ficasse mal afamada? Ainda mais sendo ela dona de umas ideias por demais vanguardistas. Na semana anterior tinham comprado uma televisão depois de passar um tempo juntando dinheiro. Mariana ligou na TV Excelsior e mostrou à mãe as mulheres que existiam longe de onde estavam, como se materializadas em sonho. Era preciso sentir a fortaleza dela minimamente por perto, como a buscar a certeza de que não era sozinha. Escute, Mariana, eu entendo você. Talvez se eu pudesse recomeçar, recomeçaria de onde você está. Mas não há força que possa mais que o tempo, e nosso tempo é hoje. Mariana olhou para a mãe nos olhos, É o tempo de hoje que é o tempo de transformar, minha mãe, assegurou. Comece a transformação em si mesma. Se você não encontrar a solução para esse problema, vai terminar seus dias sozinha. Homem nenhum quer uma mulher que seja a total ausência de aconchego porque é toda aparente dores de sofrimento. Mariana refletiu um tanto. Não tenho como saber se vou resolver esse problema algum dia. Mas creia-me: ser feliz não está reduzido a uma presença masculina com aparente ar de proteção. Joselita disse baixinho, Cumpre que os corações não sejam solitários, minha filha.

Um coração onde ninguém faz morada é como um barco abandonado, à deriva. Nem falo em naufrágio, porque estes também são um lugar de chegada. Quero te dizer daquilo que é vazio, onde o mais leve sussurro ecoa. Que será de você desabitada? Por um instante, o choro da mãe pareceu diminuir a vertente de suas lágrimas involuntárias. Nesse momento é impossível saber. Mas acato como meu o que o destino colocar diante de mim.
Eram ambas conscientes de que na vida não impera a beleza.

Mas talvez a fartura.
Porque no dia seguinte, com tempo para gastar, Mariana foi para uma feira assim que o sol começou a anunciar presença. Aproveitaria para passar uns dias em casa, ajudando a mãe na cozinha. Quando suas mãos se ocupavam delas não brotavam espinhos. Com pouco tempo entre uma barraca e outra, encontrou Antonio, que não reconheceu de imediato porque quase todo o seu cabelo caíra. Então também não está mais na fábrica?, perguntou ele com menos de dois minutos de conversa. Disseram que minha aparente tristeza estava a incomodar suscetibilidades alheias e que ficariam melhor sem mim. E com você, o que houve? Contenção de despesas, foi tudo o que disse e para o mais se calou. Mariana notou seu olhar duro, vidrado, como se quisesse sair dali porque o almoço estava no fogo. Despediu-se com pressa e retirou-se dando as costas. Ele aparentemente não estava bem. Percebeu que na altura da nuca ainda existiam alguns esparsos tufos de cabelo, como se o que tivesse gerado a queda deles fosse algum processo medicamentoso. Um pensamento de que ele ficasse bem

cruzou sua mente enquanto ela voltava a passar lencinhos sobre as lágrimas que teimavam em nunca secar de todo. Quando o almoço se encaminhava para o fim, o telefone tocou. Era da funerária. Disseram que a carpideira que trabalhava com eles estava, naquele momento, sendo preparada para o próprio enterro, e como eles souberam que ela andava chorando com facilidade, por acaso ela não queria ocupar o lugar de Alberta? Mariana pensou que se tratasse de alguma brincadeira, mas antes de lançar algum impropério resolveu se certificar. Era mesmo o Laurentino, dono da funerária, quem fazia o convite. As famílias sempre pedem, dona Mariana. O choro é uma parte importante do ritual da perda, ajuda na superação. Mariana lembrou-se por um segundo de si mesma. Quando o pai morreu, num acidente doméstico em que um prego imenso entrara em seu crânio, ela era muito criança. Ainda não entendia as dores da perda, de modo que não sofreu, naquele tempo, a morte de seu pai. E percebia, na mulher de hoje, a falta que isso fazia. O pagamento não é muito, continuou o homem, mas muitos parentes dos que se vão acabam deixando uma gratificação quando consideram o trabalho bem-feito. Mariana pensou que precisaria apenas fazer algumas caretas e corromper a voz, uma vez que as lágrimas estavam todas saltando de dentro dela. Era o momento de transformar seu caos pessoal na lucidez possível.

    Seu Laurentino explicou como era o trabalho, cedeu-lhe as roupas pretas como quem entrega ao funcionário seu uniforme e deu um treinamento de postura e nível de voz.

    Os primeiros enterros foram mais doloridos do que ela imaginava, e as lágrimas se transformaram em choro legítimo. Os dias passaram a ser registros autênticos de suas lágrimas profissionais, no entanto. Todas as semanas comparecia a pelo menos três enterros, às vezes mais, como quando a cidade teve um inverno que lembrou alguns senhores e senhoras idosas de que a finitude tem seus próprios meios de se aproximar e acolher como um abraço. Em casa, Joselita notou algo estranho. Ajeita a coluna, minha filha. Desde esse emprego você começou a andar muito encurvada, está parecendo uma velha. Estou andando como sempre andei, respondeu.

E estava. Mas o fluxo maior de lágrimas parecia estar fazendo com que Mariana, de alguma forma, desidratasse, como se planta exposta ao sol. Todos os meses, encolhia mais um pouco, sua voz se modificava, a ponto de quase aceitar que terminaria por ser levada por qualquer vento, para não voltar. Nunca compreendeu que tinha a ver com suas muitas e frequentes lágrimas, e por isso continuou a trabalhar com a vitalidade de quem buscava içar de uma árvore o seu próprio resgate.

Seu maior medo era bestializar-se diante da dor do outro, tornar-se indiferente. Por isso, começou a se aproximar de alguns dos familiares e tentar conversar um pouco. Não raro, as pessoas se mostravam dispostas a lhe indicar os caminhos para as suas próprias dores, não sem também compartilharem alguma alegria, como se tivessem noção, depois que tudo chegava ao fim, que a harmonia só é possível onde o equilíbrio se empenha em demorar.

Em uma sexta-feira, dia da semana em que havia nascido, Mariana conheceu Joana no enterro do tio, um vereador de Henakandaya que morreu dormindo, numa tal serenidade só atribuída a sonhos bons. Conversaram depois que o caixão baixara ao chão. Mariana contou-lhe o que saberia contar sobre o mistério de suas lágrimas e de seu encolhimento, porque afinal continuava a ser motivo de olhares permanentemente curiosos. Abraçada pela dor de Mariana e sua história, Joana chorou inesgotavelmente.

Na mesma noite, Mariana passou um lencinho no rosto, num gesto que se tornara hábito tão comum que ela nem se deu conta de que ele permanecera seco. Só na terceira ou quarta vez deu-se conta de que as lágrimas se extinguiram por completo. Gritou pelo nome da mãe, do pai falecido, dançou pela casa e disse muitos vivas!, porque já era hora.

Foi somente no banho, mais tarde, que se deu conta de que seu cabelo começara a cair. Então, ela entendeu tudo.

Biografia do trovão
(1980-)

O médico anunciou a criança com uma alegria somente igualável a dos pais. Durante o acompanhamento da gravidez, Lúcio pôde perceber o quanto aquela criança era desejada, e que não havia em Renato ou Vládia qualquer resquício de outra coisa que não o pleno desejo de paternidade. Haviam demorado tanto a conseguir que ele viesse. Era de fato um bebê robusto, as feições suaves e rosadas, um ótimo peso. Mas no segundo seguinte, esperava-se um choro que nunca veio. A criança gemia, emitia um som gutural, fazia cara das que, como todas as que entram no mundo como se soubessem o que lhes aguarda adiante na vida, sofrem por antecipação as futuras dores. As lágrimas vertiam. Mas nenhum barulho, nenhum escândalo benfazejo. Já nas mãos da enfermeira, a constatação: Luiz Alves não chorava com a naturalidade inerente a qualquer bebê no momento em que vinha ao mundo porque não tinha língua. Chamou o médico a um canto e disse, O bebê é saudável, doutor. Mas nasceu sem língua. Dr. Lúcio tinha experiência suficiente para não demonstrar através do semblante os choques profissionais, ainda mais porque a mãe já demonstrava uma inquietação para saber o que se passava com seu filho.

A notícia foi dada aos pais algumas horas depois. Ambos choraram o que o filho deveria ter chorado, exprimindo em dor aquilo que a criança não pudera exprimir enquanto novidade.

Os anos iniciais foram de naturais desafios, mas quando Luiz Alves atingiu a idade necessária para a fala e a escrita, já sabia se comunicar com os pais e vizinhos de uma maneira sentida por todos que era quase como se falasse. Ou, como dizia seu avô, ele ensinara a todos a falar sua própria língua. Expressava em gestos corporais uma miríade de ideias e sentimentos, e logo fez do seu corpo a mais apurada linguagem. Outras crianças em Henakandaya tentavam imitá-lo, e a cordialidade entre os de sua idade chegava a ser surpreendente para o comportamento em geral competitivo de crianças pequenas. Não havia qualquer tipo de comiseração para que isso acontecesse. Era uma espontaneidade buscada por todos da vizinhança, e atingida com o sentimento natural de que Luiz pertencia exatamente ao lugar onde estava. Quando aprendeu a escrever, aos seis, começou a dedicar linhas de palavras agradecidas aos pais, aos amigos de sua idade, aos avós. Tinha uma escrita madura para a idade, diziam.

Aos dez, concebia e fazia cartões com dizeres de amizade e esperança e os vendia no colégio. Seu empreendedorismo era um triunfo, apontavam os professores. Mas mais do que isso, o sucesso dos cartões devia-se à gigantesca sensibilidade de Luiz, advinda, talvez, do tempo que passava com os próprios pensamentos, sabendo-se diferente dos demais. Suas palavras eram ponte para os sonhos. Sua expressão corporal, caminho trilhado rumo às vontades: tinha alma bilíngue.

No dia em que foi abraçado pelo espanto, Luiz e todos no seu entorno se depararam com a sensação de desligamento da realidade, que é como tudo aquilo de natureza muito rara ressoa dentro da gente. Bom dia, mãe, foram as suas primeiras palavras, que poderiam ter sido Bom dia, pai, ou qualquer outra pessoa, a depender de quem tivesse visto primeiro ao acordar e sair do quarto para a descoberta de que o peso que carregava dentro da boca era o surgimento agora daquilo de que nascera em determinada ausência. Vládia sentiu a vista escurecer e o corpo se tornar um inimigo. Num gesto rápido, segurou-se num aparador ao lado de onde estava. Luiz rapidamente puxou uma cadeira e fez a mãe sentar. Chame seu pai para cá, é preciso avisá-lo, disse, ainda de olhos fechados. Temia que se os abrisse, acordaria. O menino foi até o telefone, enfiou o dedo no discador e girou os três números necessários para fazer o telefone tocar na loja do pai. Foi ele quem atendeu. Oi, pai. A mãe quer que você venha agora para casa me ouvir falar. Do outro lado, Renato desligou o telefone. Era só o que faltava. Recebia uns trotes de moleques que não tinham o que fazer vez ou outra. Mas nunca para atingi-lo num tom pessoal. Algo nele o impelia a ligar para casa, porém. Soube pela voz da esposa que o menino falava. Mas como?, inquiriu na estupefação do que sabia não ter resposta. Vládia disse apenas, Venha, homem! Mania de buscar resposta pra tudo na vida é coisa de quem não acredita em milagres.

E foi justamente assim que toda Henakandaya passou a enxergar o menino dos Alves, que nascera articulado para um mundo gago. E ainda mais agora que tinha uma voz bonita, forte e aveludada, dando a parecer que ficara depurando durante muitos anos para que pudesse enfim surgir, sem rédeas. Por causa disso, e porque nesse instante em que tinha voz se fazia querer ouvir, deram a ele o apelido de Trovão. A alcunha alastrou-se por toda a cidade.

Os dias seguintes foram de festa. Todos celebravam a novidade com ares de esplendor. De toda parte vinha gente para ouvir Luiz Alves, que atendia aos conhecidos e estranhos com o mesmo sorriso. Em determinada hora, seu pai lhe dizia, Chega, venha para dentro de casa, meu filho. Lembra da história do menino Zé Lins? Lembro, disse. Não quero que você tenha que acabar como ele, que depois de virar atração na cidade teve que acabar fugindo dela.

Os moradores sabiam que Henakandaya tinha o poder de atrair e repelir seus habitantes para tudo aquilo que há de mais indizível, incomunicável e inexplicável. Ao longo da história da cidade, consequências funestas caíram sobre seus moradores – na maioria das vezes, de forma aparentemente aleatória. Era melhor não participar da roleta-russa que regia a energia local: a cidade é o que são os seus habitantes.

No apagar da última lâmpada da última festa, Luiz Alves começou a ter problemas. Foi quando começou, ele próprio, a tornar-se um.

A frase foi dita em tom de desprendimento, que é como caminham as sutilezas da irresponsabilidade, Foi tão bom ver tanta gente reunida, bem que vocês podiam fazer tudo de novo amanhã.

Renato e Vládia bem que tentaram, mas não conseguiram deixar de organizar uma festa para o dia seguinte. Perguntaram-se se não estavam mimando o menino, que mais cedo ou mais tarde teria de seguir caminhos sem intervenção, agora que era um menino como qualquer outro. *Quase* qualquer outro, disse a mãe, Nem todos são meninos-milagre. Decerto que não, assegurou Renato, mas daqui para diante, é preciso que ele tenha uma vida cotidiana comum. Não quero meu filho servindo de animal para estudo e observação, cravou. Não exagera!, disse a mulher. Vládia, você conhece a história dessa cidade tão bem quanto eu. Ainda hoje lembrei a Luiz da história do menino Zé Lins. Reflita sobre eu estar realmente exagerando. A mulher não disse mais nada. Ambos se calaram. Foram obedecer à necessidade imposta pelo menino de que o dia seguinte fosse um outro dia de celebração.

Trovão acordou ciente de que a morada da alegria é no coração de onde o povo está. Soube pouco depois de se levantar que a festa seria na praça em frente à igreja matriz, logo depois de encerrada a última missa da noite. Os henakandayenses não questionaram o prolongamento das celebrações, e se juntavam para organizar as barracas de comidas, as caixas de som, os tocadores de LPs, dos quais as pessoas iam se aproximando e colocando seus discos. O dia seguinte seria de trabalho, mas ninguém parecia se importar em chegar aos seus devidos locais de trabalho bocejando.

Quando chegou ao local da festa comentou com a mãe, Seria ótimo se arranjassem algo para servir de palco. Menos de cinco minutos depois, um caminhão repleto de estruturas de ferro apareceu, junto com oito homens, que montaram um pequeno palco perto das caixas de som em pouco mais de uma hora. Quem contratou esses homens e o que eles trouxeram?, Vládia perguntou entre os presentes, mas ninguém soube responder. Não lhe restou outra alternativa a não ser dizer ao filho, Que boca, hein, Luiz, que boca.

Por um grande esforço de seus pais, Luiz deixara de ser visto como uma espécie rara habitando Henakandaya. Até algumas semanas antes, médicos ainda ligavam pedindo para estudar o caso dele, dessa criança em quem nasce uma língua do nada. Entre os que queriam desvendar o mistério e os que diziam que aquilo era impossível, a língua tinha estado lá todo o tempo e talvez pais displicentes fossem a explicação para um filho que passara tantos anos sem falar. Renato e Vládia poderiam ter tomado inúmeras atitudes, como pedir ao dr. Lúcio para emitir uma nota, mostrar os exames feitos quando Luiz nasceu. Por decisão tomada em conjunto mas iniciada por ele, Renato apenas disse à esposa, Eles que se engalfinhem elucubrando conjeturas a respeito do que pode ter acontecido ao Luiz. Eu que não quero meu filho na TV. A rejeição e o desprezo matam o que quer que tenha vida. Vamos colocar em prática e em pouco isso tudo há de passar.

Na escola, já não era mais o menino prodígio dos tempos de mudez verbal, era agora como todos, e pensava que isso era bom. Até que durante um período de intervalo entre duas aulas, disse para a colega que sentava ao seu lado, E se a Lagartixa não viesse hoje porque se acidentou? Silvia, conhecida como Lagartixa entre os alunos, era a professora de geografia, uma mulher esguia, das pernas finas, e que tinha mania de falar balançando a cabeça o tempo inteiro.

No andar de cima, a professora terminava de guardar seus pertences para se dirigir a sala de baixo. Então, o alvoroço nos corredores. Gente indo e vindo, outros professores saindo de suas salas para ver o que acontecia. A mulher havia caído e estava desacordada.

Trovão lembrou-se imediatamente da mãe no dia da festa. Aquele foi o primeiro momento em que ele se deu conta do que estava acontecendo. E resolveu, de forma quase alvissareira, fazer uso disso para seu próprio benefício, com toda a ingenuidade de uma criança de doze anos, que desconhece os percursos da iniquidade dos adultos em qualquer idade.

Já no dia seguinte começou a testar com os outros o que sentia pulsar dentro de si. Avistou a vizinha, dona Marli, estendendo as roupas no varal, na lateral da sua casa, e disse a si mesmo em voz baixa, E se o marido de dona Marli sumir? À noite, soube que a polícia estava procurando pelo Geraldo, e viu da calçada, impassível, como se não fosse ele o autor da perversidade, a mulher chorando. Naquela noite, foi dormir com a sensação de que a língua, capaz de criar civilizações inteiras e transmutar o homem naquilo que ele sentisse a necessidade de ser, poderia ser também o meio mais vil para a derrocada de todo um povo. Dormiu sem se sentir alegre nem triste: mas sentia emanar de dentro de si uma forma de poder com a qual não parecia que iria aprender a lidar.

A casa de dona Crizeida, irmã de sua avó, era pequena e ficava no alto de um pequeno morro, no caminho da igreja e da prefeitura. A avó do Trovão o pegou pela mão e disse, Bora, meu filho, vamos lá na Crizeida. Era sábado, dia de acordar cedo para aproveitar o fim de semana, ficar serelepe pela cozinha puxando assunto com quem chegasse, enquanto o almoço era preparado ao mesmo tempo que a sobremesa num fogão a lenha com espaços adequados para tudo, sob ordens da avó imperativa. Tomada a decisão, lá ia ela puxando o menino com o punho forte e mão fechada sobre a mão dele, em busca de algum tempero, alguma lenha emprestada, ou para deixar algo feito por Gracinha, uma das meninas que a ajudavam com os afazeres domésticos. Luiz chegou e ficou perto do fogo, vendo a madeira estalar. Gostava do jeito aconchegante da casa, como se ela o abraçasse. Nos instantes em que esteve ali, voltou a ser o menino mudo de antes do milagre, diante do milagre. Não queria dizer qualquer coisa que depois pudesse se voltar contra dona Crizeida, uma senhora tão bonita e de quem ele gostava como se fosse ela a sua avó. Que houve, Luiz? Você sempre tão falante e agora só quer ficar aí calado olhando essa lenha queimar... Ouviu a voz da dona da casa com alegria. Era uma voz delicada, suave, quase um carinho. Num houve nada não, dona Crizeida. Só estou um pouco cansado. Cansado do quê?!, disse a avó, quase num grito. Passou a semana sem fazer quase nada. Chega em casa da escola e vai direto para o quarto. Ah, seu Luiz Trovão, não venha pra cá com essas lorotas. O menino baixou a cabeça, embaraçado, mas não proferiu palavra. Entendia os sinais do medo e os reverenciava.

Nada disse ali com os seus, pelo menos. Antes que pudesse amadurecer qualquer pensamento sobre si, sua língua se mostrou mais forte do que ele. E da magia do milagre os dias se tornaram de um pesadelo dantesco.

E dona Crizeida, que ainda viveria muitas décadas, jamais saberia que, de uma forma ou de outra, naquele dia, fora poupada.

Trovão soube no domingo que o marido de dona Marli ainda estava sumido. Pensou em dizer algo para ver se o homem surgia. Mas o pensamento de que ele pudesse voltar sabendo quem o fizera desaparecer o impediu de agir. Seu Geraldo nunca mais seria visto em Henakandaya.

Foi a um churrasco de família na casa de Saulo, um primo da mãe, gente que ele mal conhecia. Ou era isso, ou ficaria sem almoço, avisou a mãe. Encontrou o que não costumava gostar de ver: um monte de gente reunida. Sentia-se sufocado e costumava correr para dentro de si. Mas ali estavam os primos, os tios, uma família numerosa em que a quantidade de membros parecia sempre esconder alguém. Entre pedaços de carne assada e copos de refrigerante, ouviu uma conversa entre uma prima mais velha e uma outra mulher que ele não conhecia dizendo que a esposa do Saulo andava a lhe meter chifres. Todo mundo sabia, menos o marido. A ideia surgiu então para Trovão. Imagina se esse homem descobre as traições da mulher, disse quando chegou em casa, e aguardou o resultado.

Ivana, esposa de Saulo, relatou para o marido quando ele a flagrou na cama do casal com um de seus amantes, que sabia que ele estava pra chegar em casa, sabia que ia ser pega, mas não conseguiu impedir o próprio gesto. Era o desejo de que o casamento acabasse?, ele perguntou. Não. Eu não tinha a intenção de contar, pra ser sincera. Uma hora eu ia parar com tudo isso e me voltar apenas para o nosso casamento. Mas antes da minha decisão, recebi um golpe de mim mesma. O casal, que tinha dois filhos, se divorciou no mês seguinte.

Entre uma travessura e outra, Trovão poderia ter ficado muitos meses mais escondido sob a égide da fala quase em silêncio, erigindo entre si e as vítimas de suas palavras um muro que divide fronteiras, não tivesse ele saído do compasso de seus próprios desvarios.

Foi uma discussão familiar aparentemente besta. Vládia mostrava forte oposição a que Renato continuasse vendendo fiado na loja. Estamos vivendo tempos de escassez, Renato. Se não tivermos retorno daquilo em que investimos, seremos nós a pedir fiado nas lojas dos outros. O marido discordou. Tinha uma visão mais social do que fosse o comércio. Além do mais, disse, confio nas pessoas. O discurso de ambos começou a se elevar em forma e tom, e terminou com portas batidas e cadeiras viradas em impulsos de raiva. Trovão saiu do quarto para vociferar, Como eu odeio morar aqui quando vocês brigam! Como eu não queria ter que morar nesse lugar! Sua voz ecoou como se não houvesse móveis na casa.

Com olhar abismado, Renato e Vládia observaram quando as primeiras telhas estouraram e a casa começou a rachar, num traço se desenhando do começo da parede ao chão. A estrutura toda tremia. Notaram, porém, que o processo era lento, e a casa perdia sua configuração de maneira paulatina. Num momento, caía um pedaço do teto de um banheiro, dali a pouco tempo, parte de um forro ruía. Era como se ela estivesse se desconstruindo. Salvaram o que puderam antes do fim.

Estava realizado o desejo de Trovão.

Escute, meu filho: a mente humana é como um imenso viveiro de pássaros. Nele, habitam inúmeras espécies diferentes, todas interagindo e se proliferando entre os seus, dando novas crias, modificando a realidade local. Ainda assim, estão todos presos. Eles não saem de lá. O mesmo acontece com as ideias que temos. Ficam todas na nossa cabeça, se multiplicando. Cabe a nós realizá-las, se acharmos que podemos, devemos ou conseguimos. Você, não. Você é exceção, Luiz. Seus pensamentos são terreno de semear. Enterrada a semente, a árvore nasce. A continuar dando vida aos seus pensamentos, em breve nada restará.

O pai continuou sua fala, deixando claro que eles, pai e mãe, sabiam que algumas das coisas que vinham acontecendo em Henakandaya tinham a ver com ele. Perceberam isso desde o dia que ele desejou uma festa, quando sentiram que uma força os dominava para que eles a providenciassem. Dentre outros feitos, você já acidentou pessoas, fez um bom homem desaparecer, desfez um casamento, destruiu nossa casa. Há em você uma morada de imensos infinitos. Seja tudo o que você quiser ser, meu filho. Você só tem doze anos. Mas é preciso entender que dá para ser feliz sem alterar a existência de vidas alheias. E isso pode ser entendido como bondade.

O que é aquilo no céu?, reparou alguém que passava para ir à missa. Luiz voltava da escola, mochila nas costas, sorriso nos olhos, maldade no coração. É o padre Rafael?, perguntou um dos colegas que caminhava para casa junto a ele. É, foi tudo o que disse Trovão.

Na noite anterior, ao sair da missa, ele havia dito que queria que o padre tivesse asas, que as abrisse e voasse, voasse de tal maneira que não colocasse mais os pés no chão, nem mesmo vencido pelo cansaço. Para o chão só viria se abatido por tiro, quando então se tornaria um legítimo anjo.

Os moradores de Henakandaya começaram a se juntar para ver o homem de asas enormes, batendo sem repouso, indo de um lado para o outro sem conseguir descer, como se a gravidade que existisse fosse apenas a da situação. Venha, padre!, gritou alguém. Venha para o chão! Eu não consigo, disse o homem, chorando. Eu tento, mas não sei descer, afirmou, como uma espécie de Sísifo. Concluíram que o padre era uma ave destreinada. Devia ter mesmo era vocação para anjo, pensou o homem idoso que saiu de casa com uma espingarda e anunciou que ia atirar nas asas para que ele caísse. Alguém segure esse louco!, gritou uma mulher. Ele não nasceu com asas. Viverá bem sem elas, desde que vocês o aparem. Vamos, tragam almofadas, colchão, o que conseguirem, eu derrubo o padre e o trago para perto de nós. A cada minuto, mais gente aparecia na rua. Acabaram fazendo o que propôs o homem. O padre só batia as asas e chorava. Suas forças se extinguiam. Com medo da balbúrdia que ouvia de dentro de casa, Lorena, que morava quase ao lado da igreja, saiu de casa para ver o que acontecia. Ela e seus seis cães, atrelados em coleiras. Trovão sentiu, naquele momento, a corrosão causada pela inequívoca constatação de invencibilidade. E foi ali, no meio de todos, que disse, Esses cães bem que poderiam se tornar rinocerontes.

    Lorena viu seus cachorros gritando, a pele rasgando, os bichos crescendo. Antes de ser esmagada pela enormidade daquilo em que eles estavam se transformando, conseguiu se desfazer das coleiras amarradas em sua mão e correu. Não apenas ela, mas quem mais estivesse por perto. Deixaram para trás os colchões que apararia o padre Rafael e viram à distância, horrorizados, seis rinocerontes que mais pareciam tanques de guerra com chifres, fazendo barulhos e olhando para o alto, esperando que o homem abandonado no céu viesse abaixo.

    Os moradores de Henakandaya não paravam de afluir para a praça. Os bramidos dos rinocerontes denotavam a crescente impaciência dos bichos. Àquela altura, Trovão já não estava mais lá. Tinha voltado para casa, chamando pela mãe. Queria que ela fosse até lá para ver o que tinha conseguido fazer. Voltou carregando-a pelo braço. Quando chegaram, encontraram os seis animais caídos no chão, mortos. Souberam que três homens saíram de suas casas armados e atiraram nos animais. O padre, porém, continuava lá em cima. Um último tiro se ouviu, seguido da queda do homem-anjo. Amortecido pelas asas, foi levado com vida para o hospital de Henakandaya. Aos poucos, os moradores se dispersavam, conversando entre si. Até que uma das mulheres apontou o dedo acusatório para Trovão. Bom eram os tempos em que esse menino era mudo, afirmou com dedo em riste. Como abutres, um grupo de homens e mulheres se acotovelaram até chegar onde ele estava, empurraram Vládia e levaram o menino, não sem antes enfiar um pano em sua boca. Não foram sem medo, porque não sabiam se o seu desejo era proferido e realizado através da força do pensamento, mas não era hora de se impedirem. Luiz desapareceu dentro de um carro tão rapidamente como se fosse um desejo realizado de si mesmo.

A praça foi inaugurada quando completou-se um ano do desaparecimento de Geraldo Maurílio, nas palavras do prefeito, um nobre morador de Henakandaya. Dona Marli estava presente, como mentora e homenageada pela praça que levava o nome do seu marido. Foi ela quem redigiu, do próprio punho, o convite entregue em cada casa da cidade, explicando o que iria acontecer. Os presentes sabiam, e o silêncio respeitoso indicava aprovação coletiva. Marli sorriu de forma comedida e acenou para os presentes, que eram muitos no final da manhã de domingo. Ela começou o discurso pontualmente, conforme combinado com a prefeitura: Hoje deveria ser um dia triste, mas será um dia em que se cumprirá um destino. Quem se dá por curado de uma doença grave vive uma prorrogação da vida. Não existem certezas, só afirmações médicas baseadas em, talvez, exames que demonstrem ausências do que antes crescia dentro de um corpo por si só indefeso. Eu também tenho minhas ausências, mas não me rendo. Marli foi interrompida pelos aplausos, em seguida continuou, Acredito que uma criança que morre cedo representa a morte de uma promessa, a quebra de possibilidades. Por isso, aqui, entendemos que crianças não devem morrer. A morte de um adulto, por outro lado, é o preço a pagar por ter usufruído da vida, por ter tido o direito a uma existência e ter feito dela o que se desejou e o que se pôde fazer. O que vocês vão ver aqui hoje, na praça que trará na placa o nome do meu marido, é esse ajuste de contas com as atitudes tomadas ao sabor das vontades. É a certeza de que cumprimos bem os nossos próprios acordos com o ciclo dos vivos e dos mortos. Viver é negociar diretamente com aquela que nos levará embora, inequivocamente. Suspirou. Levantou o braço esquerdo, apontando para uma cadeira deixada bem diante de si, onde um volume coberto por um longo pano preto, descoberto ao gesto de Marli, deixou ver um jovem garoto sentado, saco de pano lhe cobrindo a cabeça, pernas e braços amarrados. Um homem retirou o saco e o menino respirou fundo o mais que pôde. Não chorou, não gemeu. A fita que lhe cobria a boca o impedia de dizer qualquer coisa. Por trás dessa cortina, disse, apontando para o pano vermelho atrás de si, estão as duas primeiras árvores dessa praça. Foram transplantadas da praça da igreja, porque precisávamos de árvores grandes. Ao seu lado, voluntários já se posicionavam para a retirada do pano. Trovão, com os olhos fixados no que estava à sua frente, apenas observava o que se desenrolava diante de sua estupefação. Há doenças para as quais não encontraremos a cura nunca, assegurou Marli. Para estas, é preciso acabar com o sofrimento antes que causem ainda mais dor. E é por isso que estamos aqui, para que a população de Henakandaya lembre-se todos os dias do que fazemos com aquilo que nos causa dor. Por favor, removam a cortina!

O pano vermelho desapareceu. Por trás dele, Renato e Vládia, pendurados com uma corda no pescoço, os corpos azulados, rijos. O vento que soprava era incapaz de movê-los, pesados como os próprios troncos das árvores em que estavam. De olhos abertos, o povo de Henakandaya observava sem reação aos dois corpos suspensos na árvore: olhos fechados, bocas abertas. Em cada um, um cadeado fechado na língua. Trovão olhava para os pais mortos, horrorizado. Quando viu o cadeado travado no meio da língua deles, compreendeu que toda e qualquer força que vem da palavra tem um preço, e que não se pode deixar de ser aquilo que é. Ele seria para sempre forçosamente o menino-milagre, agora, inevitavelmente entregue ao sofrimento. Não chorou pela morte dos pais. Chorou pela vida que os obrigou a ter enquanto estava privado de sua capacidade de correr por um chão infinito, e que apenas culminou com aquele espetáculo.

Não sabia se, ao final de tudo, seria libertado. Mas estava certo de que jamais teria de volta o direito irrevogável de todo ser humano e este direito era o de ser livre.

A palavra muda
(1982-)

O tempo não se esconde em frestas, nem em bueiros, nem dentro nem fora de guerras. O tempo – o tempo não se preocupa sequer com sua própria passagem. Ele só assiste a tudo. Ele assiste à chuva que cai, ao homem que passa de bicicleta vendendo pães, ao ir e vir dos carros, das pessoas, ao abrir e fechar dos semáforos, ao cortejo em direção ao cemitério. O tempo é só mesmo isso: a cinza das horas, o novelo dos dias se desfazendo entre os pés da senhora de mãos enrugadas e finas que maneja a agulha; construção indizível, indivisível, e no entanto é ele que trata de estilhaçar todas as coisas.

Porque se há uma coisa que o tempo não é e não faz é observar passivamente. De sua posição ubíqua, é capaz de tudo. Transformar é sua constante invariável.

Após o segundo sumiço de Luiz Alves, os moradores de Henakandaya retomaram suas rotinas acreditando que estavam por uns tempos a salvo. Por isso mesmo haviam extirpado o mal que o menino causava. Era preciso viver tempos de paz. A cidade, reconhecida pela abundância de suas terras, vinha atraindo fábricas, centros comerciais, boas escolas, faculdade. Qualquer terremoto antevia a possibilidade de um retorno aos tempos de Elias Carcará, quando Henakandaya ainda era Olinópolis, chão desabitado e brevemente famélico.

Desde a fundação de Henakandaya, de tempos em tempos algo de proporções inomináveis surgia, de força aparentemente incontrolável, que se extinguia por medida de outra força, contrária e inequivocamente superior, e a cidade vivia um período de harmônica consonância, em que sua população se reajustava, o desespero se tornava outra coisa, até que viesse o próximo pulo sobre o abismo. E ele não demorou.

As crianças começaram a nascer menos de um ano depois do enterro de Renato e Vládia Alves. Logo os comentários da explosão demográfica começaram a surgir em Henakandaya, e os mais pragmáticos diziam apenas que era o ciclo se cumprindo: maçãs podres caem e viram adubo, as boas geram frutos, era o que se ouvia como forma de entender os acontecimentos de quase um ano atrás e os de agora. Os mais sisudos asseveravam, diante das certezas dos outros, que fruto podre que aduba o chão não pode gerar coisa boa, e que se assim fosse, a cidade estava fadada a ser como vinha sendo, ao longo de mais de um século e nos quantos mais tivesse no porvir.

Os diferentes tipos de medo feneceram quando as crianças que nasceram logo depois que Luiz Alves se foi cresceram na medida exata do desejo: sem limites. Aos seis anos, toda a enormidade de crianças que havia surgido aprendeu a ler, e foi quando Francisco Filinto, o prefeito de Henakandaya, decidiu iniciar um programa de estímulo à leitura, a começar por aquele grupo inaudito de crianças que entrariam no novo milênio como as últimas que a ele chegariam sabendo ler. O município comprou o equivalente a três livros por criança, como forma experimental para ver aonde a semente iria parar e que tipo de árvores e frutos iria gerar.

Em reuniões com os responsáveis, feitas em cada uma das três escolas de Henakandaya, um dos livros deveria ir para a casa das crianças, para que fossem lidos para os alunos por um adulto, em algum momento do dia, preferencialmente à noite. O trabalho deveria ser feito ao longo de uma semana, por todos os pais, para que as escolas pudessem desenvolver projetos sobre as leituras mais ou menos durante o mesmo período.

Durante os seis dias seguintes as crianças começaram a adoecer. O que começava com uma tosse evoluía para febre e dores no corpo em uma questão de horas. Outros pais começaram a deixar de levar seus filhos à escola com medo do contágio. Mas em pouco tempo, uma constatação: era exatamente 47 o número de crianças afetadas, exatamente as 47 que faziam parte do programa da prefeitura.

No sétimo dia, todas foram para a cama dormir e não acordaram no dia seguinte. Não importava o que os pais fizessem. Nem música, nem gritos, nem choros convulsivos, nem beijos de príncipe encantado: as crianças estavam como mortas, driblados por uma respiração tênue, quase a deixar dúvidas sobre o encher de pulmão seguinte. Levadas ao hospital, ao longo das horas de agonia enquanto esperavam por um diagnóstico, descobriram que a situação se iniciara logo após o começo da leitura dos livros em casa. Como podia uma atividade tão rica e prazerosa coincidir com algum tipo de vírus tão aterrador?, diziam entre si. No entanto, os dias se transformaram em semanas, e nenhum outro pai que também lesse os livros para seus filhos passara pelo mesmo problema. Enquanto isso, hospitalizadas, quarenta e sete crianças de seis anos dormiam.

Francisco Filinto não retardou nem mais um dia a conversa com os pais e responsáveis no mesmo salão onde tinha reuniões com assessores e vereadores. A reunião fora convocada por ele mesmo que, na posição de prefeito, desejava saber o que estavam a pensar os responsáveis pelas crianças, já que não se podia mais admitir a hipótese da coincidência. O mal era mesmo os livros que, lidos na escola, não pareciam trazer em sua gênese nenhum lampejo de risco, uma vez que outras crianças os leram e estavam por aí lépidas, na costumeira agitação inerente à puerilidade. E foi dizendo isso, reforçando entre frases com a palavra "humildade" e suas variações, que começou sua fala para os homens e mulheres dispostos ao redor da mesa em cadeiras acolchoadas – alguns ficaram em pé por vontade. O que queremos saber, disse uma das mães, é o que se pretende fazer em relação ao que está acontecendo. Por enquanto, vamos observar a evolução das crianças, disse o prefeito. A prefeitura assegura o internamento e os cuidados, 24 horas por dia, com os nossos melhores médicos. É o que podemos fazer nesse instante. Os pais se entreolharam. A mesma mãe retomou a fala, Nossos filhos estão em coma, senhor prefeito. Depois de lerem os livros que o senhor comprou para distribuição escolar. Minha senhora, deixe-me lhe dizer uma coisa: o que acontece em Henakandaya nesse momento é mais um de seus mistérios. Todos sabemos que morar aqui é uma opção que incorre em severos momentos de tensão. Eu estou com todos vocês a cada minuto do meu dia pensando no que acontece aqui. Vocês não estão sozinhos. Mas não podemos ser culpabilizados pelo que ora ocorre em nossa cidade. Um pai tomou a palavra e disse concordar com o prefeito. A pauta mais importante e que era do interesse de todos acabara de ser mencionada por Francisco Filinto: o cuidado intenso com os filhos. Quando já estavam todos a se movimentar para retirar-se do salão, um pai iluminou o olhar e disse, Há uma pessoa que pode nos dar algum indício do que está acontecendo. Os olhares se voltaram para ele.

[O menino corria com os pedaços de pano rasgado ainda preso às canelas. Arfava e sabia que não poderia parar, não poderia parar, e por isso sentia como se estivesse suspenso, terra chão cascalho não existiam mais. Era o ar, era preciso chegar aonde imaginava estar a salvo, onde os gritos de ódio não borbulhassem para dentro de seus ouvidos, formando calosidades.

Luiz Alves só queria um tempo antes de morrer. Sabia que seria morto, sabia que o tempo para ele era exíguo muito mais do que era para todos. Entrara em seara imperfeita, era assim desde que nascera, se fora assim na entrada seria assim na saída, não havia outro jeito. A resignação o atingia como um dardo acertado no alvo. Então repara. Repara onde vamos dançar, disse o menino ao medo, puxando-o pela mão.

E foi assim que chegaram no matagal cada vez maior onde ficara a casa de Elias Carcará, onde já fora também um orfanato muitos anos antes e que era aparente destino de todos: a origem. Encolheu-se como se habitasse um útero, precisava ver se conseguiria arrancar aqueles sacos das pernas, se conseguiria um córrego onde se lavar, se conseguiria dominar a tremedeira que o atingia dos dentes até os joelhos. Eram tantos os ses e tão diminutas e breves as certezas que seu corpo se fechou num sono que parecia acumulado há séculos.

Só quando acordou que teve a certeza do que deveria fazer. E fez.]

Nós o descobrimos no emaranhado da vegetação lá pros lados do Elias Carcará. Parecia até óbvio, tudo que não presta vem dali ou vai praquele lugar. Ainda estava do jeito que ficou quando o soltamos na cadeira de frente aos seus pais, com restos de pano e muito medo. Jogamos uma rede sobre ele, era preciso capturá-lo como um bicho, imobilizá-lo antes que ele dissesse alguma coisa. Ele estava dormindo mas mesmo quando sentiu a rede sobre seu corpo e acordou não ofereceu resistência. Agora está claro o porquê: o que ele tinha para dizer já havia dito. Então, Marli, o que está acontecendo é mesmo o que pensamos. A origem está na libertação. Deram a ele a oportunidade de falar de novo. Não!, disse Marli com firmeza. Quando ele acordou fizemos o mesmo procedimento: enfiamos uma estopa em sua boca e a envolvemos com fita isolante. Mas ele queria ser pego. É isso que precisa ficar claro, ele queria ser capturado. Como se o que fosse de abominável que ele tinha para dizer só se cumprisse se referendássemos sua sina. E depois?, uma voz destoando das demais quis saber. Em seguida nós o levamos para o padre Rafael, que disse que ele mesmo iria cuidar daquele pequeno opróbio. E não mais queiram saber dessa criança, disse o homem de Deus.

[Acordou no meio da noite, atordoado, imaginando que ainda estava no meio do mato, mesmo já tendo se passado tanto tempo. Lembrou-se que havia sido colocado num quarto no subsolo da sacristia, iluminado apenas por uma vela, que àquela altura não mais existia. Tentou lembrar-se de sua posição no quarto e saiu tateando até encontrar a porta. Procurar: portas, motivos para estar vivo, respostas: seria essa a sua sina.

Ouviu então a libente voz do anjo, Vá! Vá, e não olhe para trás nem por um instante! Quis de novo correr, mas não sentia suas forças se juntando para esse fim. Estava fraco, drenado, como se houvessem lhe tirado mais do que os ansiados dias de vida em contentamento. Avistou sobre uma mesa fora do quarto um bloco de papel, alguns tocos de lápis. E escreveu algumas palavras com a letra que em nada lembrava aquele que já fora um de seus maiores atributos, uma caligrafia que era transcrição de sonhos. Viu uma vela acesa, pegou-a, ergueu o castiçal. Em toda a circunferência da igreja, viu as estátuas do santo sendo iluminadas. Pareciam lhe sorrir e ele não se surpreenderia se de fato estivessem. Então, uma delas lhe chamou. Luiz colocou sob a estátua de madeira o bilhete que havia arrancado há pouco do bloco e ouviu mais uma vez a urgência de um Vá, vá, menino Luiz, que o que te escapa não volta!

Abriu a porta lateral da igreja. Viu uma incandescência de luzes a inundar seu rosto. E teve a certeza de que voava para longe.]

O bilhete foi encontrado tempos depois, sob a estátua de Santo Tomás de Aquino, que em vida foi conhecido como o Boi-mudo, quando o milênio que se desfazia estava quase em seus estertores.

Se me encontrarem, sei que cortarão minha língua, me fazendo regressar para o instante de onde vim. Todas essas crianças vão dormir por muito tempo. Cuidem para que não morram. Quantas vezes é preciso morrer numa única existência para, então, viver?

Nunca se ouviu notícia alguma de uma criança de língua cortada encontrada em lugar algum. Se não houvesse perecido pelo caminho, certamente estaria por aí em algum lugar; enfim, livre.

Nada que falta é pouco (1997)

No dia em que a vida de Heitor mudou para sempre ao abrir a porta da sua casa no final de uma tarde em outubro, ele descobriria que não existe lacuna entre a vida e a morte. Descobriria que a morte pode mudar as pessoas, transformá-las – e que é nesse instante inexato que a própria ideia da extinção passa a fazer sentido, uma vez que o desfecho do corpo é uma paisagem pequena no todo que compõe o seu oposto – a vida, sempre maior e infinitamente mais repleta de significados.

Mas o que acontece quando a morte que o habitava em vida não existia – ou durou por um período de catorze anos, até ser interrompida pela certeza de que quem deixou de ser continuava existindo?

Heitor estava em seu escritório estudando casos com os quais teria que lidar no tribunal nos próximos dias, quando a campainha tocou. De início, ele não deu atenção. Sempre fora um homem retirado para a sua própria concentração e gostava da solidão quando estava trabalhando. Não fora à toa que se mudara para Henakandaya há pouco mais de um ano, desde que se tornara juiz – por isso e por uma curiosidade inerente que lhe perseguia a alma. Desde que começara a ler sobre os históricos acontecimentos na pequena mas relativamente bem desenvolvida cidade, desejava vivenciá-la. Queria estar em um lugar onde a vida acontecesse e, ao mesmo tempo, estivesse longe do ritmo frenético dos grandes centros urbanos. Por isso que três vezes por semana dirigia quase três horas até a cidade mais próxima, onde dava expediente no fórum local. Ia e vinha sem reclamar.

Em Henakandaya, entretanto, era um cidadão sem qualquer marca nem rótulo. À menor menção da palavra "juiz", Heitor rejeitava seu uso como vocativo. E embora fosse consciente de suas pequenas vaidades, cuidava para que elas não atingissem algum lugar dentro de si que terminassem por repercutir em algo ruim em seu exterior. Apesar disso andava sempre com sua arma; havia sofrido ameaças e a possibilidade de atentados era real. Praticava tiros por quarenta minutos depois de sair do trabalho, atento à necessidade de precisar fazer uso da habilidade adquirida, mas sem o menor desejo de que isso ocorresse.

A campainha continuou, insistente. Lembrou-se de súbito que a esposa e a filha haviam ido visitar umas tias, o que o tornava a única pessoa para atender ao chamado. Ao se aproximar da porta, viu pela janela lateral uma mulher alta e loira, e por algum motivo sua mente o levou a se lembrar das antigas vendedoras de cosméticos que iam de casa em casa. Abriu a porta com um sorriso. Posso ajudá-la? A mulher devolveu o sorriso, o que a tornou ainda mais encantadora. Deu-se conta de que ela não morava na cidade. Provavelmente em nenhum lugar perto dali. Oi, Heitor, ela disse. Você não mudou nada. Se o olhar não impossibilitava a percepção do seu atordoamento, era preciso não deixá-lo transparecer através da voz. Pigarreou antes de dizer, Posso saber quem é você? Ainda sorrindo, a estranha disse, Meu nome é Alexandra, mas no passado eu me chamava Abner. Eu sou o seu irmão que todos na família pensam que morreu há quase quinze anos. Eu lamento muito ter voltado, lamento mais ainda invadir a sua vida, mas eu preciso da sua ajuda. Eu preciso da sua ajuda porque há alguém que quer me matar. O que até aquele dia era um homem certo de sua fortaleza viu sua convicção abalada. Heitor fez perguntas que só Abner saberia responder, e ele as respondeu, uma a uma. Convidou Alexandra para entrar e ligou para o celular de Raquel. Explicou a ela o que estava acontecendo, e o que ela iria encontrar em casa assim que voltasse.

Alexandra explicou tudo, desde a adolescência, quando saía com o irmão mais velho e seus amigos sem se sentir parte do grupo dos garotos, e que ser gay – que era como ela se pensava então – numa cidade pequena tornava as coisas ainda mais difíceis. Foi por isso que saí de casa aos 22, Heitor. Fui fiel aos meus ideais todo o tempo. O impacto da minha verdade era forte demais para que eu fosse adiante vivendo uma mentira. E eu sentia que você não gostava de mim. Nem os nossos pais. Isso não é verídico, Alexandra, respondeu Heitor. Bom, se vocês não me odiavam, ficava muito claro que tinham vergonha de mim, de modo que ou eu ia embora, ou me jogava embaixo de um caminhão. Então ao invés de se jogar sob um caminhão você resolveu se jogar dentro de um e partir para sempre, é isso? Alexandra deu a Heitor um pequeno sorriso. O fato d'eu estar aqui na sua frente mostra que para sempre é um tempo que não existe. Mas naquele instante eu precisava sair. Precisava ir para uma cidade grande, onde eu me perdesse no meio de milhões. E a decisão de se tornar uma mulher?, quis saber o irmão. A decisão pela cirurgia foi apenas o passo seguinte ao sentimento de desejo que eu já nutria desde adolescência. Cumpri esse objetivo por uma questão de identidade própria. Tempos depois conheci um homem que poderia me dar um atestado de óbito. Por causa dele, Abner poderia enfim morrer. O atestado dizia que Abner havia morrido num acidente de carro e que o corpo fora enterrado como indigente porque ninguém o reclamou. Nascia então Alexandra. Dois anos depois fiz a cirurgia para mudar de sexo e conheci o homem com quem viria a me casar.

Houve uma pausa silenciosa entre eles, que se olhavam com a sensação de que se conheciam, mas também de que eram profundamente estranhos. Havia qualquer tensão entre eles que talvez fosse um dos disfarces do medo. Heitor fez a ruptura, E por que só agora, Alexandra? Ela fechou os olhos, e quando abriu, disse, Pensei que eu tivesse sido clara, Heitor. Eu fugi da companhia de vocês porque não me sentia bem-vinda. Eu estava exausta da vida de perseguição que eu vivia numa cidade pequena. Diferente de você e de nossos pais, que nunca gostaram de morar em grandes centros urbanos, numa cidade onde todos dão conta das vidas alheias eu sufoco. É como viver uma morte por dia, e eu não tenho vocação para a infelicidade. Nada disso me fez deixar de querer saber a respeito do que acontecia a vocês. Soube do acidente que levou nossos pais. Acompanhei pela internet os caminhos que você trilhou. Eu buscava seu nome e ia juntando os pedaços. Foi através dessas ausências que eu busquei uma maneira de me sentir amada. Nenhuma lacuna dentro de mim é ignorada.

Depois ela falou de Thiago, o homem que a aceitou desde o primeiro encontro, e de como ele morreu como uma chama que se apaga, e das ameaças anônimas que vinha recebendo depois da morte do marido. As coisas estão conectadas?, Heitor quis saber. Não sei. Penso que Thiago não tinha inimigos. Não me mudei desde que ele morreu, e nunca fui benquista onde moro, por ser a única mulher transgênero no meio de uma vizinhança conservadora. Querem me intimidar até que eu saia de lá. Ou até que eles cumpram o que vêm prometendo.

No dia seguinte Heitor não foi trabalhar. Queria ajeitar o quarto que a irmã iria ocupar até que encontrassem uma solução para o problema. Você vem comigo, Alexandra. Tem certeza? Claro, ele assegurou. Pois repare nos olhares, ela disse.

Ela estava certa. Heitor tentava não parecer constrangido, mas era inevitável perceber o julgamento no olhar, a indelicadeza de uma invasão despudorada. Que fazer diante do olhar esmagador do outro? Exercer o direito ao grito? Alexandra nunca gostara de causar qualquer situação de destemperança. Mas ser diminuída estava para além de qualquer relativização. Eu quero sair daqui, Heitor. A frase, pronunciada de maneira enfática, não deixava brechas para a dúvida. Era caminhar para fora dali antes que a tênue relação de controle entre Alexandra e alguns homens e mulheres de Henakandaya irrompesse o caos.

Não adiantou. Homens e mulheres pintaram cartazes, fizeram faixas e foram para a frente da casa de Heitor. Gritavam, exigiam, amedrontavam. Raquel chamou pela filha Catarina, fizeram uma mala pequena e saíram de casa até que a situação se amenizasse.

Era difícil de acreditar no que acontecia em Henakandaya. Em seus quase duzentos anos de existência, era impossível compreender a quantidade de camadas e placas tectônicas nas entranhas da cidade.

Do quarto no primeiro andar, Heitor chamou a polícia. Lá embaixo, algo em torno de vinte homens e mulheres gritavam. Até que aconteceu algo que parecia ser o que Henakandaya precisava para adentrar o novo milênio. Ao longe, as sirenes das duas viaturas de polícia se confundiam aos gritos irascíveis dos que se escondiam sob o fulgor das massas, no limite de uma apoteose que é ao mesmo tempo o que lhes dá força e o que os torna uma ameaça. Talvez porque o barulho da polícia estivesse se intensificando à medida em que se aproximavam, talvez porque o apogeu ensurdeça, o certo é que nenhum dos participantes daqueles gritos à porta da casa de Heitor perceberam seus gritos mudando de forma, suas vozes se tornando mais graves ou agudas, e nem se deram conta rapidamente da modificação mais relevante de todas. Sentiam um incômodo físico, que coletivamente, e ainda insuflados pela gritaria que os unia, foi tomado pela tensão do possível confronto com a polícia, nos minutos antes de serem retirados. Gritaram, espernearam, ergueram mãos em posição de ataque. Em vão. Heitor pediu que todos fossem levados para suas casas. Os que resistissem deveriam ser presos.

Já havia anoitecido quando, ao longo de quase vinte e cinco casas, em diferentes partes de Henakandaya, gritos iam podendo ser ouvidos. Eram gritos nos banheiros, nos quartos, diante de espelhos, gente correndo sem ter para onde, gente vendo e chorando. Em comum, eram pessoas com medo, medo que haviam tentado forçar no outro, imposto a eles mesmos.

Quando amanheceu, correu pela cidade a história de que vários homens agora tinham entre as pernas uma vagina, e que outro tanto de mulheres haviam se tornado donas de um pênis. Não mudaram de corpo, mudaram de genitália, e assim permaneceriam. A menos, claro, que se submetessem ao que era preciso.

Alexandra recebeu a notícia com ceticismo. Já não era de acreditar em muita coisa, mas não teve mais problemas enquanto ficou em Henakandaya. Percebia que as pessoas tinham medo dela, como se a ordem tivesse partido de alguma magia sua. Não fez amigos na cidade, mas não fora ali para isso. Quando decidiu sair de Porto Alegre para a casa do irmão, depois de anos tentando descobrir seu paradeiro, jamais poderia imaginar que estaria envolvida com mais uma história daquela cidade tão peculiar. Havia saído de casa com um plano: encontrar seu irmão, pedir seu acolhimento: era o que precisara durante todos aqueles anos. Nunca mais se falou em ameaças anônimas que nunca existiram. Heitor nunca fez questão de saber mais nada a respeito delas. Aos poucos, a casa do irmão virou sinônimo de aconchego.

Era, enfim, uma mulher transformada.

De ti só quero lembrar o que é melhor esquecer (2001-)

    Era a primeira grande chuva em Henakandaya no novo século. Foram dias seguidos de água caindo, com um aparente recrudescimento nos dias posteriores, após breves respiros. Os intervalos sem chuva eram poucos, até que uma semana depois da enxurrada, acabou. A sede da terra era sempre tanta que não se tem notícia de que alguém tenha sofrido por conta da água que caiu. E a verdade é que não mais que outros sete dias depois, havia tantas flores nascendo nas casas, nos jardins e parques, na sarjeta e sobre túmulos no cemitério que chega a fazer pena ter de contar o que veio não muito depois.

    Há quase meio século Henakandaya havia sido reconhecida inclusive fora dela como um lugar onde, apesar dos seus mistérios e silêncios, o povo era dado a fofocas. O que a população não poderia imaginar é que a cidade também seria conhecida como o lugar onde habitavam os que queriam se desabitar do mundo.

    Margarida Traz-os-ventos fora acometida ainda relativamente jovem de uma doença degenerativa que a tornara cega. A doença a emudeceu: aprendeu a viver apenas com aquilo que conseguia intuir do seu entorno, e descobriu que ouvir era mais fácil do que falar. Não lembrava com saudade do tempo em que participou de forma ativa e voraz da investigação do que viria a ser o primeiro grande puteiro daquela região inteira, a Casa Vermelho Ver-te, ainda hoje em atividade graças às muitas indústrias instaladas na cidade, que traziam gente de fora para morar longe de suas famílias, e ao posto de gasolina do seu Tenório, que passou a ser administrado pelos seus filhos após sua morte nos anos 70 e onde uma pousada fora construída ainda na década de 50 provavelmente para acomodar os clientes da Casa. Aos 88 anos, Margarida já não se importava com nada disso. Era a antítese da mulher da juventude. Quando a chuva se mostrava ser daquelas que deixavam razões para temer, ela fechava os olhos na rede onde se deitava e ficava buscando com o ouvido perceber onde os pingos caíam. Procedeu da mesma forma dessa vez, e depois de um tempo disse para si mesma, A água que a terra bebe voltará como um assombro. Não era uma premonição, porque ela não tinha esse dom nem era dada a especulações. Do seu lado de dentro, Margarida aprendera a cultivar certezas. E quando vinham as notícias, ficava sabendo que brotava em seu território a realidade.

A manhã seguinte irrompeu disposta a modificar tudo, e inicialmente era como um sonho bom: todos os quarenta e sete adolescentes que dormiam há mais de dezesseis anos despertaram. A notícia, vestida de alegria, chegou rapidamente a todos os lugares onde houvesse um ser humano em Henakandaya. Os médicos do hospital municipal, onde eles estavam desde que eram ainda crianças, reuniram-se para tomar decisões acerca da segurança dos pacientes, hoje prestes a completar duas décadas de vida. Por conta das chuvas recentes, a cidade vivenciava uma epidemia viral, e era preciso protegê-las devido à fragilidade de sua condição. Em uma nota lida nas rádios locais, os cidadãos ficaram sabendo que todas as crianças voltariam para seus lares assim que estivessem fortes o suficiente para fazê-lo. Algumas delas, porém, já não tinham mais pai ou mãe vivos. Esse era outro dilema a resolver. Precisavam localizar parentes, pedir que eles ficassem com elas pelo menos por um tempo. Havia muito a ser feito.

Ninguém pode ir a um médico que o diagnóstico é de cara uma virose, disse Larissa Cordeiro para a recepcionista da pediatria. Não entendo como uma palavra tão genérica seja capaz de explicar tanta coisa.

Larissa era mãe de uma das adolescentes que despertaram após o longo período de sono ocasionado pelas palavras do menino Luiz Alves, de quem ninguém já nem lembrava. Todas elas haviam sido entregues aos pais ou outros familiares menos de quinze dias depois. Os médicos concluíram que o contato com algum referencial faria com que elas se fortalecessem mais rapidamente, inclusive porque a maioria delas acordou perguntando pelo pai ou pela mãe. A condição imposta era que voltassem uma vez por semana para um acompanhamento da evolução. Como quase todas tinham dificuldade para se locomover depois de tantos anos deitadas – e apesar dos esforços feitos para que elas fizessem fisioterapia durante o período em que dormiam –, a cidade passou a ver adolescentes em cadeiras de roda com frequência – até que aos poucos meninos e meninas começavam a arriscar passos segurando apenas na mão de um adulto. Deveria ser o recomeço de uma vida feliz, mas a epidemia não cessou tão rápido e o contágio foi inevitável.

Tanto o hospital quanto os postos de saúde de Henakandaya estavam repletos de pessoas que chegavam reclamando de sensação de febre, um leve aumento de temperatura, indisposição. Não demorou muito e a venda de lenços aumentou consideravelmente: as pessoas espirravam numa intensidade que assustava, como se passassem o dia aspirando pólen. O medo voltava a encobrir a exultação brevemente contida em cada um: uma alegria efêmera parecia ser o único destino possível de todos.

Quarenta e oito horas depois Manoela, a filha de Larissa, acordou perguntando em meio a espirros quem eram os estranhos em seu quarto. Sua mãe olhou para a enfermeira que fazia os cuidados básicos da menina e perguntou se ela havia começado a tomar algum remédio que pudesse atordoá-la. Não, foi a resposta. Manoela começou a chorar, chamando pelos pais. De nada adiantou quando o pai chegou: seu rosto equivalia a nada. Concluíram que o estresse daqueles dias mais longos de doença estava causando algum tipo de confusão mental, a enfermeira a acalmou até que ela dormisse novamente.

Mais tarde, foi colocada pela enfermeira em sua cadeira de rodas e levada para passear num parque amplo que havia sido construído junto à praça-matriz. Enquanto empurrava a cadeira, ouviu a menina se queixar das lembranças. Com o tempo você as substituirá por outras, melhores, disse ela. O problema é não lembrar de nada, disse a menina, espirrando novamente. Verônica, era o nome da enfermeira, já estava sem muita paciência para aquela história de uma menina de vinte anos desmemoriada. Lembrou-se dos velhos dos quais cuidara antes dela. Ali sim, se justificava, mas em Manoela? Drama, só pode, pensou, enquanto fumava um cigarro e observava de longe a menina sentada na cadeira diante do lago, olhando os patos e marrecos nadando ao sol.

Foi aquele instante de distração, como sempre são nesses casos. Manoela se levantou, pernas incertas buscando o caminho que tinha convicção que precisava fazer. A menina jamais olhou para trás. Pegou impulso nos braços da cadeira de rodas, ergueu-se, e antes de tropeçar nas próprias pernas, jogou-se dentro do lago, onde caiu de cabeça, espantando os patos que há dois minutos observava e desligando-se para sempre de qualquer possibilidade de lembrança.

O velório de Manoela foi breve. Muita gente espirrando, limpando lágrimas com o mesmo lenço que levavam ao nariz como se ele fosse impedir o ato; quando não o conseguiam, a sensação de confinamento, aliada aos borrifos repletos de fluidos faziam com que as palavras proferidas por Verônica, e da qual todos os presentes sabiam, ainda lhes sussurrasse ao coração: Manoela não descera aquela curta elevação de pedras e areias que levava até o lago dizendo qualquer palavra, a menina caiu espirrando, e o espirro parecia ser a sina de todos, de modo que não lhes ficava bem ver a morta porque seu corpo inerte dava-lhes a parecer que só pela morte parariam enfim de espirrar.

Larissa saiu do lado do caixão da filha, que tirando as marcas das raladuras no rosto mal disfarçadas pela maquiagem, continuava linda. Os comprimidos que lhe deram transformavam a dor, presença compulsória, numa sensação de estar forçosamente caminhando por dentro de águas que percorriam os vãos do seu corpo.

Acordou para um outro pesadelo: corria por Henakandaya a notícia de que outras crianças dentre as que haviam acordado também tinham se suicidado, num total de nove das quarenta e sete. Sóbria, Larissa descobriu que todas elas deram fim a si mesmas de modos diferentes, mas sempre depois de muitos espirros e alegando ausência de memórias, como se houvesse buracos, lacunas que nada as deixava preencher.

Nos dias que se seguiram foi a vez dos adultos, que descobriram o laço.

Onofre havia saído da casa da filha Larissa com uma coriza descendo-lhe pelas narinas e o rosto vermelho. Sentia o prenúncio de espirros, mas não quis dizer nada à filha para não deixá-la tensa. Nenhum deles podia estar recuperado da morte de Manoela e não precisavam de uma nova fonte de desassossego. Com ele, porém, foi mais rápido. Chamou a filha em sua casa e disse, Quando não se sabe quem é acaba-se a vontade de viver. Agora compreendo em parte essas crianças. Como podem querer continuar existindo quando não conseguem sequer lembrar da razão imediata da vida, que são aqueles que os cercam? Larissa desconfiou de que houvesse algo errado com o pai e disse-lhe que ele fizesse uma mala, ela queria que ele fosse passar uns dias com ela. Não se vê bem com os olhos da solidão, ela disse a ele. Ele fechou os olhos e sorriu, como se já não estivesse ali.

Caminhou pela casa consciente de que cada passo era a iminência do precipício. Tateava o caminho porque já não queria ver. Engraçado que a memória de sua falecida esposa lhe falhava, dos dois cães que tivera e que morreram há alguns anos, também não lhe vinha com facilidade, e o próprio rosto da filha lhe chegava como se rabiscado em calçada a carvão. Notou a inconformidade da existência, e conquanto entendesse que certas coisas têm de ser como a vida nos oferta, lhe dava uma pena tão grande a súbita vontade de não estar mais do lado dos que vivem. Respirava fundo e pesado. Enquanto dava o laço na corda com seus dedos grossos e calejados, ainda sentia, no fundo da memória, a centelha que unia a lembrança ao fato de estar vivo. Compreendeu que o esquecimento é a ausência do pulsar do desejo. Quando firmou o nó para o laço o melhor que podia, já não se lembrava mais para o que era que queria aquilo. Foi para o quintal porque gostava de caminhar por entre as duas árvores que plantara, ouvir o murmurejar do vento por entre as folhas a lhe dizer coisas bonitas. Olhou para cima e se deu conta de que não conseguia mais compreendê-las. Então, como num clarão, entendeu tudo. E entendeu que tinha poucos minutos, talvez segundos, até que tudo se apagasse novamente. Pegou um cavalete e subiu num galho da árvore. Retrocedeu cada um dos seus setenta e quatro anos até que voltou à sua condição de frágil pássaro no ninho, desses que ainda não têm sequer penas para voar. Mas era destemido. Voa, passarinho, voa, foi seu último pensamento e desejo.

Na semana seguinte, a prefeitura proibiu a venda de cordas sem que o comprador não deixasse no local de venda o número de sua identidade. Foi a forma que encontraram para tentar intimidar os que planejavam se matar: envergonhando-os ainda em vida. De nada adiantou. Começaram a roubar fios elétricos, e Henakandaya teve que se acostumar com mortos aparecendo em postes. O que estivesse causando os espirros precisava ser dissipado com urgência, não era possível que vários meses depois a situação só piorasse, criando agora uma comunidade de desmemoriados que não desejava mais viver.

Em menos de dois meses, praticamente cada cidadão de Henakandaya já havia perdido um parente ou amigo.

Reunidos, descobriam que muitos deles eram imunes ao que ocorria na cidade, mas havia um preço a pagar: a memória da perda não esvanecia. Todos os dias parecia sempre que era o primeiro dia da ausência do ente querido. Minha memória só quer lembrar daquilo que é preciso escapar. Tenho medo de enlouquecer, disse Eládia, que havia sido professora de Manoela e que também havia perdido uma colega de trabalho. Havia um medo levado de um dia para o outro de em qual poste estaria pendurado um novo morto. Dos quarenta e sete adolescentes, apenas seis continuavam a viver. Dois deles foram levados embora de Henakandaya, numa tentativa de fugir do que estivesse a acontecer.

A população procurou Marli, a mulher que, junto com outros dois homens, capturara Luiz Alves, o menino que, com o articular de palavras, fez com que as quarenta e sete crianças caíssem no sono do qual, até o passado recente, não davam mostras de que iriam um dia acordar. Era ela quem guardava o bilhete que ele havia deixado antes de sumir. *Todas essas crianças vão dormir por muito tempo. Cuidem para que não morram*, dizia um trecho do bilhete encontrado sob a estátua de Santo Tomás de Aquino na igreja-matriz. Marli sentia que estava ali o significado de tudo. Pelo que diziam as duas frases, manter as crianças vivas era importante. Mas e se as palavras dele fossem na verdade uma maneira de estender o pesadelo?

Outros bilhetes surgiam em Henakandaya. Eram homens e mulheres de diferentes idades se despedindo enquanto suas memórias ainda lhes permitiam escrever algo, porque temiam que com a rápida progressão dos fatos, esqueceriam até disso. O que começara com o ato de fazer crianças gostarem de ler findava na maior fragilidade humana: a incapacidade de se comunicar sequer minimamente. Aquilo sim era o terror, o verdadeiro estado vegetativo do corpo: o encarceramento da alma.

Os que sobreviviam não tinham paz porque já não conseguiam mais dormir bem diante da impossibilidade de esquecer a morte daqueles com os quais conviviam.

Quando a vida ainda tinha seus momentos de felicidade, Larissa havia lido um livro de contos e um deles terminava dizendo que o ser humano só sobrevive pela sua capacidade de esquecer. Depois de perder o pai e a filha num intervalo tão curto e de não conseguir parar de lembrar da morte deles, cujas lembranças vinham de forma circular, a atingi-la dia e noite, ela compreendia que o autor estava certo. A persistência da memória é o verdadeiro inferno. Numa conversa por telefone com uma jornalista, a moça, que provavelmente não contava trinta anos, havia dito, Mas são tantos os relatos de pessoas que desejam sonhar com seus mortos como uma forma de sentirem-se próximas a eles ainda que por um breve instante, por que tantos relatos de sofrimento pelos sonhos constantes? Larissa explicou então que o problema não era o sonhar. É que a lembrança constante e inevitável não amortiza a dor. O que para outros pode parecer de inefável beleza, para os henakandayenses é como não conseguir caminhar para fora das trevas.

Relatou para a mulher ao telefone como era a vida no antes não por nostalgia, mas para que ela tivesse a capacidade de entender o contraste. Manoela fora, em toda a sua vivacidade, um constante dia de festa. Os suicídios tornavam a cidade melancólica. O turismo que Henakandaya atraía nos últimos anos era o de gente mórbida e curiosa. Muitos queriam ir ao hospital para ver as crianças dormindo em seus leitos pela janela de vidro – o que acabou sendo proibido tempos depois. Hoje, nos seguramos porque vivemos um problema comum, as pessoas acabam se tornando amigas. A amizade espera o que o coração alcança. É o apoio mútuo e irrestrito que não nos faz caminhar para o mesmo fim. A amizade nos dá uma espécie de fé.

Quando enfim morreram quase todas das quarenta e sete que haviam acordado, Henakandaya ficou em expectativa. O que se cumpriria a partir dali?

Nada aconteceu, exceto que os pais já não deixavam seus filhos brincarem sozinhos, nem com os filhos dos outros, se pelo menos dois adultos não os observassem. Havia um fardo sobre a cidade que só sente quem entende o que é dor, e naquele momento em Henakandaya todos entendiam porque eram obrigados a senti-la.

Até que não mais. Disposta a extirpar o sofrimento ainda outra vez, Marli entrou em seu carro e desapareceu da cidade. Numa pequena agenda, carregava o endereço do lugar onde os adolescentes que haviam sido retirados da cidade moravam com seus pais, numa paz imperturbável. As famílias eram amigas e haviam ido para a mesma cidade e o mesmo condomínio fechado. Bastaram quatro dias sem dormir observando a rotina de todos. Os adolescentes sorriam, pareciam felizes e bem, como se nunca tivessem habitado a cidade do homem-serpente.

No quinto dia era sábado, e todos saíram juntos e voltaram tarde. Marli parou o carro deles numa rua estreita que era o atalho para uma avenida larga que levava ao shopping. Desceu do carro com duas armas na mão e descarregou-as em todos os seis. Errou alguns tiros por pura raiva: como aqueles calhordas podiam ser tão egoístas? A cidade inteira sabia do recado de Luiz Alves e que só ela entendera: *Cuidem para que não morram,* na verdade, era uma maldade a mais da parte do menino. Enquanto aquelas crianças, hoje adolescentes, quase adultos, vivessem depois de acordadas, a população continuaria a se suicidar. Marli jogou as armas no banco do carona e pegou a estrada de volta. Queria atravessar os quase 200 quilômetros que a separava de sua amada cidade. Chegou com o amanhecer do dia. Parou o carro no acostamento e ficou olhando o que acontecia diante de seus olhos: um vibrante espetáculo, desses que só Henakandaya era capaz de ensejar. Sorriu ao compreender que estava certa. Por cima de toda a cidade, uma enxurrada de flores caía. Eram flores brancas, amarelas, róseas, vermelhas, numa tal diversidade de cores que não poderia significar outra coisa: era hora de acreditar num outro futuro. O que se previa até que ela tomasse a atitude havia sido extinto. Podia imaginar a beleza das pessoas saindo de suas casas de braços abertos para receber o recomeço, as flores que desfeitas adubariam a terra, e que colhidas enfeitariam mesas e cabeceiras; aspiradas inspirariam dias de esperança. Tantas eram as flores como eram as necessidades de alegria. E agora, eles a tinham.

Os que vieram depois dos que se foram
(-2002)

Henakandaya continuava a enterrar seus mortos com uma voracidade de fera incontida. Com o fim do surto de suicídios e enterrados os corpos surgidos pela arma de Marli, era preciso limpar a cidade da enormidade de flores com a qual fora enxurrada e, em seguida, contabilizar o que ainda tinham de espaço no cemitério. Perceberam que era menos do que a imprevisibilidade inerente àquela cidade e seu hábito de juntar beleza e tristeza.

Anunciaram uma parceria público-privada para a construção de um novo cemitério, mas o projeto levaria tempo. Até lá, dizia Jaziete, a prefeita, na propaganda veiculada no rádio, o ideal era que as pessoas não morressem. E a gente faz isso é cuidando do povo. Claro que a frase da prefeita virou brincadeira entre os cidadãos da cidade. Vê lá, hein, olha que se morrer vai ter que ser enterrado dentro de casa, dizia um. Quando alguém adoecia, um familiar dizia, Você está proibido de morrer antes do cemitério novo ficar pronto. E o humor negro se dissipava pela cidade às custas da prefeita.

Por isso Aparecido ficou meio sem acreditar quando saiu da casinha onde morava com a esposa nos fundos do cemitério e encontrou parte das covas desfeitas. Seu primeiro pensamento foi que alguém havia saqueado ossos e corpos durante a noite. Mas ele teria acordado, pensou. Ninguém faz um serviço daqueles sem causar um rebuliço, disse a si mesmo. Os buracos, no entanto, estavam lá, tendo sido os corpos saqueados ou não. Pela primeira vez em toda a sua vida de coveiro Aparecido teve medo dos mortos. Entrou em casa chamando pela mulher, Vem cá, Mileide, me empresta teu celular que eu quero tirar umas fotos. Explicou à mulher o que estava acontecendo, e ela, curiosa, foi ao terreno lateral junto com ele. A gente estava mesmo de sono ferrado essa noite, hein, Aparecido? O marido fez um olhar constrangido. Sentia-se culpado, como se não tivesse desempenhado bem a função que lhe era confiada. Mas num explodiram nada não, né? Parece que foi cavucando a terra mesmo..., disse Mileide. Aparecido não queria saber. Vamos deixar essa informação para a polícia dar após as investigações, afirmou, pegando o celular da mão da mulher. Em seguida, aproximou-se de todas as covas e começou a tirar fotos das placas nas lápides. Nuno Ribeiro, Otacília Boa-viagem, Breno Firmino, Margarida Traz-os-ventos, todos moradores de Henakandaya que ele havia enterrado recentemente.

   A coisa se complicou quando percebeu marcas de pegadas de diferentes tamanhos. Você achava que só um ia dar contar de arrombar tanta cova, ô Aparecido? Você só pode estar desnorteado! Não é isso que eu estou pensando não, disse o homem. Meu pensar vai em outro caminho... Ah, não vem não!, vociferou a mulher. Aparecido não esticou assunto. Ainda com o celular da mulher na mão deu as costas e saiu pela porta da frente do cemitério. O fato se deu exatamente como ele estava pensando. Ao longe, avistou homens e mulheres caminhando lado a lado pelas ruas de Henakandaya com roupas em diferentes níveis de desgaste, mas andavam com uma tal elegância que pareciam caminhar juntos para uma solenidade importante, e não a esmo por ruas ásperas e clivosas. Algum tempo depois, dissiparam-se, cada qual se embrenhando por uma rua diferente, aparentemente resolvidos sobre o lugar para onde deveriam ir. O sol que fazia ali perto da hora do almoço só faria mal a ele, que já estava com o coração descompassado há tantas horas que se viu diante de uma única alternativa: voltar para dentro de casa, fechar as portas, tomar um copo de água gelada, um banho, e avisar a alguém que o período de descanso de Henakandaya acabara.

O Aparecido está delirando. Pergunte à mulher dele se ele tem tomado os remédios direitinho. Pergunte, vamos, homem! Era o delegado, que estava à frente daquela delegacia há mais de quinze anos, de idade tinha mais de cinquenta, mas se mantinha um incrédulo em se tratando de Henakandaya, contra todas as evidências. Em resumo: era ele mesmo um louco. Não desses de caso clínico, que precisam de internamento, porque sendo apenas um observador social, quase um antropólogo involuntário, não posso dar diagnóstico, mas um louco desses da gente se entreolhar e dizer, Como pode alguém a essa altura ainda ser assim? Era desses. Ou isso, ou nascera para viver em negação, talvez porque nunca gostara do nome que os pais lhe deram, o nome de um sonhador, pra completar um sonhador fracassado, e disso ele não tinha absolutamente coisa alguma. Inclusive dizia sempre, Todo sonho é um sofisma, todo sonho é um sofisma!, negando a si até mesmo o direito ao sonho, talvez por isso se afogasse todos os dias em xícaras de café. Seu coração que aguentasse. Está tudo em dia, dr. Romeu. A médica do posto de saúde até diminuiu a dosagem no último check-up. Ia ser preciso colocar o pé na rua.

Não precisaram investigar muito quando os dois policiais resolveram averiguar o que estava acontecendo. Do lado de fora, algumas pessoas se encaminhavam para a delegacia, apavoradas. O telefone começava a tocar em ritmo de insistência. Os relatos iniciais deram conta do que ocorria: eram ao todo quatro pessoas. Dois homens, duas mulheres, todos batendo na porta de casas onde diziam ter morado. E quem são essas pessoas?, perguntou o delegado. Não sabemos, mas há mais um fato estranho nessa história.

Otacília Boa-viagem entrou no bar assim que ele abriu as portas, antes do meio-dia, e disse de cara, Sou eu, Raimundo, Otacília. Raimundo olhou para o homem corpulento que dizia ser sua falecida esposa e disse, sério, Não diga isso nem de brincadeira. Minha mulher está morta. Não estou mais! Voltei, no corpo de um homem, mas voltei! Se voltou como homem não é minha mulher. Fora daqui! Raimundo na verdade não acreditava em qualquer palavra daquele homem. Sabia do potencial de arruaça dos seus clientes, por isso cortava logo qualquer possibilidade de incômodo. Você pode não me aceitar de volta, mas sou eu quem está dentro desse corpo. E começou a mencionar as pequenezas que tecem o bordado dos afetos. Falou no porta-retratos com a última foto que ele tirou com a mãe, mencionou como escolheram o nome dos gatos e falou das inúmeras tentativas frustradas de terem filhos. Raimundo se sentou, chorando. Não queria admitir para si, mas era verdade. Se eu colocar um homem dentro de casa, Otacília, o que vão dizer? Que eu esperei minha mulher morrer pra virar viado? Dane-se, meu amor. Deixe que falem. Você sabe que sou eu, isso basta. Não sei, não. Não me vejo acariciando esse corpo no qual você se meteu. Otacília silenciou. Contra isso não poderia argumentar, a não ser que se sentia mulher, se sabia mulher dentro daquele corpo.

Todos os outros que voltaram enfrentavam problemas semelhantes. Nuno Ribeiro, por exemplo, sabia que dali pra frente teria que mijar sentado; ele, que sempre fora um homem prático. Por sorte, nunca casara, ter para quem voltar, para ele, não significava ter que convencer alguém a beijar outra pessoa do mesmo sexo. A verdade é que ele estava feliz por estar de volta depois de ter sofrido um acidente de moto ao voltar de uma festa e partido a coluna ao meio. Se dali pra frente seria uma mulher, não lhe importava. Queria era estar vivo. Não ser reconhecido pelos pais mesmo quando ele deu mostras de ser quem afirmava ser, entretanto, foi um golpe que o nocauteou. Não só foi ignorado por eles, como pelo resto da família. Se não arranjasse um abrigo depressa, seu destino seria habitar as ruas. Ou procurar emprego na Casa Vermelho Ver-te, o que não lhe parecia uma ideia de todo ruim.

Margarida Traz-os-ventos caminhou de volta para o cemitério num passo lento. Era agora um senhor de idade imensa, não tinha o andar lépido dos outros. Ela mesma estava em choque por ter voltado no corpo de um homem. De que lhe servia voltar num corpo mais jovem e com os mesmos achaques de quando era uma mulher em idade de quase morte? Seria Deus chegado a umas brincadeiras sem sentido? Seu desejo era enterrar-se, voltar para o grande sono, abstrair-se de sensações terrenas. Àquela altura, para quê?, se perguntava.

Ao chegar no cemitério, descobriu Aparecido e a esposa ao lado de uma repórter da rádio de Henakandaya, narrando o que testemunhara. Margarida parou perto deles. Quando Aparecido terminou de responder à última pergunta, ela se voltou para o ancião e perguntou, O senhor é parente de algum dos mortos? Não, senhora, respondeu Margarida. Eu sou um dos que voltaram. Diante da oportunidade, a repórter quis saber onde estavam os demais. Todos voltamos com o desejo de reencontrar nossas famílias. Eu não tenho para quem voltar, por isso regressei para o lugar de onde vim.

Com aquela informação, Carmen, que já sabia o nome de todos, foi buscar saber onde moravam. Era preciso reuni-los para uma entrevista ao vivo na rádio, onde talvez pudessem explicar o que estava acontecendo em Henakandaya.

Todos vocês foram rejeitados em suas próprias casas?, começou o radialista. *Rejeitados* não é bem a palavra, afirmou Breno Firmino, agora uma morena de voz sedutora. Fomos *enxotados*. Embora todos – com exceção da Margarida aqui – tenham dado provas de que somos quem somos, não temos como forçar a entrada na casa de pessoas que acham que ainda estamos enterrados. E essa história de corpo novo?, questionou o profissional. E somos nós que vamos saber? E por acaso isso faz mais sentido do que o fato de estarmos vivos e de volta quando deveríamos continuar mortos? Carmen, a repórter que os levara até ali, também estava presente. Com um gesto de olhar, fez a deixa para que fosse a próxima a fazer uma pergunta. Que vocês acham de mandar um recado para as suas famílias no ar, quem sabe talvez dizendo algo que só eles entendam.... Margarida Traz-os-ventos esbravejou ao microfone, Escuta aqui, minha filha, você está pensando que isso é *Incidente em Antares*? Não é não. Nem eu, nem nenhum de meus colegas ressuscitados queremos tornar público nossas mazelas. Viemos aqui com o objetivo de deixar claro para a população de Henakandaya que se acostumem com a nossa presença. Não estamos mortos, não somos defuntos ambulantes. Somos homens e mulheres que ganharam uma nova chance. Que o respeito prevaleça! Se vocês pensam que vão fazer conosco o que fizeram ao menino Berê e sua família há quase um século, coloquem esse pensamento em outro lugar, porque *não vão*! E de minha parte, está terminada essa entrevista, disse, largando o microfone e caminhando de volta para o cemitério.

Mas não bastava gritar ao microfone, porque a realidade era do lado de fora do estúdio. Não que Margarida se importasse com isso naquele momento. Lembrar-se do menino Berê no meio da entrevista a deixou um bocado macambúzia. Ele era, de certa forma, a outra ponta daquela história, tendo sido o outro menino ressuscitado, que renasceu para ser morto junto com a família. O destino de quem renasce é morrer levando outros juntos? Se for, qual o sentido dessa segunda vida?, perguntou a si mesma. Pensou até em pedir ao Aparecido para enterrá-la novamente. Pensou só não, disse. Viva, dona Margarida?, foi a reação tomada de espanto. Bom, se quiser me matar antes, pode matar. Mas eu não tenho coragem não. Tem a culpa, né? Matar um senhorzinho como a senhora, disse ele, rapidamente acostumado à diferença entre nome de batismo e corpo ressuscitado. Se não serve pra isso então você não me serve pra nada.

Mais tarde, os quatro voltaram a se reencontrar, dessa vez num abrigo arranjado pela igreja. Ao menos pra isso eles prestam, disse Nuno, enquanto tomava uma sopa que também havia sido dada a eles. Os outros comiam calados.

Meu novo corpo tão bonito, vou virar pau de bambu se eu começar a comer só essas besteiras. Otacília o repreendeu, Agradeça o que temos hoje, Nuno. Ainda estamos tentando resolver toda essa situação. A cidade ainda não sabe como reagir à gente, nem as autoridades sabem o que fazer conosco. Como assim reagir à gente, fazer algo conosco? Eu sou um cidadão – bom, tecnicamente agora uma cidadã – de Henakandaya como qualquer outro. Não quero mais do que o meu direito de ocupar o meu lugar na cidade. E que lugar é esse?, perguntou Breno. O que eu desejar, respondeu Nuno.

Os dias seguintes mostraram uma outra característica vigorosa dos moradores da cidade: a capacidade de repudiar seus próprios habitantes. Nenhum dos quatro ressuscitados conseguiu ser reintegrado a alguém da família, nem emprego, um lugar digno para morar. As pessoas se escondiam deles como se corressem do abraço de leprosos. Suas fotos ganharam as redes sociais, viraram memes que todos tinham no celular. Apesar de Henakandaya não ter mais do que dezoito mil habitantes, era preciso não ter dúvida na hora de reconhecê-los e mudar de direção. Muito brevemente Breno, Nuno, Otacília e Margarida compreenderam que precisavam se unir se não quisessem ser párias até que morressem novamente. Foi essa certeza que fez com que a animosidade descesse a níveis abissais, dando um respiro ao grupo. Unir-se numa pequena equipe, entretanto, não lhes dava a força necessária para enfrentar o lado de fora do peito, esse que sangra, que cria fístulas e nem sempre pode ou deseja dar leite. Não havia maternidade em Henakandaya.

Carmen pareceu compreender isso, e foi até eles com mais do que alimentos que eles não comiam desde a vida anterior, regrados que estavam por refeições frugais, que eram tudo o que conseguiam. Prometeu-lhes um emprego na rádio, já havia falado com o chefe. Nada muito dispendioso, o país andava bem mas não se poderia onerar uma rádio local tão pequena. A condição era uma só: responder às perguntas que ela fizesse ao vivo, sem se esquivar. Se estivessem dispostos, teriam a promessa cumprida. Otacília Boa-viagem pegou em uma das mãos daquela menina tão jovem e miúda mas tão sagaz com sua mão forte de um homem revitalizado e disse, Eu não tenho dúvidas de que vocês nos querem colocar dentro de uma fogueira. Mas eu não vejo outra alternativa, afirmou, com o olhar passeando sobre os demais. Estamos acossados, encurralados. Animal ameaçado não pode fazer outra coisa senão atacar.

A surpresa estava no estúdio assim que chegaram, e os fez cegar para o túnel subitamente aberto: do outro lado da mesa onde havia quatro cadeiras e pequenas placas com seus nomes, havia quatro pessoas que tiveram, em algum momento, ligação com os quatro ressuscitados. Até um neto de Margarida Traz-os-ventos conseguiram encontrar.

Àquela tarde, a rádio de Henakandaya teria uma audiência histórica, que nunca mais se repetiria em qualquer outra época de sua existência.

Aos poucos os rádios iam sendo ligados nas casas, no comércio, nas instituições públicas. Sabendo dos níveis crescentes de audiência e que pela primeira vez em muitas décadas TVs cediam lugar ao rádio, era inevitável que os familiares e antigos amigos dos ressuscitados acabassem por, eles mesmos, ouvir o que os quatro tinham a dizer. Depois de duas horas de entrevista, o radialista continuou a transmitir a repercussão do programa, com pessoas afirmando acreditar e outras não, ou nem tanto, já que, fisicamente, nenhuma das quatro pessoas era lembrada como tendo sido vista antes em Henakandaya. Os quatro foram levados a um hotel, onde ficariam por uns dias até que a casa para todos – que acabou entrando na negociação final – fosse finalizada para recebê-los.

Já no dia seguinte não havia outro assunto aonde quer que se fosse. A rádio, prevendo o aumento no número de anunciantes, preparou logo em seguida um almoço como nunca, no melhor restaurante da cidade. Breno, Otacília, Margarida e Nuno foram levados de carro até lá. Ao chegarem, percebeu-se que o assédio seria maior do que se pôde antever, e eles tiveram de ficar numa sala à parte. Ainda assim, muitas pessoas que haviam ido até lá para almoçar ficaram à espreita, observando se havia alguma possibilidade de fazer algum questionamento, de tirar foto, saber de algo que não havia sido mencionado na entrevista. Mas os seguranças da rádio estavam preparados para afastar os curiosos, inclusive porque nem todo olhar era de benevolência. Houve quem gritasse palavras pestilentas, demonstrando o medo que havia em mais uma alteração de rotina numa cidade que, apesar de conviver com o insólito desde sua fundação – e de apesar disso a cada ano ter um número crescente de habitantes – tinha dificuldades em conviver com o extraordinário. E por esse medo, os quatro evitavam andar juntos desde a entrevista. Destacar-se em meio a pessoas atormentadas nunca resultou em alegria para ninguém. Quando saíam, viam as pessoas desviando o olhar, acuadas – e o hotel, e dias depois, a casa, passou a ser também a fortaleza de que precisavam.

O passo seguinte dado pela rádio não foi algo inusitado, era até bem fácil prevê-lo, mas a repercussão, a partir da qual todos seriam aniquilados, não teve como ser antevista. Reuniram no mesmo programa familiares e conhecidos de Margarida, Nuno, Breno e Otacília. Aparentemente dispostos a vingar mágoas antigas e a refutar comentários feitos na entrevista da semana anterior, as pessoas em volta da mesa, cada qual com um microfone aberto diante de si, também tiveram as mesmas duas horas para dizer o que pensavam. Pouca verdade foi dita, mas quem se importava, quando sabiam estar lidando com mortos? Foram dados testemunhos de coisas que nunca aconteceram, narrados episódios distorcidos, a mentira vinha a passos de gigante, não ficava lacuna nenhuma que não fosse preenchida pelo ódio.

Dentro da casa onde ficavam a maior parte do tempo, o rádio ligado, ouvindo, ouvindo. As reações eram de pavor. Frases como Eu nunca disse isso ou Nunca sequer fui a esse lugar, Não conheço as pessoas que ele está mencionando, Como aguentar ouvir isso da minha própria mãe e do meu próprio pai?, eram ditas de uns para os outros a todo instante. E no instante, também o medo, irrespirável. Houve choro, também. Embora elas aleguem não nos conhecer, disse Otacília, nós sabemos quem eles são e sabemos que o que dizem é mentira. Por que inventaram tudo isso? Ora, para a população não se voltar contra eles, já que também fizemos acusações sérias em nossas falas. Mas nada que justifique esses ataques extremados, disse Nuno, de onde estava, fumando.

Na noite seguinte, resolveram sair juntos, a pé. A mentalidade mudara: depois do que foi dito na rádio, talvez juntos fossem mais fortes, era a avaliação geral, até que essa se mostrou a estratégia fatal.

    Já passava das nove quando Breno foi esperar os demais na calçada de uma pastelaria, depois de jogar o copo de milk-shake na lixeira perto da entrada. Sentiu uma pedra lhe atingir o ombro. Quando se virou, viu um enorme grupo de pessoas com pedras e paus nas mãos. Mais pedras lhe atingiram, mas foi uma pedrada na cabeça que o fez voltar para de onde tinha vindo. Margarida, Otacília e Nuno foram ver o que se passava. Aquilo não podia ser o que estavam pensando, mas era. Ao grupo inicial somaram-se mais umas vinte pessoas. A gritos de desejo para que deixassem a cidade em paz, para que deixassem de existir, que fossem enterrados e acabassem com tudo aquilo, um a um, os outros três foram sendo trucidados a paus, pedras e chutes. Se outros olhos na cidade poderiam ter sido testemunhas do que acabava de acontecer, estavam fechados. No frio que fazia àquela noite, o silêncio restou. O bando se desfizera como se nunca tivesse existido. Ao longe, um cachorro perseguia uma folha seca levada pelo vento até que, então, parou. Farejou os corpos, melou as patas de sangue, mas foi quando sentiu o calor que emanava dos cadáveres que entendeu ser ali o lugar ideal. Levantou a perna direita e urinou. Começou a caminhar e parou, levantou a mesma perna e terminou o que tinha para fazer.

    Foi só quase um mês depois, quando a polícia teve acesso às imagens das câmeras que a rádio manteve escondidas dentro da casa, logo em seguida veiculadas pela televisão, que Henakandaya soube onde estava a verdadeira ameaça.

Despertar de sonos intranquilos
(2012-)

Tudo o que Horácio queria era uma boa noite de sono. Deus sabia o quanto ele precisava. Depois de trabalhar por mais de dez horas sem descanso, a sensação era a de que seu corpo havia sido passado num moedor. Não que ele amasse sua profissão, mas como também nunca amara muito os estudos, a única coisa na qual conseguiu pensar quando a vida o estapeou na cara, advertindo-o que era hora de começar a ganhar o próprio dinheiro, foi em ser taxista. Horácio retirou do banco o pouco que havia em sua conta, fez um empréstimo e tratou de se qualificar para a profissão. Aos 23 começou a dirigir profissionalmente, e vinte e um anos se passaram rapidamente desde então. Hoje, seu olhar já não tinha a fagulha da juventude, nem sua mente a mesma prontidão para pensar e verter ideias. Embora ainda fosse relativamente novo, perguntava-se o que havia se perdido pelo caminho. Também se perguntava a respeito da razão para esse sentimento. Seriam as tantas horas consumidas pelo trabalho incessante? Horácio tinha uma esposa para sustentar, dois filhos e um problema: dar a eles mais do que o necessário para simplesmente ir levando. Queria mais da vida, o que era um desejo legítimo. Mas sabia também que não teria um futuro promissor à sua frente. Não mais. Não quando todas as chances haviam sido deixadas para trás.

As coisas que ele fizera no passado – ou que *não fizera*, mas deveria ter feito – estavam agora cobrando o seu preço. Olhou para o relógio no painel do carro. Só mais um passageiro, pensou, ou eu sou um grandiosíssimo filho da puta se não for direto pra casa tomar um banho quente e me jogar na cama.

A aurora começava a rasgar o céu quando viu pelo celular que havia um passageiro chamando-o perto dali. Pertinho, disse a si mesmo, como quem busca um conforto. Apesar disso, acelerou.

Se tivesse sobrevivido ao acidente, Horácio seria testemunha do que já acontecia também em outras partes da cidade. O certo é que ele nunca se deu conta de em que momento esqueceu como se dirige um carro e perdeu o controle do seu Cobalt, atingindo a mulher que ele deveria ter pegado e a esmagando contra um poste. Estava sem cinto de segurança, e o airbag não foi suficiente para reter seu corpo, que foi lançado para fora do veículo. Horácio voou por alguns poucos segundos até a calçada, onde sua cabeça atingiu a parede de forma brusca.

Seu corpo permaneceu por muito tempo no chão, inexato.

Começou como uma brincadeira.

O dia havia despertado como um daqueles em que a gente até pensa que vai sair da vida incólume. Era época de férias, e Bruno estava esperando que Thiago, um amigo de escola, chegasse, para que pudessem brincar até a hora do almoço, quando então eles desceriam, comeriam como cães amarrados, tirariam uma soneca de meia hora e voltariam a brincar.

Bruno viu a porta do quarto se abrir e esperou a mãe entrar com o amigo, mas ela estava só. A decepção evidenciou-se em seu rosto. A mãe do Thiago ligou, ela disse. Ele está adoentado, filho. Talvez possa vir semana que vem. Bruno fez um gesto de compreensão com a cabeça.

Como sempre fora um garoto muito criativo e cheio de energia, Bruno tinha dificuldade em gastá-la sozinho. Além disso, Sarah via na oportunidade de receber os amigos do filho uma forma de se aperceber do tipo de amizade que ele vinha juntando em torno de si, o que o tempo mostraria não ser um problema. Sempre afetuoso e atento, ele sabia como gentilmente se fazer ouvir, e nunca forçava sua própria opinião, preferindo deixar claro o porquê de pensar como pensava.

Posso ligar para ele? A mãe concordou e desceu as escadas para pegar o telefone. Enquanto aguardava, Bruno se aproximou da janela do seu quarto. Olhou para o céu e começou a associar coisas que conhecia ao formato das nuvens. Conseguiu enxergar um porco, o Buzz Lightyear e um prédio parecido com o que havia no quarteirão atrás de sua casa. Foi então tomado por uma ideia. Lentamente, começou a mover o dedo indicador no ar, como se escrevesse no céu. Bruno não parecia estar focado em nada, parecia apenas estar ali, em câmera lenta, como se complementasse os desenhos que via para além da janela. Quando a mãe voltou, reparou que o menino estava olhando fixamente para o nada, ausente, com um dedo aparentemente apontado para algum lugar, mas na verdade o movimentava, fazendo dele um pincel a desenhar no ar. Chamou por seu nome. Antes que ele se virasse, ela viu no céu uma frase que, ainda que de maneira absurda, tinha certeza de que havia sido escrita pelo seu filho.

Janaína saiu de casa apressada para a missa do começo da manhã. Enquanto caminhava pela calçada, ajeitava a saia, para que não ficasse acima do joelho. Precisava chegar à igreja a tempo de ajudar o padre Mauro a deixar tudo em ordem antes da celebração. Foi então que viu no céu algo que parecia ter sido escrito pela mão de alguém que ainda estava aprendendo a escrever: *A dor será uma visita constante.* Que merda é essa?, deixou escapar para si mesma. Olhou rapidamente para os lados. Não havia ninguém, ainda bem. Apressou o passo. Tinha que falar com o padre Mauro, embora sentisse que era cada vez mais difícil olhar para aquele homem. Que bom que sua carreira de cantor estava se consolidando e ele agora viajava com mais frequência, porque falar com ele e mais do que isso, ouvir sua voz, estava deixando-a fora de lugar. Mas se havia alguém em Henakandaya que entendia do que se passava entre este mundo e o próximo, era ele. Era impossível não sentir a vibração que emanava dele. E que a deixava louca, louquinha.

As pessoas começavam a se reunir nas ruas, olhando para o alto. Algumas filmavam, outras tiravam fotos. Um adolescente já estava postando no YouTube e as imagens que captara das palavras no céu. Abaixo, nas calçadas, algumas pessoas se davam as mãos ou se abraçavam. Em pouco tempo, porém, já não havia nas nuvens mais nada da mensagem escrita por Bruno.

Madalena estava completamente acordada quando ouviu a explosão.
No começo ela achou que fosse o despertador de cabeceira, mas como não havia conseguido fechar os olhos a noite inteira, desativara o aparelho ainda no meio da madrugada.

Levantou-se da cama atordoada e foi até a varanda na frente da casa, de onde não conseguiu ver coisa alguma. Decidiu ir lá fora. Antes de sair, deu uma olhada em seu pai, que estava na cama do *home care* em sono ferrado, o que não era surpresa.

 Madalena havia largado o trabalho para cuidar do pai, que sofrera um AVC seguido de outro logo em seguida há quase três anos. A essa altura, o homem se tornara praticamente um vegetal. Era ela quem o vestia, alimentava, banhava e dava-lhe os remédios. Chegaram cedo demais naquela fase em que as polaridades se invertem, e os pais correm o risco de se tornarem filhos. Mas quanto a isso, ela não sentia que havia um problema de fato. Viviam muito bem com a aposentadoria do pai e o dinheiro de investimentos que ele fizera ao longo da vida. Madalena devotava todo seu tempo ao velho, e tinha planos de fazê-lo até quando ele durasse. Só iria contratar alguém quando não conseguisse mais sozinha. Primeiro porque assim ela pouparia uma grana que podia gastar. Segundo porque, nos dias de hoje, não se sabe quem se está trazendo para dentro de casa. Ela gostava de dinheiro – e de não ter que trabalhar. Cuidar do pai já era trabalho mais do que suficiente.

 Depois de mudar de roupa, foi para a rua, onde observou que as pessoas se juntavam, vindo de todos os lados. Os rostos não escondiam o pavor ao verem um corpo sob o carro, outro numa posição que deixava claro que muitos ossos haviam se quebrado, deixando o corpo estranhamente flexionado. Enquanto tudo era silêncio, numa ausência de balbúrdia inerente a algo daquele tamanho, um novo som eclodiu, vindo de dentro de uma casa a poucos metros

dali. A mulher gritava por ajuda, olhos fechados, como se recusasse o horror.
Madalena descobriu que ela se chamava Verônica Lemos. Eu não sei o que pode estar errado comigo! Tentei fazer uma ligação, mas não consigo! Chamem uma ambulância, eu preciso de ajuda!, dizia, histérica. Acalme-se. Você provavelmente está sofrendo um ataque de pânico. Para quem a senhora quer ligar?, perguntou Madalena. A mulher apenas arfava e chorava. Para quem a senhora quer ligar?, insistiu. O homem naquele táxi, ela disse, Eu o conhecia. Não olhe naquela direção. Já chamaram uma ambulância pra ele. Então, Verônica a interrompeu novamente, Você não está entendendo... Eu tentei chamar por socorro, disse, falando com dificuldade, Eu sou telefonista da prefeitura há quinze anos e eu não... Eu não consegui usar o telefone. Eu sei o que é, mas não sei mais como usar um telefone. Madalena suspirou. A senhora deve estar em choque com o que viu e ouviu, procure se acalmar. Verônica mexeu a cabeça de um lado para o outro. Se o que havia pensado estivesse certo, o que acontecera ao taxista não foi acidente. Ela ergueu a cabeça para Madalena e disse, então: A ambulância. A ambulância não virá.

Pedro Máximo acordou sentindo um terrível desconforto na parte de trás da sua cabeça. Devia ser o resultado de uma enxaqueca que o incomodava há meses. Mas sendo tão jovem e aparentemente saudável, não via razão para se preocupar: ele nunca conhecera alguém que morrera devido a fortes dores de cabeça aos vinte e sete. O problema real era de outra ordem: as dores vinham tornando suas horas de trabalho conturbadas, e ele só conseguia desenhar e escrever com a mente esvaziada. Pedro havia firmado um contrato com a Marvel há quase quatro anos, e nesse período criou várias tramas para diferentes quadrinhos e alguns personagens – dois deles ganhando fama internacional cada vez mais depressa. Passou a ser reconhecido nas ruas de Henakandaya, especialmente depois que jornais e emissoras de televisão foram até a cidade para entrevistá-lo. Uma das razões que fizeram-no assinar com a Marvel foi poder trabalhar da cidade onde nascera e de onde não queria partir. Quase nunca viajava para a sede da empresa nos Estados Unidos.

Sem conseguir dormir, Pedro ligou a TV e viu que havia algo de errado. Uma emissora de uma cidade perto de Henakandaya estava transmitindo algo sobre eventos incomuns acontecendo na sua cidade. Apesar da dor de cabeça, ele quase riu. Quase duzentos anos já haviam se passado desde que a cidade fora fundada. Seus arquivos davam conta de fatos estranhos acontecendo desde sua fundação, e ainda havia emissora de TV perdendo tempo com isso. No entanto, ele se deteve um instante. Pelas imagens, viu alguma comoção entre as pessoas. Confusão, gritaria, pessoas chorando. Foi até a cozinha, tomou dois comprimidos de Ibuprofeno e se dirigiu à rua que a televisão mostrava. Pressentindo que o que o levava até aquele lugar seria tão perturbador quanto suas próprias histórias, caminhava devagar, tentando levar o pensamento para outras direções. Pensou no próximo número do Navalha e no prazo de duas semanas que tinha até enviar o trabalho para o seu editor.

Ignorando que não viveria para terminar a próxima e mais nenhuma outra de suas histórias, Pedro aproximou-se da multidão. Antes de poder chegar perto daquelas pessoas e se inteirar do que estava acontecendo, sentiu um toque no seu braço. Eu preciso falar com você, disse um homem, num tom brusco. Sem virar seu rosto, Pedro disse, Agora não, amigo, preciso saber o que se passa aqui. A mão voltou a tocar seu braço, dessa vez com mais força, Você não é responsável por nada do que está acontecendo nesta cidade. Saia daqui. Eu preciso falar com você. Se você quer uma solução para o que está acontecendo, retire-se do meio dessas pessoas. *Agora*. Pedro voltou-se para o rosto pela primeira vez, sentindo a urgência na voz. Então, ele soube quem era o homem, e aquilo não podia ser real, porque era alguém que ele julgava existir apenas na sua imaginação. Mas sim, era ele. Pedro enxergava diante de si exatamente o homem que criara no papel e desenvolvera no computador, transfigurado em carne e osso.

Navalha, vestido da maneira que costumava nos momentos em que para todos o seu nome era Roberto Vendeux, estava bem ao seu lado, não havia dúvida alguma disso.

Sua enxaqueca piorou.

Eu preciso entender primeiro o que está acontecendo aqui, nesse minuto, disse Pedro, quando já estavam mais afastados de todos. Sim, você me criou, Pedro. E eu me tornei real. Como e por que não são explicações para agora. É preciso fazer algo pela sua cidade, mas eu preciso da sua ajuda.

Pedro compreendia, naquele instante, que ele era o Victor Frankenstein do homem ao seu lado. Como se lesse o que lhe atravessava o pensamento, Roberto disse, Eu sou seu Monstro, não seu duplo nem seu equivalente. No entanto, eu sou real e preciso de você para existir, Pedro. É por isso que preciso da sua ajuda.

Pedro soltou um longo suspiro. Parecia não haver saída exceto acreditar no que ouvia. Ajudarei no que puder, disse. E com isso, selou o seu destino.

Era o segundo dia de Bruno sem comer, e algo maior do que uma simples preocupação passou a percorrer-lhe os sentimentos. Filho, venha cá, pediu Sarah. Bruno aproximou-se de sua mãe, que se abaixou para abraçá-lo à sua altura. Afastou-se dele para olhá-lo no rosto. Eu preciso saber o que está acontecendo. O menino começou a chorar, mas não disse uma palavra sequer. Ela ainda pensou em lhe dizer da dificuldade que era não ter seu pai ali, que ele deveria ajudá-la a criá-lo, que ela só queria e desejava o melhor para ele... Mas não disse. *Era* difícil, sem dúvida. Porém, ela não tinha o direito de explorar suas próprias misérias e jogá-las sobre ele. Primeiro porque, sensível como Bruno era, ele não compreenderia da maneira como ela gostaria. Seu jeito era sempre dando um passo além, e ele daria. E também porque ele não merecia. Ela sabia que não. Era toda aquela loucura acontecendo na cidade que estava bagunçando sua cabeça e transformando seus pensamentos em quase equívocos. Fui eu, mamãe. Fui eu, afirmou então um Bruno cheio de certezas e lágrimas. O que você fez, Bruno?, ela quis saber, ainda abraçado ao filho. Essa coisa no céu que fez tudo isso começar. Então ela tinha razão, pensou. Você não... Mãe, eu escrevi no céu. Quer ver? Sarah olhava para o filho, incrédula. Vou mostrar, disse o menino. Desnorteada, Sarah soltou Bruno dos seus braços, ansiosa que estava por compreensão. Novamente, de forma lenta e apontando para o céu, como se estivesse em transe, Bruno começou a usar seu dedo indicador no ar, fazendo o que pareciam ser círculos. Dessa vez foram duas as mensagens, em uma só frase: *Você vai morrer, mamãe, assim como muitos outros.*

Era o segundo dia do Estampado sem comer, e algo maior do que uma simples preocupação passou a percorrer-lhe os sentimentos. Ou você volta a comer, amigão, ou a gente vai embora dessa cidade para não voltar mais nunca. Morar em Henakandaya era a melhor coisa para ambos. Enquanto caminhava pela calçada, Eduardo conseguia compreender os motivos. A sensação de liberdade, a brisa que parecia revolver até os pensamentos, era tudo grandioso. Ou é isso ou você me diz o que está acontecendo *nesse minuto*. A veterinária disse que não há nada com você, Estampa, tá tudo certo... Era só ter me perguntado, não precisava ter me ameaçado, respondeu Estampado. Eduardo teve certeza de que enlouquecera. Fixou o olhar no animal, sem conseguir mover-se. Não olha pra mim com essa cara. Eu precisava de tempo pra entender o que estava acontecendo, por isso todos esses dias em silêncio.

As pessoas passavam ao lado de Eduardo e Estampado com um olhar estranho. Para elas, Eduardo não batia muito bem. Até onde podiam ver, o homem estava respondendo com palavras a um dálmata que latia, como se conversassem.

Sabendo o que estava se passando em Henakandaya, Roberto e Eduardo decidiram tomar uma atitude simples e discreta: pregar cartazes e distribuir panfletos convocando aqueles que porventura tivessem visto algo estranho na cidade ou que houvessem tido a rotina – ou a si mesmos – modificada por algo inusitado, para comparecer ao endereço na data e hora designadas. Talvez essas pessoas pudessem ajudar a cidade de alguma maneira.

No local e hora marcados, havia dezoito pessoas esperando para ver com quem iriam falar.

Henakandaya voltava a ser notícia em todo o país. Os meios de comunicação diziam que algo havia desligado o botão que fazia as pessoas saberem executar suas profissões, fazendo com que a cidade sufocasse no caos. Serviços básicos deixavam de ser feitos porque os responsáveis por eles não tinham ideia de como proceder. Na televisão, ouvia-se o repórter afirmar que bebês estavam morrendo nos hospitais porque não havia quem os assistisse, mais de um acidente fatal no trânsito havia ocorrido, enquanto outros, de menor porte, poderiam terminar em tragédia porque já quase não havia médicos para ajudar.

Há pouco chegara a informação de que Henakandaya estava em estado de sítio. Quando muito, profissionais de saúde de cidades vizinhas entravam na cidade para ajudar feridos nos hospitais.

Mas o que eles precisavam era de um milagre.

Marli acordara de um sonho em que Geraldo, seu marido que sumira de Henakandaya nos anos 80, lhe dizia para levantar-se e desaparecer dali. Tinha graça. Presa pela morte de seis pessoas há mais de dez anos, dentre as quais adolescentes, não havia a menor perspectiva de conseguir liberdade. De nada adiantou que seus advogados explicassem que havia uma maldição sobre a cidade, que após a morte daquelas pessoas, choveu flores sobre Henakandaya durante horas, e que os próprios moradores estivessem conscientes de que a situação só chegou ao fim porque

Marli havia agido. As leis nada entendiam das sutilezas inexplicáveis dos dias. Mas chegava a hora do banho de sol, e ver a luz do dia continuava a ser a fonte inesgotável da condescendência do tempo para aqueles que são mantidos cativos. No entanto, os minutos se passavam e ninguém se aproximava para abrir a cela e conduzi-la ao pátio. Havia um silêncio incomum do lado de fora. Henakandaya não tinha presídio, mas uma espécie de grande delegacia que funcionava como um. Historicamente, considerava-se a cidade pacata. Os crimes que aconteciam eventualmente não justificavam a construção de um prédio grande demais para colocar seus detentos, e os grandes acontecimentos, que ocorriam de tempos em tempos, costumavam não deixar muitos sobreviventes. Além disso, era como se todos que vivessem ali compreendessem que aquela era uma cidade de ciclos, quase temperamental, diziam uns. As coisas aconteciam, causavam seus estremecimentos e depois passava-se um período em paz. Era desse material que Henakandaya era construída – e a maneira que vinha crescendo. Mas o prédio onde Marli se encontrava presa, sozinha numa cela, costumava ser ruidoso, especialmente quando chegava a hora do banho de sol, quando os presos começavam a ficar impacientes. Por isso mesmo, ela chamou por um dos carcereiros, mas quem apareceu foi o delegado, a quem chamavam de Dr. Romeu. Antes delegado titular da única delegacia de Henakandaya, fora transferido para essa, construída na entrada da cidade, onde podia ficar mais isolado e em paz, depois de ter estado à frente de uma investigação que criminalizara alguns cidadãos henakandayenses que haviam assassinado quatro pessoas, em mais um episódio peculiar e que gerara bastante controvérsia na cidade dez anos atrás. Agora, perto da aposentadoria, não queria mais ter que lidar com situações de grande porte, por isso pedira, e lhe fora concedido, esse novo local de trabalho. O que foi?, perguntou ele, depois de tomar um gole de café de um copo descartável. Ora o que foi... Está na hora do banho de sol, disse Marli. E quem abre as celas e escolta vocês? Marli achou que tinha alguma coisa naquele café. Porque não era possível, disse a si mesma. Dr. Romeu, todos os dias, nesse horário, somos escoltados para o pátio. O que está acontecendo? Que brincadeira é essa? Vou chamar o carcereiro, disse o delegado, olhar confuso. Quando o homem finalmente apareceu, Marli explicou a situação. Mas eu não sei como se faz para abrir essas celas. Do outro lado, Marli riu de nervosa e, suspirando, disse, Em geral o senhor tira as chaves do seu próprio bolso, abre cela por cela e nos escolta até o pátio, onde ficamos por volta de uma hora. O homem apalpou os bolsos do uniforme e encontrou um molho com algumas chaves. Pode parecer loucura e talvez seja, mas e agora, o que eu faço com isso? Tendo percebido que alguma coisa do universo do inusitado estava se passando naquele momento e lugar, Marli não pensou nem meio segundo, Agora o senhor as entrega a mim, o resto eu sei fazer.

Marli, que ainda deveria passar bons anos na cadeia, saiu pela porta da frente, sem ser impedida por quem quer que fosse.

A reunião promovida por Pedro e Roberto começou na hora marcada, num galpão de propriedade de Pedro, que era utilizado apenas quando precisava receber colegas dos Estados Unidos para discutir ideias e fazer esboços sequenciais das histórias que criavam em grupo. Era, em dias comuns, um lugar sem muito barulho, onde a maior parte dos sons era o dos lápis se movendo sobre papel. Não naquela noite.

Pedro ligou o microfone e o testou. Havia um cansaço na voz, irreconhecível para os demais. O cansaço do semblante, contudo, era inescapável. Com calma, explicou por que estavam todos ali. Antes de falar sobre si, preferiu ouvir parte dos presentes.

Verônica Lemos mencionou sua incapacidade de usar um telefone, depois de anos trabalhando como telefonista. Sarah falou sobre Bruno, seu filho, que conseguia escrever mensagens no céu ao movimentar os dedos no ar – mensagens estas que saíam sem que ele desejasse, como se fosse dominado por algo que não o pertencia. Eduardo relatou que podia se comunicar com seu cachorro. Por fim, Madalena disse, Eu consigo ler o que as pessoas pensam. Com o cansaço das entreconversas a cada comentário sobre o que mudara naquelas pessoas em particular ao mesmo tempo em que a cidade afundava num abismo ocasionado pela incapacidade de trabalho, Pedro explicou quem era Roberto. E pela primeira e também última vez, ele mostrou do que era capaz quando estava transfigurado como o Ponta de Navalha: com um olhar concentrado, cortou ao meio mesas e cadeiras colocadas diante de si, como se dele saísse uma espécie de raio. Assustados, alguns dos presentes se encolheram contra a parede ou no lugar onde estavam sentados. Era hora de conversar sobre soluções para o problema enfrentado pela cidade.

A noite estava longe de acabar.

Saldanha ouvira falar no atual burburinho da cidade, o de que as pessoas vinham perdendo a capacidade de fazer o que sempre fizeram, a vida toda. Ele não acreditava nisso. Achava que era um movimento grevista, provavelmente iniciado por esquerdistas, que ganhara força e entrara em ebulição, ocasionando aquela situação constrangedora para os henakandayenses diante de todo o país. Resolveu, ele mesmo, fazer o teste: trocar a lâmpada do quarto de sua filha, que queimara na noite anterior. Achava impossível que, mesmo que ele tivesse esquecido como trabalhar, não pudesse mais trocar uma simples lâmpada; não depois de passar mais de vinte anos mexendo nas instalações elétricas de quase todas as casas e prédios da cidade.

Pegou uma pequena escada e, com uma lâmpada na mão, utilizou a desocupada para retirar a que acabara de queimar do bocal. Enquanto a desrosqueava, Saldanha acabou por apertá-la demais, e ela estourou. Num reflexo ocasionado pelo susto, desestabilizou-se. Na queda que se seguiu, sua cabeça bateu na lateral da cama de sua filha. Perdeu a consciência imediatamente.

A associação, formada em sua maioria por enfermeiras que não sabiam mais como ajudar seus pacientes, recebeu um nome que lembrava o que era preciso fazer: ERGA.

Aos poucos, as pessoas compreendiam a necessidade de se adaptar a uma nova realidade, em que a profissão que exerciam era deixada de lado e elas precisavam aprender outras coisas. No dia em que se reuniram para oficializar a intenção de se organizarem, Suzana Beluga discursou para quarenta e poucas pessoas, a maior parte delas, mulheres: Chegou a hora de fazer algo por Henakandaya, pelos nossos, por nós. Estamos à mercê de tudo. Não existe mais poder público constituído, não existe mais segurança nem lugar seguro. Esse movimento é uma reação ao que está ao nosso redor, e que certamente vai piorar ainda mais nas próximas horas e dias. Não podemos mais apenas observar enquanto pessoas morrem, enquanto a população vai sendo dizimada por esta força desconhecida que retirou de nós a capacidade de sermos nós mesmos. Precisamos nos organizar e nos reinventar. Você está errada!, disse a voz de uma mulher, perto da porta, alto o suficiente para sobrepor-se à voz de Suzana no microfone. Era a voz de uma figura conhecida para alguns. Janaína Firmo, vereadora evangélica e defensora dos direitos da família. O que está acontecendo aqui é a vontade de Deus! Leiam a Bíblia! Apocalipse 14:7-10: "Temam a Deus e glorifiquem-no, pois chegou a hora do seu juízo. Adorem aquele que fez os céus, a terra, o mar e as fontes das águas". Um segundo anjo o seguiu, dizendo: "Caiu! Caiu a grande Babilônia que fez todas as nações beberem do vinho da fúria da sua prostituição!". Um terceiro anjo os seguiu, dizendo em alta voz: "Se alguém adorar a besta e a sua imagem e receber a sua marca na testa ou na mão, também beberá do vinho do furor de Deus que foi derramado sem mistura no cálice da sua ira. Será ainda atormentado com enxofre ardente na presença dos santos anjos e do Cordeiro!". Duvidam? Pois continuem a duvidar, continuem a querer modificar as provações de Deus Todo-Poderoso, que em pouco tempo vocês serão todos lançados no Lago de Fogo! Vocês pecaram, despertaram a indignação do Santíssimo e agora acham que podem escapar de sua fúria? Essa cidade sempre foi amaldiçoada... Desde o primeiro dia. Chegou a hora de vocês serem todos condenados, ouviram? *Condenados!* Alguém retire essa mulher daqui, pediu Suzana, ao microfone. Não precisa, eu sei o caminho da saída. E num último gesto, disse de forma a garantir que seria ouvida, Guardem minhas palavras, eu sou um instrumento da vontade de Deus! Não se trata de mim, se trata Dele!

Com a sua saída, a sensação que imperou foi a da pretensa paz que fica num lugar arrasado depois do final de uma guerra. Mesmo assim, era o mais perto da sensação de calmaria que podiam sentir em meio a uma tempestade.

Alice Caldeiras estava brincando com fogo, e sabia. Tendo vencido a maior parte dos prêmios de tiro ao redor do país, nunca deixava de voltar para Henakandaya, seu lugar de segurança. Dizia que, apesar das loucuras que a cidade fazia emergir de vez em quando, nada se aproximava da loucura que era percorrer o país com armas no bagageiro do carro. E agora, ao que parecia, se mirasse um alvo diante de si, não conseguia apertar o gatilho. Era algo que não conseguia aceitar.

Consciente de que era uma tarefa muito difícil, provavelmente impossível, ela retirou a arma do estojo e a apontou para uma fruta pendurada numa árvore do lado de fora de sua casa, no quintal. Em um dia comum, atingir aquela fruta não representaria qualquer dificuldade. Hoje, porém, era como retirar uma montanha do lugar utilizando as mãos. Um tiro explodiu, mas foi longe do que ela desejava. O que seria dela agora? Olhou ao redor do quarto, viu as medalhas e troféus espalhados pelas prateleiras. Então, deu-se conta de que não conseguia atingir alvos que ficavam diante de si, mas havia uma coisa que ela podia fazer com a arma que não precisava de boa mira.

Alice encostou a arma na sua cabeça.

Depois de conversar com Roberto, Pedro Máximo resolveu dizer sim ao convite feito por uma emissora de TV para entrevistar a ele e aos que ele havia reunido. Ela deveria acontecer, contudo, da forma que eles estipularam. Queriam que as pessoas soubessem o que estava acontecendo para além do caos trabalhista, por isso resolveram levar Verônica, Eduardo, Madalena, Bruno e sua mãe. Estavam todos no palco, dispostos a falar.

O jornalista fazia perguntas sobre quando as mudanças começaram a se manifestar. Todos disseram o mesmo: no dia em que as pessoas desaprenderam suas profissões e os problemas advindos disso se instalaram em Henakandaya. Bruno começou falando um pouco de si, mas talvez intimidado pela situação, hesitou. A partir daí sua mãe deu continuidade, explicando que sempre foi uma mãe zelosa, uma mulher viúva que procurava exercer a maternidade com atenção e cuidado. Pediu, olhando para a câmera, que as pessoas parassem de apontar seu filho como um ser agourento. As mensagens não vinham de sua vontade. É preciso deixar claro que ele é o meio, o que fica escrito no céu por alguns minutos não parte do desejo dele, garantiu.

E a senhora, Verônica Lemos, qual é a sua história?, perguntou o jornalista. Na realidade eu vivo uma vida muito simples, começou. Moro sozinha com um gato, sempre fui uma pessoa inofensiva, normal, nunca me envolvi com problemas dos outros... Não faço ideia porque isso foi acontecer logo comigo. Continue, pediu o jornalista, depois de uma pausa breve. Então a mulher explicou sobre sua incapacidade de identificar o que quer que fosse num telefone, quando antes, até consertar um ela conseguia.

Em seguida, Eduardo pegou a palavra. Explicou a respeito de sua vida em Curitiba, onde ele cresceu, e do seu amor por cachorros e por seu dálmata, que ele havia adquirido através de um amigo – animal com o qual, agora, ele conseguia se comunicar.

Madalena falou sobre seu pai, sobre a vida de cuidados que ele precisava levar, e que não sabia por qual razão desenvolvera a capacidade de ler o pensamento dos outros. No último bloco do especial, Pedro contou sua história, apesar de não ser novidade para boa parte dos moradores de Henakandaya. Relembrou seu período de pobreza, da vida humilde que levou em criança, do amor pela cidade e de como veio a se tornar uma celebridade local, mesmo rejeitando o rótulo e nunca tendo desejado ser uma figura pública.

O que as pessoas não sabiam, no entanto, é que cada um deles guardava um segredo que não estavam dispostos a revelar ali, na frente das câmeras.

Eduardo parou assim que ouviu a ordem do policial. Ou era isso, ou ser morto. Estirou os braços para a frente, deixou a arma cair no chão. O policial o algemou e foram para a delegacia. Lá, ouviu as acusações que existiam contra si: a de que vinha ganhando centenas de milhares de reais com o negócio de cães violentos, em sua maioria pitbulls, que ele treinava para serem transformados em máquinas de matar. O dinheiro vinha das apostas de gente que pagava para ver cães se esfolarem em rinhas clandestinas.

Meses depois, a sentença: dois anos de prisão e, depois desse prazo, ele teria de escolher um cão para cuidar por outros cinco anos. Se ao final desse período o cão estivesse bem e saudável, ele seria considerado um homem livre. Quando chegou o momento da escolha, Estampado surgiu. Eduardo resolveu recomeçar a vida de maneira silenciosa e discreta, por isso havia ido para Henakandaya.

Sarah e o marido chegaram em casa do trabalho quase ao mesmo tempo. Era o final da primeira semana de trabalho desde que ela voltara a dar aulas de química numa das escolas pública de Henakandaya, após uma longa licença para cuidar de Bruno, que havia acabado de nascer. A licença havia se estendido para além do imaginado porque Sarah havia tido problemas de saúde, agora superados. O filho, porém, continuava a não deixá-la dormir. Depois de um longo banho, Tomás foi até o quarto de Bruno. A babá já havia sido dispensada por aquele dia, e o contínuo choro da criança parecia preocupá-lo. No instante em que entrou no quarto, Tomás viu o inimaginável: Sarah batia com força no pequeno Bruno, mas só nas mãos, para que não ficassem marcas duradouras.

Àquela noite, foi Tomás que dormiu no quarto com o filho. Antes, ao exigir uma explicação de Sarah, ouviu apenas um quase inaudível, Ele não queria comer nem dormir. E eu estou cansada. Confuso a respeito da própria esposa, geralmente tão amorosa, Tomás lembrou-se de um programa recente que vira na TV sobre depressão pós-parto. Com toda aquela enormidade de sentimentos e informações, ele decidiu por deixar as ideias se acalmarem. Conversariam depois.

Na segunda vez que viu a esposa fazer a mesma coisa, depois de uma longa conversa em que ela se comprometeu a pedir ajuda, Tomás saiu de casa com o menino. Sarah foi à delegacia e denunciou por sequestro de incapaz depois que ela o acusou de ter amantes. Sem ter como provar a história do filho, foi obrigado a devolver a criança para a mãe. Na noite seguinte, juntou o que podia numa mala e foi embora para nunca mais.

Sarah dizia a todos que o marido havia abandonado a ela e a criança, mesmo recebendo dele, mensalmente, um dinheiro depositado em nome do filho. Tomás tinha a intenção de voltar para falar com ele num futuro próximo. Antes que isso acontecesse, porém, Sarah tinha a intenção de destruir toda e qualquer *lembrança que ela ou o filho tivessem do homem que um dia ela afirmou amar.*

Verônica Lemos amava tecnologia, em especial as que observava nos muitos modelos de telefone, cujos lançamentos acompanhava de perto. Desde que perdera os pais para o câncer, ainda na adolescência, aprendeu a viver em solitude, com aparelhos tecnológicos a lhe fazer companhia. Não se animava a buscar companhia humana, e nunca teve um namorado que ficasse ao seu lado por mais de um ano. Quando presenças masculinas se tornaram cada vez mais esparsas e escassas, não havia de sua parte qualquer desejo de lutar contra. Sua vida acontecia voltada para dentro.

No trabalho, entretanto, estava sempre com um sorriso, era afável com os colegas, saía com eles para uma cerveja depois do expediente, cumpria todo um ritual de amenidades incompatível com quem ela era de fato: a própria fonte de prazer ao falar dos outros ao telefone, a mulher que, em surdina, disseminava ódio e observava de longe o que ele era capaz de fazer.

O sentimento de orgulho era inegável. Quem não gostaria de assinar com a Marvel? Claro que isso não chegara a ele de graça. Ele era bom no que fazia. Mas apesar das negativas, Pedro não era tão abnegado de si mesmo como pregava. Seu sonho era o reconhecimento internacional. Queria ser maior do que grandes nomes dos quadrinhos, como Allan Moore e Robert Crumb. Para isso, isolava-se cada dia mais dos outros. Era preciso ser estrategista, e decidir quem destruiria e deixaria para trás. Muitos dos que se aproximavam dele o faziam por interesse, e ele sabia, mas não se importava, porque ele tinha com os outros as mesmas intenções. Há uma hora pra trabalhar e uma hora pra brincar, é o que dizem. Mas podia ser que ele estivesse brincando há tempo demais.

Desde criança Madalena gostava de inventar histórias. Ela se deu conta disso muito cedo, e nunca mais parou. No começo, sua família não se importava. Até achavam bonito ter uma criança em casa com uma imaginação tão profícua. Ela inventava histórias absurdas e as contava como se fossem verdade. No começo, as pessoas não acreditavam nela porque ela era jovem demais, aquilo era claramente coisa de uma criança com uma mente mirabolante. Mais adiante, quando ela já não era mais tão novinha, as pessoas inicialmente acreditavam, mas depois começavam a suspeitar que uma mulher que vivia numa cidade de menos de vinte mil habitantes não poderia ter vivido todas aquelas histórias sem que outros pudessem averiguar fatos.

Madalena era, também, uma mulher que não gostava de trabalhar. Não que ela não gostasse de um determinado tipo de trabalho, ela não gostava mesmo era de ter de trabalhar. Quando seu pai teve o derrame cerebral, encontrou nisso a desculpa para sair do seu emprego. Iria dedicar-se exclusivamente a ele. Sua mãe havia morrido há muitos anos, então, por que não? Ter a chance de viver com o que o pai ganhava era algo de que ela não podia abdicar – e que ela nem se via fazendo.

Enquanto isso, continuava a inventar histórias.

No dia que viu o cartaz com o endereço conclamando os modificados a se reunir, seu pensamento foi, E por que não? Mas era preciso ir preparada, e foi por isso que afirmou para todos que podia ler pensamentos. A verdade é que ela mal conseguia ler as legendas dos filmes. A quem ela queria enganar?

Deu certo, por um tempo. O tempo dela precisar despertar para sempre.

Aos quase duzentos anos, impressionava ver os rumos que Henakandaya tomara desde que Elias Carcará chegou àquele chão com mulher e filhos. Fábricas, escolas, hospitais, uma universidade... e o salto de uma população de cento e poucos habitantes quando ela começara a ganhar forma para quase vinte e cinco mil dois séculos depois.

Ainda era uma cidade pequena – muito porque ela quase nunca era a primeira escolha de quem buscava um lugar para fincar morada. As histórias da cidade percorriam o mundo ora como lenda, ora como piada, e a verdade é que só sabia o que realmente ocorria naquela cidade regida por seus próprios códigos, comportamentos e leis quem de fato residia nela. Verdades grotescas, que incriminariam autoridades e seu próprio povo, pareciam ter o poder de permanecer apenas na cidade – como se apesar das muitas histórias que circulavam, uma espécie de proteção resguardasse os que ali habitassem de maneira a evitar punições – e, de certa forma, também perpetuando os eventos que ocorriam de tempos em tempos.

Certas coisas numa cidade daquele tamanho não mudavam, apesar das constantes transformações físicas pelas quais a cidade passava. Uma delas era um certo provincianismo ligado a determinados comportamentos. A cidade inteira estava completamente absorta na entrevista que algumas pessoas que se diziam modificadas davam na televisão. Janaína Firmo continuava alheia ao que os homens faziam para tentar alterar o que acreditava ser obra da mão de Deus. Mas se era preciso ajudá-Lo em sua imensa obra, aquela não era a hora de hesitar. Por isso foi até a casa de Madalena, dizendo a si mesma durante o caminho que era instrumento da obra divina. Com esse pensamento em mente, ela entrou na casa sem dificuldade. O barulho do aparato que mantinha o pai de Madalena vivo fazia um som peculiar, que a atraiu para onde ele estava sem que ela tivesse que procurar. Primeiro ela pensou em usar uma faca, mas seus olhos esbarraram em uma almofada num sofá ali perto. Ela se deu conta, então, que para ajudar a Deus nem precisaria sujar suas mãos. Num ato contínuo, ela desligou a máquina que o mantinha vivo e, com as duas mãos, pressionou a almofada contra o seu rosto. O homem soltou alguns débeis gemidos, o corpo tentou rechaçar a morte iminente por sufocamento, mas não havia forças com as quais lutar. Depois, Janaína recolocou o aparelho na tomada, ajeitou sua roupa no corpo, seus longos cabelos, e fechou a porta atrás de si com um clique discreto.

Ela tanto sabia quanto sentia que Deus estava cheio de orgulho dela.

Letícia Vanduce abriu suas mãos devagar. Enquanto ouvia o som dos temperos caindo na panela, sentiu um princípio de desespero: depois de mais de trinta anos como cozinheira, ela não conseguia mais mensurar a quantidade de ingredientes, temperos, de nada que resultasse em um prato advindo de uma boa receita. Até ali havia se recusado a acreditar no que vinham dizendo sobre os últimos acontecimentos em Henakandaya, muito porque não queria cogitar a possibilidade de que o mesmo acontecesse a si. Entretanto, permitir-se entender a realidade como um fato não era mais uma questão de escolha, tratava-se apenas de enxergar o óbvio.

O desespero assomou-se dentro dela. Cozinhar fora a única coisa que fizera a vida inteira, não sabia fazer mais absolutamente nada. Não tinha reservas no banco, seu trabalho era braçal e diário. Como iria manter-se, como iria pagar pelo mínimo necessário para levar a vida? O desespero rapidamente se transformou em ódio, e disso Letícia entendia. Com um movimento de braço, saiu arrastando tudo o que estava sobre a mesa da cozinha, que caiu com estardalhaço no chão. O barulho de utensílios e vidros se quebrando chamou a atenção de sua mãe, uma senhora de oitenta e quatros anos, que foi o mais rápido que pôde para a cozinha, atordoada, na tentativa de compreender o que estava acontecendo. Lá, encontrou Letícia chorando no chão, perto de um dos armários.

Foi nesse momento que ela começou a sentir uma dor aguda no peito.

Enquanto saíam do estúdio puderam ver várias pessoas se aproximando, algumas tirando fotos e outros repórteres, dentre os quais Carmen, da rádio Cidadã de Henakandaya, de microfone em punho. Janaína Firmo estava lá, segurando cartazes com dizeres sobre aberrações e ausência de Deus junto a algumas mulheres de sua igreja. Pedro e Roberto foram os primeiros a chegar à rua.

Sabendo que suas vidas seriam alteradas para sempre, mas certas de que faziam a vontade de Deus, elas correram em direção aos dois, facas em punho. Pedro conseguiu escapar com alguns ferimentos, mas Roberto foi esfaqueado com gravidade. Quando outras pessoas chegaram e fizeram o papel que antes seria da polícia, Roberto continuava no chão, esvaindo-se em sangue.

Pedro havia corrido sem rumo. Quando enfim chegou a um beco, pôde finalmente parar e olhar para o que aquelas mulheres haviam feito ao seu corpo. O que ele viu foi da ordem do insólito: ao olhar para o seu braço, ele conseguia enxergar *através* dele. Achou que ainda estivesse em pânico, mas não. Quando voltou a olhar para si, percebeu que estava de fato se tornando transparente. Veio a dificuldade de respirar. Havia chegado o momento de compreender que quando Roberto lhe dissera que ele não podia existir sem que ele também existisse, servia para ambos. Ele também vinha vivendo como um personagem para os outros. O Pedro verdadeiro, que sequer era Máximo, aquele que existia antes da fama, dos contratos e da glória, não existia mais.

Ele deixou-se cair até o chão e ficou lá, parado, até que nada mais restasse.

Mais de uma semana depois suas roupas foram encontradas no beco, o pouco que restou do que um dia fora um homem de tantas qualidades.

Ao mesmo tempo em que uma imensa comoção havia se criado diante do homem esfaqueado por Janaína, outras pessoas que estavam por perto tentavam se afastar em meio à multidão. Sarah segurou a mão de Bruno com força e apertou o passo em direção à sua casa. Havia dito ao menino que queria sair dali o quanto antes. Não quero mais falar com repórteres, foi a última coisa que ela disse antes de ser atingida por um carro surgido do nada, que passou arrastando o que estivesse à sua frente.

Sarah acordou no hospital, dois dias depois, e pediu para ver Bruno. O médico a informou que devido à gravidade da sua situação, o menino estava em coma induzido, na UTI infantil. Como ele está, doutor? Em estado grave. Mas por favor, descanse. Se tudo correr bem você vai ser liberada amanhã pela manhã. Doutor, eu quero mais do que palavras evasivas: *qual é o real estado da saúde do meu filho?* Eu quero vê-lo. Hoje! Agora! Havia um sentimento dentro dela que lhe era completamente desconhecido até ali. Uma enfermeira se aproximou e deu-lhe uma injeção. Antes de escorregar para dentro do sono, ela ouviu os médicos falando a respeito de um rosto muito machucado, da região do tronco precisar de cirurgia. Mas não havia qualquer possibilidade de reagir.

Sonhou com uma mãe e um filho brincando num parque repleto de verde. Havia sorrisos e comidas gostosas: era uma manhã solar. Sarah havia finalmente despertado.

Madalena soube o que iria encontrar em casa assim que passou pela porta da frente.

Quando o que supunha se confirmou, os pensamentos se transformaram em vendaval: *se* ela não inventasse tantas mentiras, *se* ela tivesse cuidado da sua própria vida ao invés de depender tanto de seu pai, *se* ela não houvesse fingido ser quem não era – ela não teria ido parar na TV e, por conseguinte, estaria em casa cuidando do pai, evitando que ele morresse.

Decidiu então tomar entre as mãos o desejo que o pai demonstrara ter a seu respeito desde pequena, e procurar ajuda profissional. Era hora de viver sua vida.

Por ter sido um dos entrevistados na televisão, Eduardo foi ouvido pela polícia federal, que havia chegado a Henakandaya para tomar conta do caso. Sabia que a partir dali não havia mais máscaras.

Era inacreditável que não importava para onde ele tentasse escapar e recomeçar uma nova vida, seu passado encontrava uma maneira de voltar. Quando decidira ir para Henakandaya, pensou poder parecer a todos que era um tranquilo solteirão em uma cidade onde poderia viver com relativo sossego. Não que isso fosse impossível, mas depois de tudo o que acontecera e ainda vinha acontecendo, era melhor dizer à polícia quem ele era antes de ser questionado por que resolvera omitir os fatos e levantasse infundadas suspeitas. Sabia que no momento que revelasse sua história, os ventos de Henakandaya fariam com que todos à sua volta soubessem.

Estava enganado. Quando algumas pessoas souberam dos motivos que o levaram àquela cidade, foi porque ele mesmo resolveu contar. Sentira que precisava dizer a verdade para aqueles em que acreditava poder confiar. Ele era, afinal, apenas um homem com seu cachorro – que sim, continuava a falar com ele; só que agora, embora parecesse ser da mesma forma de antes, Estampado se comunicava como todos os outros cães.

Meses depois, Henakandaya parecia começar a ganhar ares de normalidade. Verônica Lemos, no entanto, descobriu que o caos agora era dentro de si. A mesma terrível doença que matara seus pais havia tomado conta do seu corpo. Começou no peito e rapidamente atingiu a garganta, fazendo com que ela não pudesse mais se comunicar através da fala. Como não tinha paciência ou desejo para se comunicar através da escrita, resignou-se ao silêncio.

Verônica viu-se esmorecer, esquecida, abandonada de si mesmo. Morreu em casa, de olhos completamente abertos, mirando o teto branco e vazio acima de sua cama.

O caos governa quando as pessoas se desagregam.

Os meses que passou no comando de Henakandaya pareciam ter chegado ao fim, no entanto. A maior parte das pessoas jamais voltou a desempenhar suas profissões anteriores. Com tempo e paciência ao longo dos anos, os moradores da cidade foram aprendendo novas habilidades – era tempo da sociedade se reorganizar. Sabiam que haveria cicatrizes por muitas gerações, mas Henakandaya parecia ter vocação para se entender com elas sem reclamar.

Um bom futuro não tardaria: agora estavam completamente despertos.

Uma vida boa é uma vida breve
(1951-2014)

Amou primeiro a casa. Antes de se compreender envolvida no amor pela mãe, pelo pai, pelos bichos que circulavam ao seu redor e que ela também iria amar, foi a casa onde se sentiu pela primeira vez abrigada de qualquer perigo, acalentada diante de seus medos, e por isso a amou, como forma de devolver àquele lugar o que recebia e que ela não saberia retribuir de outra forma aos quatro anos e meio. E porque amou de amor consciente nem ela, nem a casa, jamais seriam as mesmas.

Ainda era de madrugada quando Marli foi até o quarto dos pais e disse que a cama havia se mexido. O pai, que precisaria estar de pé para trabalhar dali a não mais que algumas breves horas, não quis esticar a conversa, Pois venha pra cá, durma entre a gente, pediu, acolhendo a menina entre ele e a esposa e dividindo com ela o seu lençol. Na manhã seguinte, o pai da pequena Marli Esteves percebeu uma pequena rachadura perto da cama, que ele mesmo ajeitou quando chegou, à noite, devolvendo em seguida a cama ao devido lugar. Não demorou, porém, e uma prateleira caiu no chão, duas portas começaram a se desparafusar, e a cama de Marli voltou a sair do lugar. Alguns meses depois não era mais mistério: a casa estava mesmo encolhendo. Fosse porque fosse – e os pais de Marli moravam há tempo demais em Henakandaya para questionarem – não cabiam mais nela, nem as coisas que possuíam. E por isso precisavam buscar um outro lugar para morar.

A pequena Marli ficou desconsolada. Não queria abandonar a casa. Eu amo tanto a nossa casa, pai. Filha, repare: não há mais espaço para nada. Seu próprio quarto se tornou muito menor do que era. Antes que tenhamos de vender ou doar o que ainda temos, precisamos de um lugar onde caiba a nossa família. A menina chorava em silêncio. Ouvia o pai, tinha uma admiração total por ele, que mais adiante ela aprenderia a controlar para não transformar em amor por medo que lhe ocorresse um destino de morte. Mas ainda não tinha noção do que o amor era capaz de causar a si e aos outros, então dentro de si e no mundo lá fora ela se deixava existir como bicho criado solto.

Como forma de agrado e consolo, deram à menina um casal de pássaros assim que chegaram à casa nova. De ignorados inicialmente passaram a amados peremptoriamente. O traço do amor estava no cuidado e na atenção, que ela aprendeu também serem características para qualquer tipo de amor. Ao amar os pássaros, viu as penas do macho caírem todas. A fêmea já não sabia mais o que era colocar ovos. Eles não gostam de mim da mesma forma que eu deles, disse a menina ao pai. Foi então que aprendeu a desamar – com a rapidez que só criança. No dia seguinte o pássaro depenado voltou a comer. Vigorou-se, e com isso, no silêncio da noite, fez por onde a fêmea colocar ovos novamente. Foi a senha para Marli redescobrir o amor, intenso e perene: no dia seguinte, ambos amanheceram mortos. Ainda ali ninguém dissera nada, é como se sobre eles houvesse caído algum tipo de anátema, e aceitavam porque não se revida o que não se pode enxergar. Foi só quando vieram as rosas que os pais entenderam.

Marli veio da escola com uma pequena flor, que deveria ser plantada, se possível perto de outras. Com autorização da mãe, ela mesma cavucou a terra, depositou a muda, que cobriu com estrume e umedeceu. Passou a cantar para a flor – haviam dito que isso faria com que elas se desenvolvessem melhor. E foi também de amar a flor que um jardim se desfez.

Já estavam deitados quando Evaldo resolveu puxar o assunto que não se queria conversar. Existe algo de muito sério acontecendo em nossa casa, Sueli, e eu gostaria que conversássemos a respeito. A mulher esticou o braço e acendeu o abajur lateral. Então virou-se para o marido.

No dia seguinte Sueli perguntou para as empregadas se Marli havia feito algo às rosas do jardim. Cantou para elas e pegou no caule, disse uma delas, seguido do aquiescimento da outra. Bastava. Quando deu as costas, uma comentou, Aquele dedo só pode ser podre. Eu que não quero aquela menina pegando em mim, concordou a outra.

Com elas não havia perigo, não havia esforço afetivo entre Marli e nenhuma daquelas mulheres. Mas com o pai, que a acolhia diante de suas inexplicáveis intempéries, havia. Àquela altura a menina já contava seus oito anos, quase nove, quando Evaldo começou a perder os dentes. Acordou no meio da noite, engasgado. Tossiu, tossiu, Sueli deu-lhe uma pancada nas costas – então ouviram um barulho que depois, de luz acesa, descobriram ser um dente que havia voado até a parede. Naquele mesmo dia, durante o almoço, outros três dentes se misturaram ao que ele mastigava. Foi ao dentista, que não viu nada de errado com eles, nem com sua gengiva – estava tudo certo na sua boca, então que diabos? Quatro dias depois, Evaldo não tinha mais dente algum na boca. Foi então que lembrou--se da filha. E do carinho que ela tinha por ele, um tanto diferente do que ela tinha pela mãe. Sua mente tratou rapidamente de juntar o sentido das coisas. Foi quando se soube amado que entendeu tudo. Quando explicou a sua conclusão para Sueli, ela foi ligeira em revidar, Daqui pra frente, preciso cuidar para não ser amada. Sueli sempre fora mulher pragmática. No que mais aquilo poderia resultar? Melhor manter-se atenta. Entendia que sobreviver seria sempre uma questão de sagacidade. Sua estratégia funcionou. Nunca teve amor e, por medo, nunca deu amor. Quando morreu, pouco antes da filha cometer um crime que libertaria a cidade, sentia que mais valia ter morrido mais cedo do que com a mácula de não saber o que era amor filial. Ao lado dela, na cama, suores tremendos, pediu perdão. É preciso que a gente se perdoe mutuamente, disse Marli, não mais menina. E hoje eu sei, mamãe, o quanto eu te amo. E quando disse essas palavras, passou a mão no rosto molhado da mãe. Foi como se fechasse os olhos de um morto.

 Quando completou catorze anos, já havia perdido para o amor mais do que poderia contabilizar. Era um horror que fosse feita de amar. Como aquilo se tornara um segredo de família, nunca associaram a ela nada do que acontecia à sua volta, ainda mais porque a cada novo ano Marli ia se tornando uma jovem amarga. Evaldo e Sueli sabiam, ela também. Guardar dentro de si aquele segredo era como dar de comer ao ódio. Aos dezoito anos, decidiu-se casar. Era preciso ser sábia e casar com um homem que jamais poderia vir a amar.
 Conheceu Geraldo numa viagem que fez a Belém do Pará. Havia ido até o norte do país na tentativa de buscar explicações para o que lhe acontecia. Haviam lhe dito que

no meio da floresta, vivendo dentro de uma árvore gigantesca e milenar, havia uma mulher cujo corpo e tempo de vida se confundiam com o da própria natureza e que poderia lhe dar algum tipo de resposta. Por que o dedo do demônio fora tocar justamente nela?, era o que mais queria saber. Quando sentou diante da mulher, pensou que fosse desmaiar. Toda a umidade daquele lugar, mas o medo de saber algo com que não pudesse ou conseguisse lidar e o receio do futuro fizeram com que um raio de dor atravessasse seu corpo e fosse parar dentro do seu estômago. O que você quer saber é algo que só você e a cidade onde você mora poderão resolver, começou a mulher. Você sabe que aquela terra é amaldiçoada, não sabe? Marli disse a ela que ouviu dizer, mas nunca fora atrás de saber maiores detalhes. Sim, menina. Foi. No meu olho que vê a poeira do tempo enxergo onças, índios, brigas, e um ódio que atravessa gerações e vai continuar a atravessar por bastante tempo ainda, quando qualquer uma de nós já estiver morta. Então não tem o que fazer?, inquiriu Marli. Existem coisas que o deitar e o levantar do sol não mudam. Você vai para casa e vai cumprir a sua missão. E qual é ela?, perguntou. Sua missão tem a ver com o seu povo. Na hora de causar liberdade você vai saber que armas empunhar.

    Marli ainda não sabia do que era capaz de fazer, mas quando o fez, lembrou-se da velha na floresta. Cumpria uma missão, dizia-se todos os dias. E era o que a mantinha viva. E o que a faria matar.

    Quando saiu de dentro da árvore seu guia a aguardava. Diante da lama e das enormes raízes retorcidas, o homem estendeu-lhe a mão calejada, que ela segurou como quem se apoia num galho de árvore. Enquanto caminhavam para o carro, ele começou a conversar. Ela percebeu que seus passos ficavam mais curtos, como se ele quisesse se demorar mais até chegar ao veículo. Anos depois ela saberia que a estratégia de Geraldo fora justamente aquela. Deu-se conta de que ele também dirigia muito mais lentamente até o hotel. Ao final da viagem, deu a ela seu cartão de visitas. Ele já estava completamente apaixonado. Ela sabia que jamais se apaixonaria por um homem corpulento como aquele, de pele grossa, ombros exageradamente espadaúdos e pernas curtas. E por isso mesmo soube naquele exato instante que era com ele que casaria.

Há anos havia tomado a decisão de não ter relações profundas. Ninguém tinha a posse de suas dores a não ser ela mesma. Intuía que quanto menos mazelas houvesse, menos odiaria o fato de estar viva. Amar a si mesma ela podia – ao menos isso a vida havia lhe concedido. Se era fato que alegrar-se ao diminuir ao seu redor a tristeza melhorava sua existência, então ela finalmente chegara à compreensão do que dissera a velha com a ideia de missão.

Geraldo mudou-se para Henakandaya quando se aproximava a data do casamento. Era preciso providenciar casa, transformá-la num lar. E viveram bem, até que Luiz Alves, vulgo Trovão, apareceu na vida de Marli ao fazer com que seu marido desaparecesse para sempre.

Foi num domingo desses que a gente acredita que nada muito grandioso pode acontecer. Marli acordou, tomou café com o marido e foi lavar algumas roupas, como resposta ao sol que tinha lá fora e à necessidade que tinha dentro de casa. Ela se lembrava de ter visto Luiz Alves por detrás de si enquanto estendia as roupas limpas, num vislumbre. Corria a história que ele andava fazendo as coisas acontecerem pelo simples querer. Foi só somar os fatos.

O moleque, que nascera mudo, ganhara uma língua dos deuses – e a tal língua, que transformava suas vontades em verdades, fora capaz de transformar a vida de Marli de forma irrevogável – inclusive porque, após o desaparecimento do seu marido, ela se tornaria dali em diante uma mulher que matava a sede bebendo da própria bile. A paz que não tinha mais transformou-se no ódio que nunca mais a abandonaria – e por isso buscou razões para alimentá-lo porque compreendia que ou era isso ou se tornaria passível de amar, e o amor – sabia – fazia com que ela causasse nos outros feridas que ela não tinha condição de mensurar porque não sabia como nem quando elas se dariam. Nem em que medida. Percebeu que as próprias características do que causava aos outros eram, elas mesmas, atributos do amor, e aquilo a amedrontou. Perguntou-se por um instante se a maldição que tornava sua existência tempestiva não seria na verdade o medo de amar – a ausência da entrega, o não partilhar, o sentimento rarefeito – mas o pensamento logo se desfez diante da necessidade de caçar Trovão, o que acabou por fazer com a ajuda de alguns cidadãos henakandayenses. Foi além, e capturou os pais do menino, que no seu entender também mereciam ser punidos por não facilitarem sua captura – e foram, antes e diante do olhar estupefato de um Trovão impossibilitado de qualquer movimento, cuja reação era tão interiorizada, caótica e solitária diante da grandiosidade da ira de toda uma cidade que perdeu-se como se tivesse sido dispersada para dentro do vácuo. Até o fim negaram saber o paradeiro de Luiz. Tivessem dito, teriam o mesmo destino: pendurados por uma corda no pescoço às duas árvores transplantadas para uma praça que seria inaugurada pela prefeitura com o nome do marido de Marli. A cidade, como um todo, não apenas consentiu como foi condescendente com a atitude dos henakandayenses liderados por Marli e o gesto de pendurá-los em praça pública como marco inaugural de um espaço para a convivência coletiva. Fortalecida pela anuência dos seus concidadãos, transformava-se ainda mais uma vez. Agora, dava vazão a um instinto de justiçamento, tomando para si dores alheias. Tornava-se não apenas porta-voz, mas juíza e carrasco no que dizia respeito às principais mazelas da cidade. Batia na porta de devedores, ameaçava, aumentava o tom de voz. Quando, na virada do milênio, um surto de sono entre crianças determinou um novo destino para Henakandaya, Marli foi a primeira a se fazer presente nas reuniões e coletivas das autoridades, fossem do governo ou do hospital onde as crianças dormiam, como que encasuladas. Muitos anos se passaram até que uma nova perspectiva fosse apontada como flecha lançada em direção ao futuro: as crianças, agora adolescentes, acordaram. Mas se agora estavam despertas, não parecia ter sido algo bom. Quando um surto de suicídio arrasou com dezenas de famílias dentro da cidade, atingindo inclusive os recém-despertados, Marli intuiu que seria ela a pessoa que interromperia o ciclo de mortes. Reuniu uma força-tarefa para debater possibilidades. Munida do bilhete deixado por Luiz Alves quando sumiu dos olhos da cidade, lia e relia a mensagem: *Cuidem para que não morram.* Entendeu aquilo como um sinal. Era preciso matar os últimos adolescentes que haviam despertado. Do contrário, Henakandaya seria dizimada pelo suicídio. Ninguém concordou com seu plano. Eu vou colocá-lo em prática e vocês vão me agradecer, avisou. Segundo o seu entendimento, os dois últimos adolescentes remanescentes do longo sono se mantinham vivos porque não moravam mais na cidade. O mesmo valia para seus pais. No entanto, a cidade exigia que elas tivessem o mesmo destino que as demais. Enquanto isso não ocorresse, Henakandaya continuaria a exterminar seus habitantes.

Foi até o guarda-roupa, onde Geraldo mantinha suas armas do tempo em que trabalhara com escolta e segurança particular. Eram instrumentos bem conservados, pelos quais tinha cuidado e zelo. E que, depois de testados, seriam utilizados com toda a sua imparável força telúrica.

Não foi difícil descobrir onde moravam as famílias que levaram suas duas crianças para fora de Henakandaya. Eram muitos os ouvidos naquela cidade. Com as armas dentro do carro e os pensamentos em Geraldo, Marli dirigiu os quilômetros que separavam as duas localidades. Observou a rotina das famílias, que descobriu morarem em casas vizinhas e costumavam sair juntas, talvez porque isso desse a elas uma falsa sensação de proteção.

Não foi difícil organizar o plano para exterminar os adolescentes e fazer voltar à normalidade Henakandaya. Um carro atravessado no caminho, armas na mão, tiros. Para o caminho da liberdade não existe escolha possível, por isso foi preciso exterminar mais do que os adolescentes. Marli entrou em seu carro e pegou a estrada fazendo o caminho de volta. Ao se aproximar da entrada da cidade e ver as flores multicores que caíam, teve a certeza: a maldição – *aquela* maldição – havia se rendido.

Entrou em casa protegendo-se das pétalas que caíam como gotas. Anunciou seu retorno por telefone a um dos membros do grupo com quem costumava se encontrar. Vamos esperar essa chuva de flores passar, disse a mulher do outro lado. Então marcamos de nos encontrar. O céu está assim desde que Luiz Alves voltou. Quem voltou? Na verdade, veio e se foi. Enquanto você estava ausente, ele voltou à cidade. Pediu ao padre para reunir todas as pessoas que há anos tinham sido tocadas pelos humores de Henakandaya e haviam tido o sexo trocado dentro de suas roupas íntimas. As pessoas se assomaram no salão paroquial. Soube-se depois que ele devolveu a genitália original a todas elas, com um gesto de mão e uma fala silenciosa, dizendo a elas que precisavam sair da cidade. Se permanecessem por mais um só dia, ou se regressassem, teriam novamente o sexo invertido. Todos se mobilizaram para sair da cidade. Mas foi ao saírem do salão paroquial que as flores começaram a cair, como um sinal da verdade dita pelo hoje homem Luiz Alves.

Marli estava perplexa. Então não havia sido por causa de *sua* atitude de benevolência?

Antes de reunir-se para anunciar o que havia feito, porém, soube que as pessoas também haviam parado de se suicidar. De repente, Luiz Alves passava a herói em Henakandaya. Não! Não! Ele pode ter conseguido reverter a situação de sofrimento dos que sofriam há anos com a genitália trocada, mas quem evitou mais suicídios fui eu!, dizia. Não demorou, e a polícia chegou a sua casa.

Depois de responder a um curto processo, Marli foi condenada e, até a noite anterior, quando sonhou com Geraldo instando-a a sair da prisão e vendo a possibilidade real disso ocorrer, ainda que não compreendesse, ganhou as ruas. Assim como Luiz Alves, também ela havia cumprido sua missão: era hora de se retirar de Henakandaya.

Foi no alto de um morro que ela conseguiu morada. De cima dele, via-se de um lado Olinópolis, primeiro nome do que hoje era Henakandaya e que hoje era um pequeno município apenas, e do outro, a cidade dos muitos mistérios, que nunca parava de crescer.

Era uma casa simples, que lhe foi alugada em troca de trabalho. Na prisão, Marli aprendera a bordar. E era do enlaçado das agulhas que vivia. Fez amizades que não faria se tivesse voltado a habitar entre os seus. Conheceu uma vida, aos 61 anos, que nunca tivera antes, e por causa disso vivia a sorrir. Só de vez em quando acordava sobressaltada: tinha o sonho recorrente de que descobriam de onde ela viera e não aceitavam seu passado. O que no fundo era uma tolice. Convivia com ex-presidiários, pessoas que tinham trabalhos muito simples e chegavam em casa depois que a madrugada começava. Mas no fundo, e embora tivesse ido ali para isso, sentia-se isolada. Isolada quando queria dizer: solitária. Nos dois anos que passara no morro não amara ninguém. Sabia que podia ir de dor em dor, mas silenciosa, quieta.

Dois anos depois que saiu da prisão, uma chuva tão torrencial quanto incompreensível, como se tivesse surgido para esse fim, derrubou várias casas no morro. Marli acordou sendo engolfada pela areia e lama, sugada para dentro de um buraco, sem jamais ter tempo de compreender. Morreu achando se tratar de um sonho ruim.

Aos poucos, todos os moradores se reergueram, exceto Marli, dali em diante esquecida. Coração que não bate não evoca saudade.

A volúpia é uma flor que nasce onde a mão não alcança (2021-)

Maria ainda mastigava a torrada no café da manhã quando por impulso levou a mão ao peito e disse para o marido sentado diante de si, Estou morrendo. A frase foi dita sem alarde nem lamentação, era antes uma constatação de que aquilo que até ali chamara de vida estava prestes a se esvair para sempre.

Tião pegou entre as suas as mãos da mulher e disse numa urgência, Que faremos? Não há o que fazer, Tião. Nenhuma ambulância chega no alto desse morro a tempo de o que quer que seja. Me deixe ir, eu vou em paz. Tião, que tinha os nervos mais dados às intempéries das circunstâncias, tremia, mas tentava se conter; não queria que a mulher o visse agitado bem na hora de sua morte, ainda mais estando ela calma como se tivesse dito que dali a pouco voltava. Quero lhe pedir uma coisa: aproveite a vida de solteiro. Depois dessa chuva cuide de despachar meu corpo para um buraco, e quando a última pá de terra for colocada em cima da cova, saia do cemitério e vá viver. Tião viu graça, mas foi nesse instante que a cabeça de Maria pendeu para o lado e ela ficou encostada na parede, sentada, olhos fechados, a respiração diminuindo de ritmo até parar.

Moravam juntos desde que eram ainda jovens e lançados ao acaso. Acreditavam que haviam se encontrado e aquilo bastava, e foi assim que viveram durante todos os anos que passaram juntos, numa fenda do tempo aberta apenas para eles, onde só eles cabiam, certos de que uma vida a esmo também era uma vida guardada de significado.

A casa era a mesma de quando chegaram antes dos vinte anos no começo da década de 90, no alto de um dos muitos morros que circundavam Henakandaya. Gostavam da ideia de morar entre desiguais, por isso mesmo quando tiveram uma condição um pouquinho melhor não quiseram sair. Sabiam-se pertences a um estilo de viver pouco compreendido. Quando Maria morreu, em 2021, quem olhasse dentro de sua casa encontraria um ambiente de quarenta anos para trás. Não é que tivessem parado no tempo – é que preservavam a origem dos seus percursos.

E até ali adoravam as chuvas. Se imiscuíam para dentro dos lençóis e ficavam juntos trocando calor e sexo e aquilo era bom. Não tinham mais a mesma vitalidade da juventude, agora que se aproximavam dos cinquenta anos, mas viviam uma existência sem grandes cobranças, eram almas desprendidas, então do jeito que desse lhes bastava. Nunca se sentiram metades encontradas; era justamente por serem inequívocas peças de difícil substituição que se amavam da maneira como o faziam.

Cumpriu o que Maria esperava ao final de uma semana de chuva. O que fizera com o corpo nesse tempo todo não requer maiores detalhes: um invólucro de madeira que ele mesmo fabricara nos fundos da casa. Ainda pensou em atulhar o caixote com gelo, mas logo em seguida concluiu que iria apenas deteriorar o corpo da mulher com ainda mais rapidez, inchar a madeira e, ademais, não havia como produzir gelo o suficiente para preservar o corpo até que pudesse entregá-lo à terra.

Quando finalmente o fez, a pá que utilizara tantas vezes para retirar terra de onde seria construção, agora revolvia o espaço aos seus pés para fazer um buraco, e entrava com tanta maciez terra adentro que era quase como se ela aguardasse o corpo da mulher de Tião. Procurava enfiar a pá cada vez mais fundo, e trazê-la de volta à superfície com mais areia. Há dias sua Maria não cheirava bem e, embora estivesse fechada sob muitos pregos e não tivesse de vê-la, não queria de forma alguma ter de lidar com um corpo liberando líquidos e mau cheiro porque não queria ter essa memória do corpo do que fora sua companheira por tantos anos, onde por inúmeras vezes havia se aninhado, onde havia estado enrijecido ou flácido, corpo de mulher vital, que tão bem o recebera todas as vezes.

Sentia a terra cheirando a sangue, sangue de mulher, como se fosse, ela própria, um bicho no cio. Como podia estar no cio que é vida se ali estava entregando um corpo para o final do ciclo? O que seu olfato estava querendo dizer?

Lembrou das palavras de Maria. Depositou o caixote com seu pequeno e aconchegante corpo sob a terra e o fechou. Sim, ele iria aproveitar a vida de solteiro, disse silenciosamente para Maria. Ali estava marcado o recomeço, conforme lhe fora pedido. A terra estava prenhe de desejo. E eram muitos.

Havia um esboçar de luz no céu quando bateram na porta de Tião, aparentemente vindo de mãos sem anéis, devido à força. Ele, que não conseguira fechar os olhos e dormir, saiu da cama num salto e abriu a porta sem pensar. Disse Bom dia sem entender o que se passava. Cinco mulheres formavam uma fila diante da sua porta. A primeira delas usava apenas calcinha e sutiã, as demais tinham quantidades variadas de peças de roupa no corpo. Suellen, que estava diante do seu rosto quando ele abriu a porta, disse apenas, Hoje é uma de cada vez, Tião. As outras vão esperar aqui fora, quietinhas. E, dizendo isso, lambeu seus lábios, tirou um lenço do pescoço e o amarrou na maçaneta da porta como se ali houvesse um significado, pegou-o pela mão e do resto mais ninguém deu conta.

Não demorou até que os rumores começassem a se espalhar por Henakandaya. Ao que parecia, Tião havia encontrado alguma fonte muito boa de dinheiro após a morte da mulher para gastar com as putas mais caras da cidade, advindas da Casa Vermelho Ver-te, que faziam fila a partir das quatro da manhã à sua porta. Inclusive porque deveria ser ainda mais caro ter que se deslocar até aquele morro, já quase na saída de Henakandaya.

Quando Tião decidiu seguir o conselho de Maria, não imaginava o cenário que viria com a decisão. Havia dias em que não trabalhava, passando o dia inteiro na cama com diversas mulheres. Então um dia, antes que a próxima da fila começasse a se despir, ele perguntou, O que é que está acontecendo? Por que isso? Por que eu? A mulher olhou para ele como se fosse algo óbvio: É o cheiro que você exala, Tião. De cachorrão danado, de homem viril, que não falha nunca.

Pela natureza do seu trabalho, precisava circular pela cidade, onde seus clientes estavam e precisavam de reparos em seus banheiros, cozinhas e demais lugares da casa. No entanto, ignorava que carregasse consigo algum odor que atiçasse o desejo das mulheres.

Espantou-se ao perceber que a mulher do dia anterior não lhe mentira. Percebia as mulheres olhando na direção de sua moto quando passava, e viu pelo retrovisor que continuavam a olhar para o percurso que fizera, como se houvesse algo concentrado no ar.

Quando saiu da casa de um cliente, perto da hora do almoço, e caminhou até um restaurante onde pretendia almoçar sozinho, viu que havia pelo menos uma dúzia de mulheres dispostas a segui-lo, e o fizeram, como se ele fosse uma versão libidinosa do flautista de Hamelin.

Mantendo-se fiel ao desejo – e ao pedido da esposa –, não dispensava nenhuma delas. Começou a agendar horários. Perguntava antes por fetiches, comprava produtos pela internet. Não se furtava a nada, e os dias se seguiam sem preocupação.

Até ouvir o primeiro tiro. Tinha acabado de gozar dentro de uma mulher cujo nome não arriscaria dizer em voz alta naquele momento, quando escutou o primeiro disparo atingir sua porta. Depois outro, então vários, muitos. Quando percebeu que não havia invasão, foi até o lado de fora e percebeu toda a frente da sua casa crivada de balas. Ouviu de onde estava a mulher chorando, encolhida entre os lençóis, em pânico. Tião entendeu tudo. Voltou para dentro de casa, Escuta aqui: você é casada? Sou noiva, a mulher disse entre lágrimas. Coloque uma roupa e saia daqui nesse exato minuto. E se ele estiver lá fora, disposto a me matar? Eu não quero ter nada a ver com isso. A única coisa que peço a todas que me procuram é não ter qualquer tipo de compromisso. É tão difícil assim de entender? É que as notícias só dizem que você é irresistível, Tião... Ele segurou o queixo da mulher entre o dedo indicador e o polegar, e disse a poucos centímetros dos seus olhos: O que quer que eu faça na cama não vale colocar minha vida em risco.

No dia seguinte, a notícia de que Tião começara a ter critério se espalhou. Quando as mulheres souberam da restrição a comprometidas, começaram a se amarrar aos troncos de árvores de uma imensa mata fechada que havia ao sopé do morro onde Tião morava. Não vamos sair daqui!, diziam, e pareciam dispostas a cumprir. Naqueles dias, Henakandaya parou. Não importava que os namorados, maridos, parentes fossem até elas e pedissem para que retornassem às suas casas. Havia todo tipo de apelo: Suzana, eu não consigo dormir sozinho naquela casa imensa; Gabriela, nossos filhos passam a noite chorando; Paula, não tem sentido se você não estiver lá comigo... Nunca se ouviu tanto sentimentalismo na história de Henakandaya. No entanto, as mulheres riam. Insistiam por Tião. Eu volto, disse uma delas, Mas só depois de ser arregaçada pelo Tião!

Apelos de nada adiantavam. As mulheres continuaram amarradas, claramente emagrecendo diante dos olhos dos parentes que as visitavam. Algumas aceitavam água, outras só ingeriam algo à força. Ou quando os próprios parentes chantageavam: Você pensa que ele vai te querer se você estiver esquelética, esquálida feito um famélico?

Havia algo espalhado no ar da cidade, a qual poucas mulheres estavam imunes. Ainda assim, riam-se. O que tinha rapidamente se tornado motivo de piada por toda a Henakandaya mostrou-se um motivo de choque quando o noivo de uma das mulheres encontrou vários corpos completamente destroçados em diversas partes da mata. Amarradas, sem tempo para reagir ou fugir, as mulheres haviam sido mortas por animais famintos durante a madrugada.

Foi a partir desse momento que as autoridades começaram a se preocupar de verdade. Alguns sugeriam que Tião deveria ser expulso de Henakandaya. E a gente vai alegar o quê?, perguntava o chefe de polícia. Se ele sair daqui e nos denunciar, processar o município... ele ganha. E ainda vai fazer um alvoroço desnecessário na imprensa. Já não basta essa cidade ser como é? O secretário do prefeito disse, como quem fala para si, Ora, ele não precisa sair. Basta a gente dar um sumiço nele. Os presentes à reunião se entreolharam, depois olharam para o homem cuja boca havia articulado aquelas palavras. O prefeito tomou a fala, Não é porque nosso país está desejoso de alinhamento com figuras controversas e extremistas que eu vou tolerar esse tipo de pensamento na minha base. Sr. Josias, agradeço os serviços prestados a mim até o momento, mas o senhor está demitido. Os olhos do homem se arregalaram na cadeira onde ele estava. Foi só uma brincadeira, senhor prefeito, ele disse, numa tentativa pífia de defesa. Eu não admito esse tipo de brincadeira. Muito menos num momento dramático pelo qual estamos passando, em níveis municipais e enquanto país.

Nos dias que se seguiram Henakandaya viu uma operação muda contra Tião da parte dos homens. Namorados, noivos, maridos, irmãos – todos proibiram as mulheres de suas vidas de circular pela cidade. Muitas se rebelaram. Houve gritaria e confusão. Ninguém sabia, mas aquela era uma batalha perdida: o cheiro que se espalhava pela cidade já havia tomado seus espaços. Era só uma questão de tempo até fazer efeito.

E efeito sim, vinha fazendo. Todas as noites mais mulheres subiam o morro, deixando seus lares para serem enfeitadas de amor no corpo de Tião, que não se fazia de rogado. Cumpria seus rituais de perguntas, e em seguida seus rituais de cama – que continuavam a se diversificar. Já passava de três da manhã quando a última mulher da fila se pronunciou. Ele reconheceu a voz, embora não soubesse de onde. Na casa do prefeito, um corpo ausente na cama, percebido horas depois. Como sempre fora percebido, inclusive por adversários políticos, como um homem diplomático, não fez qualquer alarde – inclusive para evitar o falatório de uma cidade permeada de hábitos provincianos. Quando amanheceu, o prefeito mandou que homens de sua confiança sondassem os policiais que agora estavam de plantão na floresta para saber se alguém mais havia tentando se amarrar ou se acorrentar a árvores.

Alguns minutos depois, a notícia: Sarah Valville, esposa do prefeito, era uma das mulheres que novamente tentavam se acorrentar a árvores na floresta. Num segundo incorporado em Rainha de Copas, o prefeito ordenou: derrubem a floresta! Teve início então o largo tiroteio de comentários feitos em tom de alarme. O prefeito havia ficado louco? Ele não sabia que uma decisão como aquela era proibida? Estamos avançados na segunda década do século XXI, de onde ele tirou que tem esse poder?, perguntava outro. Chamaram o vice-prefeito. Escute: é preciso conversar com o prefeito. Ele não pode querer derrubar uma floresta inteira impunemente. Não existe nenhuma brecha que permita a decisão num caso como esses? Escute, senhor vice-prefeito: o que acontece nessa cidade a intervalo de anos é algo ominoso demais para que qualquer legislação dê conta de querer se valer em brechas. Não há precedentes para Henakandaya, nunca houve. Nenhum lugar no mundo entenderá o que se passa nessa cidade como algo que possa caber em brechas de lei, pelo simples fato de que as leis que regem essa cidade desde sua fundação há mais de duzentos anos são outras. Então o senhor faça a gentileza de ir ao gabinete, à casa, ao que quer que seja do senhor prefeito e o convença de que ele não pode requerer uma operação dessas que, como se não bastasse, ainda custaria milhões aos cofres públicos, e *meses* para ser cumprida. Não temos efetivo suficiente, aliás *staff*, que é como gostam de ser chamados, para derrubar uma floresta inteira. Meu Deus, eu voltei para dentro daqueles filmes loucos que eu via quando era criança, disse o secretário para si mesmo, num longo suspiro.

O vice-prefeito, que certamente estava com a cabeça fervilhando, levantou-se e saiu. Era preciso chamar o prefeito à realidade.

Jandira, venha cá, minha nêga, venha!, disse Tião, chamando a mulher que via passar pelo corredor. Eu não, fique aí com sua pombinha, disse ela, da soleira da porta, rindo. Era uma mulher morena, esguia, de vestido solto que dançava ao vento. Ora, mas se eu estou dizendo pra vir, então você vem! Era o que me faltava, esse ciúme da Natália!, disse Tião, rindo também. Ela foi até ele, deu-lhe um beijo na boca e mostrou-lhe o dedo do meio. Em seguida se retirou do quarto. Natália se aproximou mais um pouco do corpo de Tião entre os lençóis e beijou seu pescoço diversas vezes.

Quando a tarde caiu, Sarah chegou. Deu boa noite às outras seis mulheres da casa e foi direto ao banheiro. Queria tomar um longo banho, ficar pronta para a noite de amor. Tião foi até a porta do banheiro, Como está o nosso prefeito?, quis saber. Disse que vai dar uma passadinha aqui até o final de semana. Dessa vez ele mesmo quer vir me buscar. Não é arriscado demais? E os eleitores conservadores dele, o que dirão? Ora, eles que se danem, respondeu Sarah. Você sabe muito bem onde está o que me interessa, disse, apertando o meio das pernas de Tião. E para isso aqui, meu amigo, não tem negociação. Se ele aceitou esse preço, então que cumpra caladinho.

Tião havia recebido do prefeito um sítio enorme, arborizado, com uma casa de muitos cômodos, onde passava os dias com as mulheres que escolhia. Mas não morava mais em Henakandaya. Fora para a cidade vizinha, Olinópolis. Com a mudança, a normalidade voltou à cidade. No entanto, algumas mulheres continuavam a querer visitar-lhe. A única condição era que convivessem em harmonia. As que topavam tinham livre acesso à propriedade de Tião, que também não exigia fidelidade: eram todos seres livres. Só continuava a não querer mulher casada.

Nas poucas noites em que dormia sozinho, Tião lembrava de Maria. Às vezes, amanhecia no alto da serra junto com o sol, e de lá olhava para onde sua esposa havia sido enterrada. O que tinha não era amor, nunca seria amor. Seu amor havia ido embora. Mas tudo bem. Pelo menos tivera a chance de experimentar desse sentimento na vida. Sabia que vivera um privilégio. Dali em diante seria apenas diversão.

E ele não queria outra coisa.

As soluções felizes
(2027-)

Começou com uma leve sensação de picada na altura do peito. Do lugar onde estava, numa roda de amigos que recebia em casa, Fabrício apenas passou a mão no local, coçando, e continuou a conversar sem dar sinais de que algo mais poderia estar acontecendo. Mas a dor se intensificou com rapidez, e ante a necessidade de se coçar com insistência e em diversas partes do corpo, avisou aos presentes que iria até o banheiro. Retirou a camisa e observou uma série de pequenos insetos caminhando sobre os pelos do seu peito. Um alerta iluminou seu pensamento: parecia um inseto parasita conhecido como *chato*. Mas onde ele poderia ter pegado aquilo? Será que Roberta...? Não, refutou. Aquilo deveria ter outra explicação. Talvez o vestiário do clube onde nadava três vezes por semana?

No dia seguinte, no escritório de advocacia onde trabalhava, Fabrício percebeu que seus colegas homens andavam se coçando demais. No terceiro dia em que observava o comportamento dos seus pares, notou que a coceira acontecia em toda a cidade. Para onde quer que se olhasse, homens passavam os dedos com força sobre a própria pele, sobre as roupas. Escuta, Venâncio, começou Fabrício enquanto apertava o botão que colocaria café dentro de um copo de papel em poucos segundos, Você não tem percebido algo estranho nos nossos colegas de trabalho e em toda a cidade, na verdade? Fabrício havia chamado Venâncio para o cantinho do café com a intenção de lhe fazer a pergunta porque confiava nele. Era dos advogados mais antigos da empresa e, embora não tivessem uma amizade muito estreita, considerava-o discreto e confiável para tratar do assunto. Você se refere ao fato de todos nós estarmos nos coçando? Por dentro, Fabrício soltou um rápido suspiro de alívio: havia outros homens preocupados. Sim. Você já reparou no seu corpo? Já, mas estou tratando com uma loção para matar esses bichos. Tem surtido efeito? Não. Hoje mesmo, saindo daqui, vou voltar no dermatologista.

Mas no quarto dia desde que o aparente surto começara, duas coisas aconteceram: as companheiras desses homens começaram a confrontá-los, apenas para receber negativas aos seus questionamentos. Não houve apaziguamento, mas silenciaram, porque já havia um outro plano em andamento: através de grupos de WhatsApp, elas haviam se articulado para, no dia seguinte, irem ao Clube de Massagem Casa Vermelho Ver-te, estabelecimento que servia à população de Henakandaya há mais de setenta anos como o mais profícuo destruidor de casamentos que jamais surgira na cidade, segundo as esposas, demandando que todas as assim denominadas massagistas, e qualquer outra mulher que trabalhasse no local, fizessem exame dermatológico em busca do inseto parasita. O local, que havia sido fundado por seu Tenório, um comerciante da cidade que faleceu pouco mais de uma década depois de erguer o empreendimento, surgira depois de muito mistério e algumas mortes na década de cinquenta, teve seu auge no começo da década de 90; mesmo assim, continuava em funcionamento sem dar mostras de cansaço.

Imaginando que as horas seguintes seriam de algum repouso, os homens foram deitar-se, juntos ou separados de suas mulheres.

A madrugada avançava quando os que dormiam foram acordados pelo ligeiro bater de asas. Era um barulho em volume baixo, que tinha por característica a rapidez e o farfalhar do que quer que fosse que compunha as asas do bicho, numa fricção característica de asas de insetos. Fabrício, que fora o primeiro na cidade a sentir o parasita em seu corpo, também foi o primeiro a se dar conta de que havia algo ainda mais estranho acontecendo, e sobre o qual ele não tinha controle. Sentiu o corpo inteiro doer, como se centenas de agulhas estivessem sendo enfiadas em todas as partes possíveis. Em seguida, um calor imenso, uma desorientação, e um zunido, dando-lhe a sensação de que muitos bichos de uma só vez estivessem sugando algo de algum lugar. Na escuridão do quarto Fabrício não via, como não veria, mas não eram apenas muitos, eram centenas e centenas de minúsculos insetos pretos, agora com asas, sugando seu sangue com a rapidez de quem bebe água da fonte depois de muitos dias de sede. Sentindo seu corpo enfraquecendo, ele não pôde fazer outra coisa a não ser gritar, mas só saiu um gemido. Sobre si, uma gigantesca nuvem de insetos pairava, pareciam haver decidido coletivamente que caminho seguir. Alguns segundos depois passaram pela fresta da janela, deixando para trás um Fabrício semimorto, precisando com urgência de uma transfusão de sangue, sem condição de pedir socorro, e com uma esposa dormindo no quarto ao lado, com um travesseiro sobre a cabeça, como se tivesse adivinhado o que aconteceria e não estivesse disposta a ouvi-lo de forma alguma.

Eram mais de quarenta mulheres quando o dia amanheceu, e antes mesmo do primeiro telejornal da TV começar já eram mais de cem, e faziam um barulho capaz de fazer inveja ao coral de uma catedral. Todas do lado de fora da Casa Vermelho Ver-te. Reivindicavam um exame dermatológico, que deveria ser feito em todas as funcionárias do estabelecimento, independente de com o que trabalhassem. Os seguranças do local tentaram formar uma barricada, mas com o medo de agirem com força sobre as mulheres e a repercussão que isso causaria para a empresa, viram-se estáticos diante de um vórtice feminino com as mãos fechadas ao redor das barras dos portões da empresa, gritando e exigindo providências.

Todos olharam para o céu quando ouviram o barulho de um helicóptero sobrevoando suas cabeças. Não tinham visão do terreno por dentro, por isso só souberam quem saiu de dentro dele quando o homem apareceu junto ao portão, com as mãos espalmadas na altura do peito, pedindo calma, ele queria e estava ali para dialogar. Perguntou por uma representante entre elas. Roberta, esposa de Fabrício, tomou a frente. Ela soube que ele se chamava Vladimir e era a terceira geração a assumir o controle da empresa, neto de seu Tenório. Antes que ela perguntasse, disse que não morava na cidade, mas no caminho até ali havia sido informado do que estava acontecendo, e da pauta que ela reivindicava. Houve um silêncio de alguns segundos, que Vladimir acrescentou como se a testasse. E eu aceito. Não é assim tão simples, interrompeu Roberta. Nós queremos acompanhar esses exames, para podermos aferir os resultados de perto. Mais uma vez, Vladimir concedeu. Naquele mesmo dia, a Casa Vermelho Ver-te foi interditada pelo seu próprio gestor, e meia dúzia de médicos foram chamados para fazer os exames dermatológicos.

Quando os resultados saíram, a decepção: não havia ninguém portando o inseto parasita *Phthirus pubis*, causador da pediculose pubiana. Uma cópia do resultado, laudado e assinado pelos médicos, havia sido distribuído para as mulheres na frente do estabelecimento.

Se o problema não era o que elas haviam pensado, então o olhar agora se voltava para ajudar seus maridos a se livrarem daquelas pragas. Roberta continuava com Fabrício no hospital. Ele estava internado com anemia, sem conseguir falar nem caminhar. Muitos outros leitos de hospitais estavam ocupados com homens passando pelas mesmas dificuldades.

Henakandaya ainda não havia sido ferida de morte, mas uma nova guinada na realidade a faria agonizar.

Uma semana depois que Fabrício dera entrada no hospital, depois de conseguir alcançar seu celular se arrastando no chão do quarto e ligar para um amigo que foi até a sua casa ver o que estava acontecendo, os parasitas, que antes eram apenas os minúsculos insetos assemelhados a chatos e depois passaram a ter asas e atacar em pequenas nuvens, agora voavam pela cidade em nuvens cada vez maiores. As pessoas corriam para comprar telas para suas casas e se protegerem. Tonteando algum tipo de ação, a prefeitura resolveu agir, mas de nada adiantou o trabalho ostensivo com carros soltando uma fumaça utilizada para matar muriçocas e o mosquito causador de dengue. Era um ato às cegas diante da cobrança da população, já que ninguém sabia do que realmente se tratava. Novamente, o medo. O mesmo medo que há centenas de anos operava o caos em Henakandaya e que, a despeito dele, tinha também o poder de não fazer com que seus cidadãos desistissem de viver nela.

Os pequenos insetos, agora transformados em uma imensa massa negra, surgiam do aparente nada, e tinha como alvo apenas homens. Em pouco tempo, estes começaram a se esconder dentro de suas casas. Henakandaya passou a ser uma cidade de mulheres nas ruas. Eram elas que se viam obrigadas a levar adiante os dias, enquanto seus maridos e filhos se protegiam, até o momento em que outro movimento fosse possível.

O que não demorou a acontecer. Por aparente mutação, os insetos começaram a brotar da pele, por entre os fios de cabelos e pelos do corpo, apenas sete dias depois de terem sido infectados. Muitos morreram, porque já fragilizados. De nada adiantara proteger as casas, apartamentos e demais imóveis com telas, se o perigo nascia de dentro. Era o recomeço do desespero em Henakandaya. Alguém chegou a dizer que se todos os homens morressem, a cidade se tornaria uma penitenciária feminina.

Com a iminência dessa realidade a se aproximar, era hora de encampar uma batalha. Roberta avisou aos amigos e familiares sobre o que estava disposta a fazer. Alguns tentaram demovê-la do plano, mas ou fazia alguma coisa ou enlouqueceria naquele lugar – de onde não podia sair porque não tinha para onde ir.

Com Fabrício sentado em uma cadeira de rodas, posicionaram-se diante da casa. E esperaram. Esperaram. Até que veio. Ouviram o zunido dos insetos vindo por trás. No instante em que fizeram o movimento uniforme para descer sobre Fabrício, uma vizinha apareceu, retirou Fabrício da zona de ataque, e a massa amorfa da peste voadora caiu toda sobre Roberta, que se debateu como se estivesse sendo atacada por abelhas. Num movimento errático e confuso, como se soubessem ter atingido o alvo errado, os bichos se colocaram acima do corpo de Roberta e foram embora, fazendo um barulho incomum, numa aparente briga entre eles.

Ainda no meio da rua, Roberta tentava se desvencilhar dos parasitas, que haviam entrado em sua roupa, nos seus olhos e na sua boca. Quando achou que não havia mais nenhum deles sobre si, ela entrou em casa e foi direto para o banheiro, onde passou querosene por todo o seu corpo e depois tomou banho com um sabonete líquido antisséptico que ela achava que poderia livrá-la da sensação de sujeira. Pediu à mesma vizinha que a ajudou com o marido para mantê-lo dentro do quarto, no ar-condicionado. Iria deitar-se num outro cômodo, não queria aproximar-se dele até ter a mais completa certeza de que não havia inseto no seu corpo.

De madrugada, Roberta acordou com uma dor muito forte no estômago. Achou que precisava ir ao banheiro. Então, de longe, ouviu o som de um coaxado. A cada segundo em que se sentia mais acordada, mais frequente parecia ser o barulho. Levantou-se da cama em direção ao corredor. Foi então que viu, na porta do quarto do marido, um amontoado de uns vinte ou trinta sapos, pulando e coaxando, como se pedissem desesperadamente para que alguém abrisse o trinco da porta. Nesse instante, Roberta soluçou. Sentiu uma queimação subir-lhe pela garganta. Ainda teve tempo de pensar, Que merda, o refluxo voltando, era só o que me faltava. Mas no segundo seguinte ao pensamento, a sensação de que estava sendo sufocada. Havia algo forçando passagem por sua traqueia e querendo chegar à boca. Então, com a boca aberta em desalento, vencida pelo seu próprio corpo, pulou de dentro dela um sapo, que foi correndo se juntar aos demais. Roberta pensou que poderia estar certa. Os bichos não atacavam mulheres porque nelas havia alguma espécie de antídoto contra o que os tornava poderosos ao atacar os homens.

Confiando novamente no seu instinto, ela abriu a porta do quarto e deixou que as dezenas de sapos que havia liberado durante o sono invadissem seu quarto. Todos, sem hesitar, foram em direção aonde estava Fabrício. Sua esposa apenas disse, Não reaja. Viu, de onde estava, os sapos lançando suas línguas sobre o corpo do marido, uma, duas, milhares de vezes, em minitorpedos, num banho de anfíbios que o deixou completamente viscoso e fedendo. Terminada a tarefa, os sapos iam encolhendo até virarem novamente girinos, depois se transformavam nos diminutos insetos que haviam sido engolidos por Roberta, numa involução que não levava mais que trinta segundos. Antes de um minuto não eram mais que um amontoado de aparentes chatos, mortos.

Roberta olhou para o marido e disse, Acho que agora você está livre desses bichos. Ele disse, Vamos esperar alguns dias para ver. Mesmo assim, obrigado, meu amor.

Nos dias que se seguiram, depois que Roberta publicou um vídeo explicando como salvara o seu próprio marido, as ruas de Henakandaya passaram a ver, em todas as horas, gente disposta a utilizar a mesma estratégia. O objetivo era salvar os homens e enfraquecer as nuvens de insetos. O plano funcionou. Em menos de um mês, Henakandaya não tinha mais casos de ataques.

Para celebrar, homens e mulheres se lambiam e se desejavam no íntimo dos seus quartos, o que faria com que a população da cidade aumentasse significativamente dali a alguns meses.

O Clube de Massagem Casa Vermelho Ver-te também continuava em pleno funcionamento, inclusive com a clientela de sempre.

Olha para frente mas não esquece da tua sombra
(2088-1691-2088)

Elizeu Hedécio desceu as escadas e sentou-se no sofá, que atendendo a um comando de voz, acomodou-se ao seu corpo. Até bem pouco tempo estava completamente à vontade, havia subido ao seu closet apenas para colocar a roupa com a qual se vestira para esperar seus três convidados, todos eles ex-sócios e que hoje faziam coisas completamente distintas. Elizeu havia sido o único a continuar apostando no mercado de tecnologia.

Apertou o botão da pulseira que usava e uma tela virtual abriu-se diante dele. Em três pontos demarcados na tela pôde conferir o RDP – o Rastreamento de Percurso, e conferir em tempo real, simultaneamente, o quanto faltava para que seus amigos, vindos de diferentes partes da cidade, chegassem. O que ia demorar mais, Artur, chegaria em quatro minutos e vinte sete segundos. Os outros dois já estavam praticamente na esquina.

A porta da garagem se abriu assim que o carro de Emir desceu a rampa, se aproximou e foi identificado pelo leitor óptico. Dali em diante, não havia mais nada que ele precisasse fazer. Parou o carro onde luzes vermelhas no chão indicavam, e um sistema automático conduzido por um robô levou o seu carro até a vaga, onde uma voz anunciou que o carro estava devidamente estacionado e perguntou se ele sabia como chegar até o elevador, do contrário, acenderia as luzes verdes indicativas no chão. Emir respondeu que sim, por já ter estado ali outras vezes. O mesmo aconteceu quando Artur e Bertoluto chegaram.

Elizeu os recebeu com vivas. Apertaram-se as mãos e conversaram amenidades por alguns minutos, até receberem o convite que já esperavam: vamos descer para a adega? Foram até um outro elevador, exclusivo para levar ao subsolo e acionado – Elizeu informou aos colegas – por sua voz apenas. Quando chegaram, viram-se diante de um corredor com iluminação indireta. Vamos precisar caminhar um pouco, Elizeu disse. Chegaram a uma porta metálica, que desapareceu para dentro da parede a uma combinação de números. Alguns metros depois e estavam diante de nova cancela, dessa vez, eram fachos de laser alaranjados, dispostos de cima a baixo na horizontal e que serviam apenas como alarme. Elizeu os desativou também utilizando-se de um comando de voz. Não se chateiem com tamanha precaução, disse Elizeu, mas vocês sabem dos tempos que estamos atravessando. Da segunda década desse século até aqui as coisas apenas pioraram. E eu, que batalhei arduamente em meus negócios para construir essa adega, não poderia torná-la um lugar de fácil acesso a membros do governo, nem dá-la facilmente. Podem até descobrir onde ela fica e o que há aqui, mas não vão acessá-la como se passeassem.

Mais alguns passos, e os outros três compreenderam do que Elizeu estava falando. O que viam diante de si era algo grandioso demais não apenas para aqueles tempos, mas para qualquer tempo da história recente de Henakandaya: uma adega climatizada, com refrigeradores em todas as paredes até a altura do teto, tudo automatizado, com uma iluminação confortável aos olhos. Uma mesa ao centro, que comportava até dez pessoas, expandia-se ou retraía-se a depender do desejo dos presentes. Elizeu passou o dedo numa lateral e a mesa transformou-se num confortável espaço de quatro lugares. Sentem-se, amigos. O que desejam beber?, perguntou, enquanto ajustava, numa pequena tela virtual diante de si, a luminosidade e o volume do som ambiente. Vou deixar Montserrat Caballé no som de fundo, espero que gostem, disse. Esse ano completam-se setenta anos de sua morte, não é?, comentou Bertoluto. Vejo meus filhos de barba e minhas filhas inoculando o soro para engravidar, e não consigo evitar de pensar que nenhum deles é mais criança, disse Emir. Ora, mas hoje vivemos quase cento e cinquenta anos, não lhes parece suficiente?, questionou Elizeu. Sendo bem sincero, tendo a saúde inabalada e dinheiro para me manter, eu não me importaria em viver para sempre. Elizeu fez que não com a cabeça. Pois eu não enxergo mazela na finitude. Para mim, a doença é a imortalidade, afirmou, enquanto, num outro movimento de mãos, fez com que um tampo magnético, que também servia para manter as bebidas na temperatura ideal, se abrisse e dele surgissem quatro taças sobre a mesa. Em seguida, um vinho escolhido de um dos refrigeradores superiores desceu lentamente por um elevador interno, onde Elizeu o buscou e o serviu aos amigos. Por mais que os evangélicos tenham tentado monopolizar todos os percursos sociais – e obtido muito sucesso – nos primeiros quarenta anos deste século – prosseguiu Elizeu – a época da religiosidade já era. Prescindimos dessa ideia estapafúrdia de um deus todo-poderoso. Vejam o próprio lugar sobre o qual minha casa foi erigida! Tudo isso aqui já foi a igreja de Henakandaya, imaginem!, que foi levada ao chão porque a igreja católica não tinha mais fiéis e precisava pagar suas contas. Quem são essas figuras hoje?

Praticamente acabou-se. Foi Emir, que já havia sido seu sócio majoritário na empresa de redes tecnológicas que Elizeu mantinha até hoje, quem finalmente trouxe à baila o assunto que os levara até ali: o que Elizeu tinha para lhes contar depois de mais de um mês ausente da cidade e dos negócios? Então, Elizeu, conte-nos sobre esse período longe de Henakandaya, disse ele, mudando de assunto. Esperem um instante, começou ele. Antes, escolham os petiscos que desejam. Enquanto eu os preparo e sirvo, contarei a vocês tudo o que aconteceu nesses últimos dias.

Recebi uma chamada pelo dispositivo interno quando eu estava chegando na empresa. Era uma pesquisadora da Universidade Federal de Minas Gerais, uma arqueóloga perita em tribos indígenas. Quando autorizei a ligação e meu carro naturalmente assumiu o controle, a tela de conversação se abriu diante de mim e eu vi seu rosto. Eu sabia que já a tinha visto em algum lugar, mas onde, se estávamos tão distantes de Minas? Sugeri pesquisa de arquivo em minha memória e rapidamente me foi trazida a informação de que eu já a tinha visto aqui mesmo, em Henakandaya. O senhor está me acompanhando?, ela perguntou, talvez ao perceber meu olhar ligeiramente distraído. Disse que tinha divagado um pouco – sabemos que hoje em dia não adianta mais mentir, ela tinha como ler meu olhar, e fez a pergunta apenas para não ser indelicada. Como eu dizia, depois que ossadas de quase quinhentos anos foram encontradas em Henakandaya e começamos nossas escavações, descobrimos muito mais do que imaginávamos. Retroagimos e investigamos. Então, seu nome surgiu como descendente da tribo Íma-Anga, a tribo dos Sem Sombra. Gostaríamos de saber se o senhor tem interesse em ter acesso às nossas descobertas. Se houver interesse e disponibilidade, nós cobriríamos todos os custos de voo e estadia, explicaríamos um pouco sobre tudo o que foi encontrado. Gostaríamos também de fazer o exame fotográfico da sua íris, apenas para termos certeza de que o seu DNA combina com as evidências que encontramos e evitarmos qualquer especulação ou suspeita quando essa história chegar à imprensa. E, ao final, se for possível, gravaremos um depoimento sobre o assunto, para que fique disponível em nosso museu.

O que eu poderia dizer? A mulher estava me oferecendo uma passagem direta para a minha própria história. E eu, que cresci sem pai nem mãe nessa mesma cidade para onde resolvi voltar depois de estudar no Vale do Silício e onde criei e instalei minhas empresas – eu, que aprendi a conquistar e expandir, como se estivesse num jogo de tabuleiro, coisa do tempo dos pais que não tive, ia responder o quê? Tudo o que tenho é autônomo ou controlável à distância. Eu poderia me ausentar de Henakandaya por uns tempos.

Cheguei a Belo Horizonte numa época de muitas chuvas. Trajetos que levariam minutos se estendiam por horas. Mas eu havia me dado férias e estava decidido a não me irritar. E para todos os lugares, ou quase, Ísis estava comigo, narrando desde o começo das escavações em Henakandaya até o quebra-cabeças para se chegar ao que ela e a equipe haviam obtido como resultado. Essa carne está boa o suficiente pra vocês? Posso solicitar mais bem passada ou menos para a churrasqueira. Sinceramente? Eu me sinto privilegiado só por estar comendo carne numa época em que a produção escassa eleva o preço aos pincaros!, disse Artur, meio envergonhado. Não era segredo para os outros três que ele havia perdido quase tudo o que tinha depois de um longo divórcio, e o governo federal havia tomado seu único negócio, uma empresa que construía moradias, como forma de recuperar o valor de uma fraude. Era sorte demais até que estivesse solto. Nem de longe lembrava o homem arrogante que um dia fora, em nada. Era um homem, só. Havia razão no que ele dizia, no entanto. As últimas décadas viram a temperatura do planeta aumentar em três graus. O mar subiu e cidades inteiras desapareceram. Henakandaya teve sorte, por ficar longe do oceano, mas o calor causava muitas mortes por ano. Em todo o mundo, secas, fome, desperdício – todos esses fatores juntos tornaram o desenvolvimento de tecnologias para o agronegócio medidas urgentes e, mesmo assim, o que se produzia não podia ser adquirido por quem tinha fome, por causa do encarecimento dos produtos. Pastos já quase não havia. A alimentação de animais criados para o abate era agora feita de forma completamente automatizada e através de um alimento que substituía a ração com muita vantagem, porque era alimento e vacina a um só tempo. A escassez, considerada pelos cientistas e pesquisadores como ganância em retirar do planeta tudo o que podiam acabou por obrigar o ser humano a tornar-se vegetariano. Os que não tinham migrado para o vegetarianismo eram considerados exceções. Artur nem lembrava a última vez que havia colocado um pedaço de carne de vaca na boca, daí sua alegria que beirava o infantil. O que está tocando agora é Philip Glass?, perguntou Bertoluto. Exato. Satyagraha. Adoro esta ópera, disse Emir, depois de mais um gole de vinho. Eu também. Na verdade é minha favorita, afirmou Elizeu. Bom, Elizeu – retomou Emir –, e quais foram os resultados a que essa pesquisadora chegou? Calma, é preciso regredir antes de avançar, respondeu. Vocês devem lembrar de quando Henakandaya virou notícia pela descoberta de artefatos arqueológicos durante as escavações para a construção de um prédio onde se diz que a cidade foi fundada em 1819, recomeçou Elizeu, observando olhares atentos e cabeças concordando. As atividades de construção foram imediatamente suspensas. Então, veio uma equipe da Universidade de Minas Gerais e começou a retirar, limpar e organizar cada artefato que saía do meio da terra, para levá-los todos até o laboratório onde estudos seriam feitos. Logo que conseguiram identificar e catalogar os primeiros objetos, surgiu uma ligação com um caso que há anos eles tentavam compreender: o que os diários do explorador Xavier Umbilim tinham para revelar. As peças que encontravam em Henakandaya tinham as mesmas descrições dos artefatos utilizadas por Xavier em seus escritos. Se a teoria dos arqueólogos se confirmasse, um importante quebra-cabeça estaria próximo de ser terminado: o que se referia ao que Xavier Umbilim escrevera em seus diários sem jamais informar a localização. Sobre isso, ele não fez segredo: tinha medo que outros exploradores, ou membros de sua própria família, fossem em busca de pistas sobre o lugar que o transformara num "louco eremita, apaixonado pela reclusão", como descreveram os periódicos da época. Embora tenha descrito com detalhes o que aconteceu em sua viagem, nunca deu indícios de onde estivera e o que o fizera retornar daquele jeito, e morreu em 1712 sem jamais dar uma única entrevista desde que voltara do que, agora parecia cada vez mais claro, fora uma visita de exploração ao lugar que hoje seria Henakandaya.

Os convidados de Elizeu continuavam atentos, enquanto mantinham suas bocas ocupadas. Entusiasmado, ele continuou a história.

O cadáver da onça sangrava pela cabeça, ainda quente. Havia sido um tiro mortal. Venha ver, papai, matei!, disse o pequeno Xavier na direção do seu pai, que caminhava para ver de perto. Ganhara a arma do patriarca aos nove anos e naquele momento, aos onze, se mostrava capaz de dar bons tiros com uma arma de grande porte para o seu tamanho e idade. O pai apenas sorria: era motivo de orgulho. Todos os seis filhos que tivera para trás ou não levavam jeito para armas de fogo ou tinham nascido mulher, o que era a mesma coisa. Daquela onça retirariam a pele e fariam mantas para aquecê-los no inverno. Das partes internas fariam sopas e guisados.

A família Umbilim, que morava numa imensa casa de madeira construída dois anos antes de Xavier nascer, em 1652, tinha nas origens a sanha pela caça, atividade que vinham aperfeiçoando a cada geração. Da união entre os pais de Xavier, porém, ele foi o único que de fato se afeiçoou ao tiro – e era também o mais reconhecido caçador ao longo de muitas léguas.

Já aos dezenove anos não queria mais parar dentro de casa. Corria campos, subia montanhas, aprimorava o passo que o levava a descobertas. Ajudou a fundar e dar nome a vilas, mostrar onde estavam boas terras para plantio e colheita e melhorar o transporte ao abrir caminhos para estradas.

Mas foi aos 37 anos, em 1691, que sua vida se transformou. Haviam chegado para ele com a notícia de uma tribo indígena, os Íma-Anga, que eram capazes de encantar onças. Sob o comando dos indígenas, elas faziam o que estivesse no entendimento deles. Xavier ficou atento ao que lhe diziam. Se tinha a ver com caça de onça era bom que ele aprendesse. Como não se sabia ao certo se eles falavam português, se eram ariscos ou se permitiam algum tipo mesmo de aproximação, saiu sozinho para investigar a tribo. Xavier nunca caminhara por tantos dias seguidos, até que num final de tarde, encontrou. Ajeitou no corpo a mochila que trazia nas costas e se certificou de que a pistola que trazia consigo estava no mesmo lugar dentro das vestes. De onde estava ouviu o rugido de onças, no que ele reconhecia como um barulho sonolento, de bicho se recolhendo. Quando sentiu que estava protegido, aproximou-se da tribo. Anunciou seu nome e afirmou que não estava ali para fazer conflito, disse depois de se certificar que alguns membros da tribo o compreendiam. Eu me perdi dos meus companheiros e preciso de ajuda. Se houver algo que eu possa fazer para receber guarida... O chefe da tribo o ouvia com atenção, de olhos fechados. Com um gesto de mão e um som curto fez com que os curiosos ao redor do estranho recém-chegado se dispersassem. Olhou para o céu de estrelas. Já fomos tantos quanto aquelas ali em cima, ele começou. Mas as doenças, as parideiras que o tempo levou, e os que vieram de fora para nos matar nos reduziram ao quase nada. Agora conto que são tantas as estrelas do céu quanto as mentiras que saem da boca de quem chega até nós porque quer saber de nós. O senhor não está perdido, está encontrado. Mas ainda somos mais do que o senhor, que é um só. Vou dizer a minha gente que lhe abrigue. A maioria não fala português, mas segue minhas ordens. Sabe por que nos chamamos de Sem Sombra? Xavier fez que não com a cabeça. Significa que não temos absolutamente nada a temer, que não existe imagem humana que nos ofereça medo. Significa também que se não temos sombra, Íma-Anga, há uma parte de nós que é escuridão. Venha aqui comigo.

Xavier seguiu o chefe da tribo e o ouviu falar com algumas pessoas numa linguagem que ele não entendia. Deram a ele uma oca pequena, mas só para ele, e uma lamparina acesa. No chão, um tapete de palha sobre o qual ele deveria dormir. Xavier deixou a lamparina num canto, em segurança, e deitou-se. Alguns minutos se passaram antes dele entregar-se à exaustão.

Acordou com o som dos rituais da tribo junto com o nascer do sol. Quando saiu para ver de perto, foi instado a voltar para dentro de seu abrigo. Os sons eram claros: só deveria sair de lá quando o silêncio fosse a força imperante. Voltou a dormir. Foi acordado pelo mesmo chefe da tribo que o recebera no dia anterior. Levantou-se atordoado. Quanto tempo havia se passado desde então? Não tinha como saber. Venha se alimentar, disse o homem, e se retirou.

Foi a partir daquele momento que o plano de Xavier começou a se instalar. Embora o cacique não acreditasse na sua história, abriu para ele o espaço para a integração, sendo a única exceção os momentos ritualísticos em que todos os membros da tribo participavam, quando lhe era dado uma bebida para que dormisse. O líquido, no entanto, não tinha a força que os membros da tribo atribuíam a ele, e Xavier quase que invariavelmente acordava grogue, sem saber se os sons que ouvia eram fruto do que lhe davam para beber ou se existiam. Desobedecer e sair da oca antes de ser convocado poderia despertar nos índios uma reação da qual ele poderia não ter como sair com vida.

Ao fim do que calculou serem duas semanas, Xavier comunicou a todos que estava fortalecido novamente para procurar seu povo. O chefe já havia lhe dado as coordenadas sobre para onde seguir. Na manhã que Xavier partiu, ele sabia exatamente para onde iria. Chegaria ao arraial onde tanta gente se unia – e que dali a anos começaria a se transformar no estado brasileiro conhecido como Minas Gerais – com uma ideia na cabeça. Uma ideia que seria transmitida a um grupo de caçadores como ele e que, sob sua liderança, iriam fazer história.

Então quer dizer que esse explorador queria na verdade compreender qual o segredo daquele povo indígena, conjecturou Bertoluto, olhando para Elizeu. Mais do que isso, disse Elizeu. Ele se fez de amigo para dizimar aquele povo. Se conseguisse a façanha, numa tribo com quase duzentas pessoas, certamente iria adquirir muito respeito junto ao seu próprio povo. Não existia índio amigo no final do século XVII. Não para aquelas pessoas. O que havia, como há até hoje, é o sentimento de conquista, de poder, de uma força se sobrepondo a uma outra força, o que se reflete em respeito para com um outro grupo, geralmente o grupo ao qual pertence a força capaz de subjugar o grupo mais fraco. E ele conseguiu?, quis saber Emir.

Em menos de um mês Xavier conseguira reunir os catorze homens que queria levar consigo. Era um número já bastante grande, porque depois da conquista, haveria a divisão do que foi conquistado. O que ele precisava era se resguardar e colocar seus homens na linha de frente do confronto, garantir que alguns deles morressem, para que a divisão final se desse pelo menor número possível de homens.

Xavier desceu a encosta com cautela, num percurso de dias. Quando a tarde caía, ouviam um barulho de algo corpulento se arrastando, roçando árvores, passando por cima de folhagens e mato. Parem e ouçam!, Xavier ordenou aos homens. O que faz esse barulho é o que estou pensando? Um dos homens afirmou, Se o senhor tiver uma sucuri gigante em mente, então sim, senhor. Xavier disse, A mim parece que esse bicho está muito perto. Mas somos quinze homens. Se ela surgir, destruam-na com seus facões. Não quero nenhuma bala disparada para matar esse bicho.

Embora ouvissem o farfalhar do animal que não conseguiam ver, terminaram o trajeto sem percalços. Xavier se aproximou da tribo no mesmo horário em que o fizera anteriormente. O chefe caminhou até ele. Eu sei o que você deseja dessa vez, Xavier, disse o homem, numa voz severa. Antes que ele pudesse começar uma outra frase, Xavier retirou do bolso uma pistola e disparou dois tiros na cabeça do chefe da tribo. Ouviu o som de animais fugindo ou buscando esconderijo, assustados com o barulho. Era o sinal. Todos os catorze homens desceram a encosta de armas em punho. Xavier fez o movimento oposto, ficando para trás deles. Não contavam com a surpresa do que viram, porém: os índios ganhavam forma de onça bem diante deles. Rugiam, transmutando-se no felino caçador. Então era aquele o segredo que eles não queriam que eu testemunhasse, pensou Xavier, até então um homem quase cético. Mas não tinha tempo para reflexões. Atirem na cabeça, atirem para matar! Rápido, antes da conclusão da transformação! Vamos homens, vamos! Todos os quinze homens atiraram sem medir consequências, ignorantes do que significava a piedade. Ainda assim, como previra Xavier, o ataque veio. Alguns dos homens e mulheres-onça partiram para cima, arrancando braços e cabeças com uma voracidade existente na mesma medida em que queriam se preservar da morte.

Quando Xavier sentiu um impacto nas suas costas ainda teve tempo de pensar, Estou morto – mas não. Era um homem a segurar-lhe pelos braços, junto com outro, que agarrava à força um dos homens que trouxera consigo.

Enquanto eram levados pelos dois homens pelo meio dos corpos, viram o que a carnificina fora capaz de fazer. Todos os demais homens que trouxera estavam mortos. Dos membros da tribo, poucos também sobreviveram.

Xavier foi colocado juntamente com Eurico, o outro único sobrevivente dos seus, numa jaula de ferro, onde ficaram esquecidos até a tarde do dia seguinte, quando foram novamente levados para o campo aberto onde os corpos haviam estado no dia anterior. Os índios se moviam em silêncio. Xavier e Eurico sabiam que estava sendo preparado ali um ritual, mas não tinham ainda ideia de que papel representariam nele.

Então, os sobreviventes do massacre foram até o centro do terreno descampado e começaram uma dança usando trajes e ornamentos que Xavier nunca vira antes. Aquilo haveria de ter um significado especial. Eram ao todo oito homens e quatro adolescentes, também homens. Deram-se as mãos de frente para a jaula de onde Xavier e seu companheiro só observavam. Ergueram as mãos para o alto, ainda unidas. Com cânticos em seu dialeto, as nuvens foram convocadas a tapar a luminosidade do sol. E vieram. Começaram a fazer uma dança ao som de uma música que somente eles conseguiam ouvir. Os instrumentos eram tocados de uma maneira forte, mas o que emanava deles não continha alegria, era antes um lamento.

Os homens presos na jaula já estavam se segurando nas barras de ferro quando o chão começou a tremer como se fervesse. Da terra, buracos surgiam, bolhas explodindo, e um líquido pútrido saía de dentro trazendo consigo escorpiões de um vermelho intenso. Eram aracnídeos corpulentos, de longa cauda retorcida para cima e tentáculos que pareciam dispostos a destroçar o que quer que tivesse lhes retirado de dentro do seu sossego. A aparente raiva dos bichos, porém, não parecia estar direcionada a coisa alguma. Com o tremor da terra, eles iam e vinham sem destino, batiam-se uns nos outros, confusos, o que só parecia aumentar ainda mais a periculosidade com que atingiriam quem deles se aproximasse.

Os índios continuavam a dançar e a clamar, como se nada acontecesse ao seu redor. O descampado ficava cada vez mais e mais atulhado de escorpiões e do líquido com cheiro de coisa morta, ao que eles eram indiferentes. Quando Eurico sentiu a mão de Xavier apertar-lhe o braço com força foi que deu-se conta do que estava diante deles: no meio dos índios, uma entidade etérea, quase invisível, se formara dentro do círculo que agora faziam. Os índios urravam. Aos poucos, a terra foi parando de tremer. Então um deles, que agora assumia o posto de cacique, disse: Os Íma-Anga chegaram ao fim. Todas as mulheres de nossa tribo estão mortas. Conclamamos a ti, ó Grande Shredni Vashtar, a nos auxiliar no causamento da Grande Dor! A entidade soltou um longo, arrastado e poderoso "Uuuuh", como se confirmasse desde o próprio âmago. Os indígenas foram abrindo o círculo, até um ponto em que a expansão já não os permitia segurarem-se as mãos. No instante que as soltaram, Shredni Vashtar, agora mais do que antes um imenso corpo disforme, posicionou-se meio metro acima do chão, que começou a tremer novamente. Dessa vez, o que saiu dele, levantado do chão de terra seca, foi uma imensa sucuri. Henakandaya!, gritaram os índios em reverência. O imenso animal circulou por todo o espaço, balançando o chocalho do tamanho de um bezerro pequeno. Xavier e Eurico observavam sem reação. Então era aquele o animal que ouviam na selva, uma serpente maior que muitas das árvores ao redor. A língua explorava tudo, em aparente busca. Shredni Vashtar, ainda levitando, fez o mesmo grito dos índios, Henakandaya! Henakandaya!, e a serpente, ao ouvir aquele som, voltou-se para a entidade e foi em sua direção. A massa amorfa, etérea, desceu ao chão e um buraco abriu-se diante de seus pés, por onde a cobra entrou completamente. Imediatamente todos os escorpiões correram na mesma direção, adentrando o buraco aberto no meio do descampado até que nenhum deles ficou sobre a terra. As nuvens se dispersaram, e um céu de cor laranja foi dando lugar a um vermelho intenso, como se uma cortina fosse descendo sobre o céu e tingindo tudo de sangue. Sem olhar diretamente para os prisioneiros, o novo e provisório cacique disse, De hoje em diante, nada mais há nem haverá que nessa terra tenha repouso. Quando a paz ameaçar surgir, as asas da morte sobrevoarão os espaços, e mesmo aqueles que vencerem as adversidades serão para sempre condenados como culpados: quando a Esperança quiser fazer morada, a Tristeza, irmã bastarda da Miséria, transformará o que quer que nasça em toda a extensão destas terras na alcova do Desespero.

   A entidade começou a se dissipar diante das palavras do cacique. Subiu até as nuvens. O vento açoitava a tribo e a floresta ao redor, numa sensação de que em breve seriam todos varridos dali. Xavier e Eurico ouviam as grades de ferro se debatendo. Àquela altura, pediam apenas que morressem de uma forma pouco dolorosa. Escureceu novamente, como se tivessem pintado o céu com óleos negros, e relâmpagos iluminavam toda a enorme extensão de terra por uma questão de segundos, quando os trovões atacavam o que restava da sanidade dos capturados. Um som ritmado, como se de um imenso coração a bater, podia-se ouvir por toda a região, junto de uma respiração ofegante e profunda. Os índios dançavam, gritavam, urravam, exibindo para a escuridão a força de sua ancestralidade.

Então, no átimo de segundo antes da loucura total, o dia voltou a clarear, e Xavier e Eurico viram a porta da jaula onde até agora haviam estado presos, aberta, quase que pedindo para que saíssem. Não havia mais índios, nem dança, nem tempestade. Era como se sempre estivessem estado ali sozinhos, mergulhados em inequívoco delírio.

Você acha que devemos sair?, perguntou Eurico. Eu vou sair. Eu preciso sair. Se eu ficar mais um instante aqui, espremo minha cabeça entre essas grades até meus olhos saltarem das órbitas, respondeu Xavier. O companheiro de cela demonstrou alguma preocupação, mas não disse mais nada, apenas saiu em silêncio. Xavier o seguiu. Do lado de fora, comunicando-se apenas com olhares inquisidores, como bichos que se aproximam numa tentativa de se reconhecerem, perguntavam-se sobre o quão real foi o que haviam vivido. Não se disseram nada, talvez porque não soubessem a resposta, talvez porque tivessem medo dela. Como fora até ali como subalterno, limitou-se a seguir Xavier pelo caminho que este começou a fazer floresta adentro.

No segundo dia de caminhada, ao acordar, Xavier olhou para Eurico e viu no caçador que ele fora o semblante de um homem ferido de morte. Seu rosto não era mais do que um resto de pele fina e seca sobre o crânio. Já quase não havia cabelo em sua cabeça, e o que havia parecia palha queimada. Todo o seu corpo se tornara um esqueleto. Houve mesmo um momento em que Xavier não reconhecera o companheiro de viagem. Certificou-se pelas vestimentas, a mesmas desses dias todos. Eurico, acorda!, disse Xavier, sem coragem de tocá-lo. Retirado da profundeza de sua quase morte, Eurico engasgou-se com o ar que entrava pela sua boca, hiperventilando. Começou a tossir ininterruptamente e, num movimento brusco, ele mesmo viu. Em seu corpo havia um escorpião, agarrado como se pertencesse a ele, de tal modo estava fundido em seu calcanhar, como uma bala alojada. Durante o ritual que antecedera sua libertação, um escorpião se unira ao seu corpo, e certamente vinha envenenando-o todo esse tempo. Antes que Xavier pudesse fazer qualquer coisa para tentar estancar aquela tosse, Eurico sucumbiu ao que quer que lhe tomara.

Dali em diante, era Xavier sozinho. Foi assim durante todo o caminho até o retorno à sua família. Foi assim também do momento em que chegara em diante, quando disse que não queria mais habitar aquele lugar. Vamos sair do meio dos matos, avisou à mulher. Vamos para o meio da civilização. A mulher não ousou questionar.

Foi na casa onde se estabeleceram que Xavier Umbilim escreveu os seus diários, que se tornaram objetos de estudo dos arqueólogos, que por anos tentaram compreender os enigmas de sua escrita.

Quando morreu, havia deixado muitos volumes organizados e vários papéis dispersos. E um mistério que só seria solucionado quase trezentos anos depois.

Os quatro homens se entreolhavam em silêncio. Com medo de falar alguma bobagem, mantinham as bocas cheias. Até que Bertoluto resolveu se manifestar, Você está querendo dizer que tudo o que acontece a essa cidade desde sua fundação tem origem nessa história? Sim, absolutamente tudo, respondeu Elizeu. Essas desgraças que não nos abandonam começaram por uma vingança que meus antepassados impuseram a essa terra. O sangue que me impulsiona não é frio. Emir, Artur e Bertoluto se olharam, desconfiados. E o que isso significa, Elizeu? Significa que o calor da vingança dos meus antepassados ainda está aqui, em mim. Os homens estacaram diante dele. Emir chegou a cuspir na mão um pedaço de carne que tinha na boca. Antes que pudessem dizer qualquer coisa, Elizeu voltou a falar. Vocês já entenderam tudo, não é? Eu trouxe cada um de vocês aqui para contar essa história porque, assim como os pesquisadores descobriram – até certo ponto – o segredo que carrego comigo há anos, ou o mais perto disso possível, ao conseguirem traçar minhas origens, eu consegui saber quem eram os descendentes do homem responsável pela destruição da tribo do meu povo. E acreditem: eu também fiquei surpreso em saber que vocês três, amigos meus, estavam entre eles. Não estarão mais.

Dito isso, Elizeu avançou sobre os três homens, transformando-se numa imensa e robusta onça, destroçando-lhes os corpos num instinto bestial que era antes um dever. Os gritos jamais puderam ser ouvidos de lugar algum, tão afundados estavam sob a terra.

Algum tempo depois, Elizeu colocou os restos mortais de cada um dentro de uma embalagem que os envolvia automaticamente e os enviava para uma das geladeiras no alto do recinto. Lá, eles seriam tratados e deles só seriam utilizadas as partes comestíveis para novos convidados. O restante seria transformado em resíduo e descartado sem qualquer contato humano.

Feito isso, Elizeu saiu de casa caminhando em direção à floresta de Henakandaya, ainda preservada quase por um milagre. Milagre, ele pensou, e riu-se. Enquanto adentrava no meio das árvores, arbustos e raízes, sentia toda a sua musculatura religar-se com o que dentro dele havia de mais primevo. Sabia que os próximos dias seriam de caça: ainda havia outros descendentes de Xavier Umbilim em Henakandaya que precisavam de sua intervenção. Como fazem os felinos para se reenergizarem, Elizeu esticou as patas da frente diante de si e esticou todo o corpo, flexionando-o levemente para baixo, como se fizesse uma reverência. Avistou, ao longe, um córrego e sentiu sede. Havia em si uma fome de eras, mas esta aguardaria até o dia seguinte.

Ao longe, uma cigarra cantava, aparentemente feliz.

O desfazedor de amanhãs
(-2120)

O dia da morte era o dia do renascimento, era o que haviam lhe dito com ares de explicação. E Uerê, como todos os outros, sabia exatamente o dia e a hora do seu desencantamento.

Quando fez dez anos, os pais o chamaram no quarto e explicaram a ele como tudo acontecia. Essa era a orientação do governo e algo que vinha se incorporando à cultura deles há décadas. O pai lhe disse que as pessoas nasciam com um prazo de validade. Umas tinham mais dias, outros menos. Ele teria menos, mas nem por isso deveria ser infeliz. Uerê perguntou por que teria menos dias para ser feliz, e a mãe respondeu, Porque os dias felizes serão tão intensos que ao final você terá sentido que viveu mais do que muitos. E isso é bom?, perguntou o menino, numa voz pequena, quase para si. Isso é o máximo de felicidade a que se pode chegar, disse a mãe, tocando seu rosto. Se é o máximo, então é muito. Muito no pouco, meu filho, complementou o pai. E foi então que ele ficou sabendo que o que tinha era tudo o que importava.

Também ficou sabendo que seria desencantado dali a mais nove anos. Aos dez, achava que nove anos era muito tempo. Sorriu para os pais e foi lá fora pegar a bola, como se dentro de si habitasse o destino de brincar.

Acontece que ao completar dezenove anos ele continuava no mundo. Sua mãe, Zoerê, e seu pai, Luêncio, haviam preparado tudo e esperado até meia-noite, quando o dia seguinte começaria e seu filho deixaria de estar ali. Tinham preparado o ritual – no qual o corpo era colocado em uma cápsula, para onde seria ativado criogênio –, comunicado ao governo sobre o desacontecimento do menino, como mandava a lei, mas quando o relógio anunciou que dali para frente já era um novo dia, Uerê continuava diante deles.

O menino mesmo, com seu jeito leve de existir no mundo, todo ele uma imensa casa habitada pela gratidão de ter sentido a vida acontecer para ele, nunca quis entender direito como funcionava o sistema que a outros tanto amedrontava, o que já era uma evolução: quando o governo começou a implantar o CVR – Chip de Vida Randômico – trinta anos antes, no dia que as crianças nasciam, e que a população começou a ver muitos de seus filhos morrerem antes de si mesmos, a tristeza deu lugar ao ódio e à revolta, de uma maneira que nenhum dos vivos tinham memória para lembrar que já tivesse acontecido. Houve confronto nas ruas, incêndio de prédios do governo, assassinatos de servidores públicos. Em pouco menos de um mês, ficou decidido que o governo precisava tomar uma atitude – e começou a sequestrar, amparado por novas leis aprovadas que complementavam as já existentes, as pessoas que identificava como causadoras dos conflitos. Nessas pessoas era implantado um CD – um Chip de Desligamento, que permitia que elas voltassem para casa e vivessem suas vidas de forma normal durante dois dias, quando então morriam junto dos seus, sem aviso prévio. Estavam lá e no minuto seguinte se tornavam um corpo sem vida. A estratégia era apavorar as outras pessoas perto daqueles considerados criminosos terroristas, e funcionou. O presidente foi para a televisão explicar, mais uma vez, que aquela medida estava sendo tomada por quase todos os países do mundo como forma de equilibrar a população mundial depois das catastróficas mudanças climáticas que haviam feito com que cidades desaparecessem e que importantes segmentos econômicos, como a agroindústria, continuassem a ser afetados. O ser humano, que até os anos 2080, conseguia atingir um século e meio de vida, passaria a viver no máximo 90 anos – que era a idade máxima para que o CVR desligasse todos os sinais vitais do indivíduo onde estivesse. A tecnologia permitia que, após implantado, a quantidade de anos a serem vividos fosse informada – e o último dia de vida seria exatamente o dia em que a pessoa nasceu, na quantidade de anos que houvesse sido colocada dentro do chip.

Nessa época, em que o mundo se refazia e no qual era preciso viver com pouco, não era incomum que as pessoas perdessem a noção do tempo que ainda tinham. O governo tratou então de criar um aparelho de material resistente, pequeno o suficiente para caber dentro da mão que, ao ser apertado, informava no visor, em segundos, horas, dias ou anos, o que havia de vida pela frente, ao qual chamou de Verificador. Enquanto alguns faziam uso do aparelho para programar melhor os dias do porvir, outros se sufocavam em crises de ansiedade e, se não morriam de algum efeito colateral dessas crises, como ataque cardíaco ou acidente vascular cerebral, morriam porque deixavam de viver, tão preocupados que eram com os dias seguintes.

De nada disso Uerê entendia, contido estava em seu próprio nome o sentimento e o saber de criança, tanto quanto naquilo que um dia havia sido entendido por espírito. Tudo junto tornava-o alheio às grandes dores do mundo. Não que ele não as percebesse, ao contrário. É que era da contribuição de sua própria personalidade não se enxergar aturdido.

Para os que estavam perto dele e esperavam que ele estivesse morto, aquela era uma cena que não conseguiam entender, porque não havia precedentes. Mas havia uma coisa que sabiam com o olhar da intuição: haveria consequências. Se o governo soubesse que Uerê continuava vivo, iriam caçá-lo, como antigamente se fazia aos bichos, e nele seria implantado um Chip de Desligamento. A mãe se aproximou de Uerê e o abraçou. Chamou o marido, e o abraçou também. Enquanto não sabiam o que dizer, que os afetos dissessem algo.

Uerê havia driblado a contagem dos seus dias, e com fôlego de quem sabe que vive horas extras, foi divertir-se com amigos por trás das montanhas de Henakandaya, onde ainda existia uma cachoeira, estranhamente um lugar preservado de tempos constantemente dados a prenúncios de dificuldades. Antes, a mãe havia dito, A qualquer sinal de que estão a lhe perseguir, fuja, meu filho. Ao que ele respondeu, Aprendi cedo que a vida é um grande percurso de inúmeros ontens, mãe. Quando se tem dimensão do que representam os dias que seguem, percebe-se que muitos não vão além do que foi o passado. Por isso que tantos vivem presos a ele. Se em mim amanhece mais um dia, sigo a minha seta apontada em direção ao futuro até que ela encontre lugar de pousar. Mas eu não quero que você deixe de existir, Uerê, disse ela. Não era para eu ter ido agora mesmo esses dias, e você, ao que eu saiba, não estava conformada? Uma coisa é preparar-se por dezenove anos, sabendo que as regras da vida mudaram, meu filho. Outra é saber-se agraciada com a presença desse assombro da vida e viver sob a tensão do seu desaparecimento. Mas se eu fugir, minha mãe, eu também desapareço, ainda que esteja vivo. Se você fugir e permanecer vivo, Uerê, eu saberei até quando. Pelo que vai no coração?, perguntou ele. Pelo que vai no imponderável. Continuarei a me aperceber dos seus caminhos enquanto eu também estiver aqui porque você nasceu de uma imensa vontade. Conheço você antes de você a si mesmo. E não esqueça: minha geração e a de seu pai foi a última que nasceu para viver sem qualquer tipo de interferência do governo em nossos corpos. Percorre em nós algo muito maior que o sentimento: a vontade de não nos curvarmos, servis, diante de governo algum. Eu mesma já morri imenso, a minha memória então, é ela própria assassina. Morro todos os dias por causa de coisas que não gostaria de lembrar, Uerê. Eu me mato através do que não me abandona, eu renasço através do que está no mundo e me mantém aqui, livre. E que vem a ser a liberdade?, perguntou para a mãe. Ter um desejo. Ou uma dor profunda. Ser capaz de ler o outro quando o avistamos, ainda longe de nossa porta. Tudo aquilo que nos humaniza nos liberta. Somos livres quando transbordamos humanidade e o outro se torna uma referência de vida para o nosso próprio viver. Quando a sua existência individual é compreendida como parte do enovelamento de uma vida coletiva. Pode parecer que não, mas essa é que é a tocha que ilumina o mundo: a sua capacidade de entender-se jamais sozinho.

E por isso Uerê foi. Voltou para as águas que o reanimavam.

A primeira interferência se deu por acaso. Uerê saiu das águas da cachoeira e foi receber um amigo que chegava, há muito tempo não visto. Deram-se um abraço, e Uerê, como lhe era peculiar nos gestos de afeto, fez-lhe um carinho na cabeça, repousando a mão sobre ela. O amigo, Jambalá, caiu de súbito para trás como se atingido por um raio, desfalecido. Ao recuperar a consciência, disse brincando, Você quase abrevia a validade do meu chip. Entre risos e alívio, alguém disse, Confere aí se o chip não foi destruído. Calma, gente, foi só um abraço do Uerê, disse o amigo, impreciso. Em seguida afirmou ainda estar se sentindo meio estranho. Ele foi até a sua bolsa, apertou um botão e pegou o Verificador. Ainda se sentindo fraco, Jambalá precisou sentar-se à margem das águas quando viu o resultado: sua idade final havia saltado de 68 para 89 anos. Ele comunicou ao grupo de amigos o que havia acontecido, e questionou diretamente Uerê se isso teria a ver com o que acabara de lhe acontecer, e se o que lhe acontecera tinha a ver com a forma como se cumprimentaram. Do meio do pequeno grupo a voz feminina de Malinésia disse, Eu me coloco à disposição para fazer o teste e descobrirmos.

As semanas que se seguiram foram como se houvesse acabado um breve período de cessar-fogo num campo de guerra. Uerê passou a ser procurado por conhecidos e desconhecidos para que ele lhes tocasse a cabeça e aumentasse a validade do seu CVR. À sua existência havia sido jogado um outro destino, e como ele mesmo não havia desacontecido no dia previsto, ressignificou seu estar no mundo. Luêncio e Zoerê perguntaram se era aquilo mesmo para sempre. Eu vejo nos olhos dos que me procuram muito além da vontade de viver mais, disse ele. O que eu vejo é a vontade primeira para viver, em pessoas que nunca tiveram vocação para a alegria, nunca. Há dentro delas uma centelha que não quer se apagar, e saber a hora do desaparecimento as angustia de tal maneira que é como se já não existissem. Restituir o furor pela vida, ou antes até, ver nelas isso pela primeira vez, melhora significativamente o mundo. A que preço, meu filho?, questionou Luêncio. Uerê calou-se por um instante, em seguida disse, Não é o governo que deve determinar o tempo de vida de ninguém, muito menos um aparelho *criado* pelo governo. Os pais haviam se dado conta de que ali havia uma decisão tomada.

Mas foi só quando imagens de eventos coletivos em que Uerê alterava o chip de duzentas ou mais pessoas passaram a circular pelo mundo virtual que ele precisou tomar cuidado. O noticiário mostrava entre cento e cinquenta e duzentas pessoas desacordadas ou acordando, depois que Uerê lhes tocava a cabeça por não mais que dois segundos. Caravanas inteiras afluíam para Henakandaya no intuito de terem suas vidas expandidas, que Uerê recebia como se fossem amigos.

Poucos dias depois, ele soube: ou fugia de Henakandaya, ou algo aconteceria a ele: havia um grupo de mais de cinquenta homens a caminho da cidade, dispostos a capturá-lo. O governo sabia que seu corpo não havia entrado no sistema como tendo sido colocado dentro da cápsula de criogênio e catalogado. E sabia agora que essa mesma pessoa fora dos registros era o que vinha alterando os CVRs. Lembrou-se da mãe – Fuja! – e percebeu que se quisesse continuar a fazer o que fazia, precisaria ser longe do seu sossego, de forma clandestina. Mais uma vez tomou para si os destinos alheios e saiu da cidade.

Enquanto caminhava na tentativa de se esconder, via alertas, avisos, buscando por ele. Quando estava prestes a chegar ao apartamento de um amigo, que havia prometido escondê-lo até que a situação se acalmasse, sentiu uma mão segurar seu braço. Um agente se aproximara dele. Você vem conosco, ele disse. Eu não quero ir, disse Uerê para o homem uniformizado, sem medo. Escute, garoto: sua cidade, esta merda de lugar que não deixa os moradores em paz, agora resolveu insurgir-se contra o governo por sua causa. Alegam que o que você faz é o bem. Eu não quero ter de utilizar força, como estamos fazendo em Henakandaya, disse o homem, inabalável. Você quer me julgar por eu ter agido de modo a me defender de vocês, e por isso me ameaça. Há um espelho que espera por você em vão. Não estamos de lados diferentes, soldado. Você não é muito mais velho do que eu, sabe que não há sentido em sermos jogados para a vida de forma ainda mais aleatória. Por que eu merecia viver apenas dezenove anos? Não sei, e não me interessa. Cumpro ordens, afirmou o soldado, depois de um longo suspiro. É algo vergonhoso ganhar uma guerra, disse Uerê. O homem que segurava seu braço parou o olhar dentro dos olhos dele. Tomou uma decisão: Se eu não tivesse poucos dias à minha frente, você seria agora um homem morto. Mas também quero ser tocado pelas suas mãos e ter minha vida prolongada. Enquanto eu estiver desacordado, você foge. Outros soldados te perseguirão, mas não eu. Corra para longe daqui. Toda a sua família está sendo investigada, seus amigos questionados. Alguém vai indicar onde você está. Se foi fácil para mim, será ainda mais fácil quando começarem a torturar os seus. Não se brinca com as leis de mudança, garoto. Sua cidade está prestes a se tornar um campo de batalha. Ninguém aceita mais ser dominado pelos poderes constituídos. Grupos estão se formando para defender o direito a terem suas vidas aumentadas por você. Veja só a dimensão que a coisa está prestes a tomar.

Uerê trincou os dentes e tocou a cabeça do homem, que, como todos, caiu no chão, onde possivelmente ficaria por algumas horas. Ia virar as costas para o soldado caído quando resolveu tocar-lhe uma segunda vez. Não sabia o que poderia acontecer se fizesse isso, e achou que era uma boa oportunidade para descobrir. Ao encostar a mão em sua cabeça por mais de cinco segundos, o corpo do homem estremeceu, num espasmo, e Uerê deu-se conta de que o soldado já não acordaria mais. A partir dali, seria procurado por assassinato de agente do governo. Ele sabia que a punição para isso era a morte.

Pegou o veículo do soldado e dirigiu para fora da cidade com pressa. Havia a esperança de que ao passar pelos limites da cidade o carro, com a insígnia oficial, não fosse parado.

Em Henakandaya, dias de desespero. O governo vasculhava tudo o que podia em busca de indícios na direção de Uerê. A ordem era pegá-lo vivo para que fosse preso e servisse de fonte de estudo para os pesquisadores. Precisavam compreender como ele conseguia modificar um sistema que vinha operando sem falhas há tantos anos.

Horas depois, todos os agentes começaram a ver acender em seus uniformes o sinal vermelho. Isso significava que alguém havia se apossado de algo que pertencia a algum deles. Logo mais, souberam: o agente H127 havia sido morto, e seu carro, roubado.

Antes de mandar um grupo maior no rastro de Uerê, era necessário diminuir a quantidade do que o governo chamava de insurgentes. Moradores de Henakandaya fechavam avenidas e as estradas que passavam ao longo da cidade; explodiam vias, faziam emboscadas para os soldados. Um maior número deles chegava à cidade para combater os moradores. O resto do país permanecia na escuridão dos fatos, porque o governo havia proibido a divulgação do que acontecia em Henakandaya até segunda ordem. Somente nos anos sessenta do século XXI se viu um caos tão gigantesco na cidade, quando um incêndio destruiu boa parte dela. Dessa vez, parecia que não ia mais sobrar cidade para um outro caos.

Era uma questão de tempo até que Uerê fosse descoberto e, embora ele não tivesse como saber disso, era o que intuía. O risco de ser morto por soldados mais afoitos também existia. Era preciso não continuar a se colocar em risco.

Enquanto anunciava ao veículo que dirigisse o mais rápido que pudesse – os carros da polícia eram os únicos autorizados pelo governo a não ter volantes, sendo todos os sistemas acionados por voz humana –, Uerê só pensava que não iria escapar para sempre. Era preciso pensar rápido.

Alguns quilômetros adiante, avistou uma enorme casa de pedras no meio da vegetação. Era uma propriedade imponente, diferente de tudo o que havia por aquelas cercanias. Parecia em tudo uma construção antiga, rústica. Em suas andanças pelas cidades vizinhas, já havia passado por aquela estrada, mas não se lembrava de jamais ter visto aquela casa ali. Avaliou que poderia entrar com o carro no imenso pedaço de chão, e foi o que fez, numa guinada brusca à esquerda. Escondeu o carro atrás da casa, e quando correu para a frente, onde tentaria pedir ajuda, viu-se diante de homens e mulheres em vestimentas que por um instante lhe pareceram distantes no tempo, um ao lado do outro, formando uma espécie de semicírculo de costas para a estrada. Haviam surgido do mais absoluto nada, e olhavam para ele como se o esperassem. Uerê não conhecia nenhuma daquelas pessoas, que o tempo ou as circunstâncias haviam levado de Henakandaya. Não sabia que avistava Xavier Umbilim, o primeiro branco a pisar aquelas terras; Elias Carcará e Herculano, fundadores da cidade, nem Zé Lins, que por mais de uma vez salvara o povo de Henakandaya de seus atormentadores destinos, ou o menino Berê, que se erguera dos mortos para cumprir o seu. Ignorava também quem seriam aqueles homens de batina, exceto o que as vestimentas lhe diziam: que eram homens da Igreja – e tão humanos quanto qualquer um de nós; ou os índios que se punham ao seu lado. Também não fazia ideia de que estava diante de Luiz Alves, o Trovão, e Marli, a mulher que ficara viúva por causa dele e que desviou para caminhos insólitos a História daquela cidade, assim como seu Tenório, que também fora capaz de vislumbrar o primeiro estabelecimento para o expurgo da volúpia entre os corpos, ao lado de Elizeu, o homem-onça, que não perdoava quem fizera mal aos seus antepassados. Estavam todos ali, recepcionando agora o jovem Uerê.

    Elias Carcará foi até a porta da frente de sua casa e a abriu. Pediu para que todos os presentes que esperavam Uerê entrassem. Por último, disse ao menino fugitivo, Venha, só falta você. O jovem olhou para a estrada por trás do seu ombro e entrou. Elias também entrou e fechou a imensa porta de madeira por dentro. Alguns segundos depois, uma cobra gigantesca, vinda da parte de trás, enroscou-se na casa de pedras lentamente, e quando todo o seu extenso corpo envolveu a casa, a cobra começou a desaparecer pelo mesmo lugar de onde havia surgido. Quando a última parte do seu rabo se foi, toda a estrutura da casa de pedras desapareceu, como se nunca tivesse existido.

O comboio da polícia percorria a estrada como se ela estivesse em chamas. Eram mais de cem homens à procura de Uerê. O líder deles, Avoxx, mais conhecido como agente H346, sinalizou que o carro roubado estava a poucos metros dali. Quando o avistou, mandou que acelerassem na direção do veículo. Pelo que podia ver, o carro do agente H127 estava parado no meio da estrada, bloqueando um dos sentidos da via. Os homens pegaram suas armas e os veículos aceleraram.

A última coisa que puderam perceber antes de caírem para a morte é que não havia estrada onde o carro do agente estava, mas um grande cânion, que os sugou a todos como se fosse um bicho imenso com uma fome de meses.

O dia seguinte amanheceu para uma Henakandaya muda, como tantas vezes ficou ao longo da história diante de seus próprios e inexplicáveis acontecimentos. Brumas voltaram a invadir a cidade, como em anos atrás, mas dessa vez, passaram-se dias até que se dispersassem.

Em meio a elas, os poucos soldados do governo que não estavam na diligência em busca de Uerê saíram da cidade sem alarde. Haviam comunicado ao governo que seus colegas tinham sumido sem deixar vestígios, e eles não queriam somar-se às baixas sofridas. Era hora de reavaliar as estratégias que os levara àquele desfecho. Enquanto isso, Henakandaya respirava, e os que nela estavam eram agora dispostos a outros tempos, no que sentiam como um período em que quase pareciam poder viver para sempre.

Era o recomeço de uma nova era, e de repente era como se todos soubessem. Haviam chegado a um tempo de paz, quase como se ele fosse um lugar para se habitar. Então era isso, pensavam.

Carregavam em seus corações a certeza de que o silêncio dos que vencem a guerra é a própria guerra.

Este livro foi composto em tipologia Meridien LT STD,
no papel pólen Soft, para a Editora Moinhos.

*

No Brasil, a CPI da covid era um "show" à parte. Um empresário brasileiro
confrontava a maior democracia da América Latina.

UVA ITÁLIA *(VITIS VINIFERA)*

Uva itália

Acredita-se que as uvas originaram-se na Ásia, foram levadas para a península Itálica e Europa pelo povo grego. Já os romanos transformaram a viticultura em um comércio lucrativo, espalhando videiras por todo o mediterrâneo. Por muitos séculos, a produção da uva se destinava apenas a vinhos.

As videiras chegaram ao Brasil pelos portugueses. Na região Sul do país, os vinhedos foram trazidos pelos imigrantes europeus alemães e italianos.

São plantas que preferem climas secos com temperaturas em torno de 22°C. A videira adapta-se a diversos tipos de solos, exceto úmidos e mal drenados. Produz frutos de outubro a fevereiro. Pode ser encontrada por todas as regiões do Brasil, principalmente nos estados da região Sul, no estado de São Paulo (com destaque para as cidades de São Roque e Jundiaí) e na região Nordeste.

Cerca de 50% do total produzido anualmente são transformados em vinho ou em outros tipos de bebidas alcoólicas; 5% são utilizados para processamento de sucos; 5% são comercializados como uva-passa e apenas 10% vão para o consumo *in natura*.

Há cerca de 10 mil variedades diferentes de uvas, cada qual se adapta a diferentes tipos de solo e clima. O que diferencia uma variedade da outra é seu formato, cor, sabor, resistência da casca e tamanho.

AS UVAS MAIS CONHECIDAS SÃO

ITÁLIA: polpa bastante saborosa, cachos formados por bagos grandes, carnudos e com sementes. Frequentemente utilizada *in natura*, pode ter coloração rósea, sendo chamada de rubi.

ISABEL: sabor característico de uvas lambruscas, é consumida ao natural. Utilizada na fabricação de vinhos, sucos, vinagres e geleias.

MOSCATEL: utilizada na fabricação de vinhos secos ou licorosos devido ao seu potencial de açúcar e sabor acentuado.

SANGIOVESE: usada na fabricação de vinhos jovens para serem consumidos no dia a dia.

TANNAT: rica em compostos fenólicos (antioxidantes), é empregada na produção de vinhos.

MERLOT: o vinho produzido dessa uva é rico em compostos fenólicos e em álcool.

THOMPSON: é a uva mais plantada no mundo e não possui sementes, sendo utilizada para produzir passas.

As uvas colhidas para serem consumidas *in natura* devem ter os cachos atraentes, com sabor agradável. Precisam apresentar resistência ao transporte e ao manuseio e possuir boa conservação pós-colheita. O cacho deve ser cônico, medindo de 15 a 20 cm, e ter um peso superior a 300 gramas. As bagas devem ser grandes e uniformes. A polpa deve se apresentar firme e com película resistente.

Fruta rica em carboidratos e vitaminas D, K, E e complexo B, além também de ser fonte de vitamina C. Os minerais presentes são: cálcio, fósforo, magnésio, cobre e, em maior quantidade, potássio, cloro, sódio e ferro.

A uva é muito apreciada quando consumida *in natura*, porém pode ser utilizada na fabricação de vinhos, vinagres, suco de uva, uva-passa, doces, geleias e também subprodutos para a indústria alimentícia como corantes naturais, ácido tartárico, óleo de semente e taninos.

NUTRIENTE	QUANT.
Uva Itália	100 g
Calorias (kcal)	59
Carboidratos (g)	13,46
Proteínas (g)	0,8
Gorduras totais (g)	0,57
Gordura monoinsaturada (g)	0,02
Gordura saturada (g)	0,19
Cálcio (mg)	11
Fósforo (mg)	13
Ferro (mg)	0,26
Potássio (mg)	185
Fibras (g)	1,6

Glossário

BOLEADOR
Utensílio usado para fazer bolinhas em legumes e frutas.

CHINOIS
Peneira fina em formato cônico.

DILL (OU ENDRO)
É uma erva aromática também conhecida como aneto.

EMPANAR
Proteger o alimento que será levado à fritura a fim de preservar textura e deixar crocante.

ESCALDAR
Passar ou imergir em água fervente.

FLAMBAR
Técnica que consiste em regar um alimento com bebida alcoólica destilada e depois colocar fogo para queimar o álcool e ficar só o aroma da bebida.

FOUET
Também conhecido como batedor de arame, batedor de clara ou chicote.

JULIANA (OU JULIANNE)
É o corte de legumes em fatias longitudinais (3 x 3 x 30 mm para o corte comum e 3 x 3 x 50 mm para o longo).

MARINADA
A marinada consiste em colocar os alimentos em uma mistura de temperos. A técnica é utilizada para dar sabor a carnes vermelhas, aves e peixes. A marinada pode durar de alguns minutos a poucas horas.

REDUÇÃO
Concentração de um líquido através de aquecimento lento e contínuo.

RESFRIAR
Submeter um alimento quente a esfriamento rápido no freezer ou banho-maria de gelo.

SALTEAR
Processo realizado com fogo forte em frigideira com pouca gordura. Realizar movimentos de vaivém que sacodem os alimentos (*sautese*) para que fiquem crocantes e ganhem coloração por igual.

SELAR
Dourar a superfície do alimento rapidamente em uma superfície bem aquecida, evitando assim o ressecamento.

ALDO TEIXEIRA
CHEF

www.chefaldo.com.br
aldo@laforchetta.com.br
(11) 99930 5811

Chefe de cozinha com amplo conhecimento na arte de cozinhar com frutas. Atua no mercado gastronômico desde 1976.

LILIANE TEIXEIRA
NUTRICIONISTA

www.laforchetta.com.br
liliane@laforchetta.com.br
(11) 7808 1836

Nutricionista pós-graduada em gastronomia. Trabalha em restaurantes há 12 anos, conhecendo todas as áreas do negócio. Hoje, realiza o controle higiênico-sanitário dos restaurantes dos quais é responsável.

ARTUR BRAGANÇA
FOTÓGRAFO

www.artur.fot.br
artur@artur.fot.br
(11) 98119 3536

Fotógrafo paulista com formação em marketing e atuação, desde 1992, em diversos livros e revistas de gastronomia.

MARLY ARNAUD
PRODUTORA

marlyarnaud.wordpress.com
marlyarnaud@hotmail.com
(11) 98457 0733

Nascida em uma família de "restaurateurs" produz, há 20 anos, editoriais, livros, embalagens e publicidade. Em produções voltadas à gastronomia, procura valorizar a fotografia e a criação do *chef*.

www.dvseditora.com.br